一日的春光

冰心 著

杨帆 编

江苏凤凰文艺出版社

目录

辑一 往昔驰想 001
    往事（一）——生命历史中的几页图画 003
    往事（二） 021
    丢不掉的珍宝 047
    关于男人（之一） 052
    关于男人（之五） 058
    梦 078
    童年杂忆 081
    我的故乡 089
    我到了北京 097
    我的大学生涯 103
    默庐试笔 112

辑二 拾穗小札 117
    遥寄印度诗人泰戈尔 119
    回忆 121
    寄小读者 123
    山中杂记——遥寄小朋友 143
    问答词 156
    圈儿 159

旱灾纪念日募捐记事　　　　　　　　161

辑三　窗外　　　　　　　　　　　　　165
　　　笑　　　　　　　　　　　　　　　　167
　　　肥皂泡　　　　　　　　　　　　　　169
　　　十字架的园里　　　　　　　　　　　172
　　　一日的春光　　　　　　　　　　　　175
　　　我喜爱小动物　　　　　　　　　　　178
　　　天南地北的花　　　　　　　　　　　181
　　　樱花赞　　　　　　　　　　　　　　185

辑四　晚晴　　　　　　　　　　　　　191
　　　我的童年　　　　　　　　　　　　　193
　　　我的奶娘　　　　　　　　　　　　　204
　　　我的教师　　　　　　　　　　　　　209
　　　我的学生　　　　　　　　　　　　　214
　　　我的邻居　　　　　　　　　　　　　225
　　　张嫂　　　　　　　　　　　　　　　232
　　　南归——贡献给母亲在天之灵　　　　237
　　　二老财　　　　　　　　　　　　　　263
　　　我的良友——悼王世瑛女士　　　　　268

辑一　往昔驰想

往事（一）

——生命历史中的几页图画

  在别人只是模糊记着的事情，
   然而在心灵脆弱者，
   已经反复而深深地
    镂刻在回忆的心版上了！

  索性凭着深刻的印象，
   将这些往事
   移在白纸上罢——
   再回忆时
    不向心版上搜索了！

一

  将我短小的生命的树，一节一节的斩断了，圆片般堆在童年的草地上。我要一片一片的拾起来看；含泪的看，微笑的看，口里吹着短歌的看。

难为他装点得一节一节，这般丰满而清丽！

我有一个朋友，常常说，"来生来生！"——但我却如此说："假如生命是乏味的，我怕有来生。假如生命是有趣的，今生已是满足的了！"

第一个厚的圆片是大海；海的西边，山的东边，我的生命树在那里萌芽生长，吸收着山风海涛。每一根小草，每一粒沙砾，都是我最初的恋慕，最初拥护我的安琪儿。

这圆片里重叠着无数快乐的图画，憨嬉的图画，寂寞的图画，和泛泛无着的图画。

放下罢，不堪回忆！

第二个厚的圆片是绿荫；这一片里许多生命表现的幽花，都是这绿荫烘托出来的。有浓红的，有淡白的，有不可名色的……

晚晴的绿荫，朝雾的绿荫，繁星下指点着的绿荫，月夜花棚秋千架下的绿荫！

感谢这曲曲屏山！它圈住了我许多思想。

第三个厚的圆片，不是大海，不是绿荫，是什么？我不知道！

假如生命是无味的，我不要来生。假如生命是有趣的，今生已是满足的了。

二

黑暗不是阴霾，我恨阴霾，我却爱黑暗。

在光明中，一切都显着了。黑是黑白是白的，也有了树，也有了花，也有了红墙，也有了蓝瓦；便一切崭然，便有人，有我，有世界。

颂美黑暗！讴歌黑暗！只有黑暗能将这一切都消灭调和于虚空混

沌之中;没有了人,没有了我,更没有了世界!

黑暗的园里,和华同坐。看不见她,也更看不见我,我们只深深地谈着。说到同心处,竟不知是我说的,还是她说的,入耳都是天乐一般——只在一阵风过,槐花坠落如雨的时候,我因着衣上的感觉,和感觉的界限,才觉得"我"不是"她",才觉得黑暗中仍有"我"的存在。

华在黑暗中递过一朵茉莉,说:"你戴上罢,随着花香,你纵然起立徘徊,我也知道你在何处。"——我无言地接了过来。

华妹呵,你终究是个小孩子。槐花,茉莉,都是黑暗中最着迹的东西,在无我的世界里,要拒绝这个!

三

"只是等着,等着,母亲还不回来呵!"

乳母在灯下睁着疲倦下垂的眼睛,说:"莹哥儿!不要尽着问我,你自己上楼去,在阑边望一望,山门内露出两盏红灯时,母亲便快来到了。"

我无疑地开了门出去,黑暗中上了楼——望着,望着,无有消息。

绕过那边阑旁,正对着深黑的大海,和闪烁的灯塔。

幼稚的心,也和成人一般,一时的光明朗澈——我深思,我数着灯光明灭的数儿,数到第十八次。我对着未曾想见的命运,自己假定的起了怀疑。

"人生!灯一般的明灭,漂浮在大海之中。"——我起了无知的长太息。

生命之灯燃着了,爱的光从山门边两盏红灯中燃着了!

四

在堂里忘了有雪,并不知有月。

匆匆地走出来,捻灭了灯,原来月光如水!

只深深的雪,微微的月呵!地下很清楚地现出扫除了的小径。我一步一步地走,走到墙边,还觉得脚下踏着雪中沙沙的枯叶。墙的黑影覆住我,我在影中抬头望月。

雪中的故宫,云中的月,甍瓦上的兽头——我回家去,在车上,我觉得这些熟见的东西,是第一次这样明澈生动的入到我的眼中,心中。

五

场厅里四隅都黑暗了,只整齐的椅子,一行行的在阴沉沉的影儿里平列着。

我坐在尽头上近门的那一边,抚着锦衣,抚着绣带和冠缨凝想——心情复杂得很。

晚霞在窗外的天边,一刹浓红,一刹深紫,回光到屋顶上——

台上琴声作了。一圈的灯影里,从台侧的小门,走出十几个白衣彩饰,散着头发的安琪儿,慢慢的相随进来,无声地在台上练习着第一场里的跳舞。

我凝然的看着,潇洒极了,温柔极了,上下的轻纱的衣袖,和着铮的琴声,合拍的和着我心弦跳动,怎样的感人呵!

灯灭了,她们又都下去了,台上台下只我一人了。

原是叫我出来疏散休息着的,我却哪里能休息?我想……一会儿这场里便充满了灯彩,充满了人声和笑语,怎知道剧前只为我一人的思考室呢?

在宇宙之始，也只有一个造物者，万物都整齐平列着。他凭在高阑，看那些光明使者，歌颂——跳舞。

到了宇宙之中，人类都来了，悲剧也好，喜剧也好，佯悲诡笑的演了几场。剧完了，人散了，灯灭了……一时沉黑，只有无穷无尽的寂寞！

一会儿要到台上，要说许多的话；憨稚的话，激昂的话，恋别的话……何尝是我要说的？但我既这样的上了台，就必须这样的说。我千辛万苦，冒进了阴惨的夜宫，经过了光明的天国，结果在剧中还是做了一场大梦。

印证到真的——比较的真的——生命道上，或者只是时间上久暂的分别罢了；但在无限之生里，真的生命的几十年，又何异于台上之一瞬？

我思路沉沉，我觉悟而又惆怅，场里更黑了。

台侧的门开了，射出一道灯光来——我也须下去了，上帝！这也是"为一大事出世"！

我走着台上几小时的生命的道路……

又乏倦地倚着台后的琴站着——幕外的人声，渐渐地远了，人们都来过了；悲剧也罢，喜剧也罢，我的事完了；从宇宙之始，到宇宙之终，也是如此，生命的道路走尽了！

看她们洗去铅华，卸去妆饰，无声地忙乱着。

满地的衣裳狼藉，金戈和珠冠杂置着。台上的仇敌，现在也拉着手说话；台上的亲爱的人，却东一个西一个的各忙自己的事。

我只看着——终竟是弱者呵！我爱这几小时如梦的生命！我抚着头发，抚着锦衣……"生命只这般的虚幻么？"

六

涵在廊上吹箫,我也走了出去。

天上只微微的月光,我撩起垂拂的白纱帐子来,坐在廊上的床边。

我的手触了一件蠕动的东西,细看时是一条很长的蜈蚣。我连忙用手绢拂到地上去,又唤涵踩死它。

涵放了箫,只默然的看着。

我又说:"你还不踩死它!"

他抬起头来,严重而温和的目光,使我退缩。他慢慢地说:"姊姊,这也是一个生命呵!"

霎时间,使我有无穷的惭愧和悲感。

七

父亲的朋友送给我们两缸莲花,一缸是红的,一缸是白的,都摆在院子里。

八年之久,我没有在院子里看莲花了——但故乡的园院里,却有许多;不但有并蒂的,还有三蒂的,四蒂的,都是红莲。

九年前的一个月夜,祖父和我在园里乘凉。祖父笑着和我说,"我们园里最初开三蒂莲的时候,正好我们大家庭中添了你们三个姊妹。大家都欢喜,说是应了花瑞。"

半夜里听见繁杂的雨声,早起是浓阴的天,我觉得有些烦闷。从窗内往外看时,那一朵白莲已经谢了,白瓣儿小船般散漂在水面。梗上只留个小小的莲蓬,和几根淡黄色的花须,那一朵红莲,昨夜还是菡萏的,今晨却开满了,亭亭地在绿叶中间立着。

仍是不适意!——徘徊了一会子,窗外雷声作了,大雨接着就来，愈下愈大。那朵红莲，被那繁密的雨点，打得左右欹斜。在无遮蔽的天空之下，我不敢下阶去，也无法可想。

对屋里母亲唤着，我连忙走过去，坐在母亲旁边——一回头忽然看见红莲旁边的一个大荷叶，慢慢地倾侧了来，正覆盖在红莲上面……我不宁的心绪散尽了！

雨势并不减退，红莲却不摇动了。雨点不住的打着，只能在那勇敢慈怜的荷叶上面，聚了些流转无力的水珠。

我心中深深地受了感动——

母亲呵！你是荷叶，我是红莲。心中的雨点来了，除了你，谁是我在无遮拦天空下的荫蔽？

一九二二年七月二十一日

八

原是儿时的海，但再来时却又不同。

倾斜的土道，缓缓地走了下去——下了几天的大雨，溪水已涨抵桥板下了。再下去，沙上软得很，拣块石头坐下，伸手轻轻的拍着海水……儿时的朋友呵，又和你相见了！

一切都无改：灯塔还是远立着，海波还是粘天的进退着，坡上的花生园子，还是有人在耕种着。——只是我改了，膝上放着书，手里拿着笔，对着从前绝不起问题的四围的环境思索了。

居然低头写了几个字，又停止了，看了看海，坐得太近了，凝神的时候，似乎海波要将我飘起来。

年光真是一件奇怪的东西！一次来时心境已变了，再往后时如何？也许是海借此要拒绝我这失了童心的人，不让我再来了。

天色不早了。采了些野花，也有黄的，也有紫的，夹在书里，无聊的走上坡去——华和杰他们却从远远的沙滩上，拾了许多美丽的贝壳和卵石，都收在篮里，我只站在桥边等着……

他们原和我当日一般，再来时，他们也有像我今日的感想么？

九

只在夜半忽然醒了的时候，半意识的状态之中，那种心情，我相信是和初生的婴儿一样的。——每一种东西，每一件事情，都渐渐的，清澈的，侵入光明的意识界里。

一个冬夜，只觉得心灵从渺冥黑暗中渐渐的清醒了来。

雪白的墙上，哪来些粉霞的颜色，那光辉还不住的跳动——是月夜么？比它清明。是朝阳么？比它稳定。欠身看时，却是薄帘外熊熊的炉火。是谁临睡时将它添得这样旺！

这时忽然了解是一夜的正中。我另到一个世界里去了，澄澈清明，不可描画；白日的事，一些儿也想不起来了，我只静静的……

回过头来，床边小几上的那盆牡丹，在微光中晕红着脸，好像浅笑着对我说，"睡人呵！我守着你多时了。"水仙却在光影外，自领略她凌波微步的仙趣，又好像和倚在她旁边的梅花对语。

看守我的安琪儿呵！在我无知的浓睡之中，都将你们辜负了！

火光仍是漾着，我仍是静着——我意识的界限，却不只牡丹，不止梅花，渐渐地扩大起来了。但那时神清若水，一切的事，都像剔透玲珑的石子般，浸在水里，历历可数。

一会儿渐渐地又沉到无意识界中去了——我感谢睡神，他用梦的帘儿，将光雾般的一夜，和尘嚣的白日分开了，使我能完全的留一个清绝的记忆！

一〇

晚餐的时候。灯光之下，母亲看着我半天，忽然想起笑着说：

"从前在海边住的时候,我闷极了,午后睡了一觉,醒来遍处找不见你。"

我知道母亲要说什么——我只不言语,我忆起我五岁时的事情了。

弟弟们都问:"往后呢?"

母亲笑着看着我说:"找到大门前,她正呆呆地自己坐在石阶上,对着大海呢!我睡了三点钟,她也坐了三点钟。可怜的寂寞的小人儿呵!你们看她小时已经是这样的沉默了——我连忙上前去,珍重地将她揽在怀里……"

母亲眼里充满了欢喜慈怜的珠泪。

父亲也微笑了。——弟弟们更是笑着看我。

母亲的爱,和寂寞的悲哀,以及海的深远;都在我的心中,又起了一回不可言说的惆怅!

一一

忘记了是哪一个春天的早晨——

手里拿着几朵玫瑰,站在廊上——马莲遍地的开着,玫瑰更是繁星般在绿叶中颤动。

她们两个在院子里缓步,微微的互视的谈着。

这一切都与我无关涉——朝阳照着她们,和风吹着她们;她们的友情在朝阳下酝酿,她们的衣裙在和风中整齐地飘扬。

春浸透了这一切——浸透了花儿和青草……

上帝呵!独立的人不知道自己也浸在春光中。

一二

闷极,是出游都可散怀。——便和她们出游了半日。

回来了——一路只泛泛的。

震荡的车里,我只向后攀着小圆窗看着。弯曲的道儿,跟着车走来,愈引愈长。树木,村舍,和田垄,都向后退曳了去,只有西山峰上的晚霞不动。

车里,她们捉对儿谈话,我也和晚霞谈话。——"晚霞!我不配和你谈心,但你总可容我瞻仰。"

车进到城门里,我偶然想起那园来,她们都说去走一走,我本无聊,只微笑随着她们,车又退出去了。

悄悄地进入园里,天色渐暗了——忆起去年此时,正是出园的时候,那时心绪又如何?

幽凉里,走过小桥,走过层阶,她们又四散了。我一路低首行来,猛抬头见了烈冢。碑下独坐,四望青青,晚霞更红了!

正在神思飞越,忠从后面来了。我们下了台去,在仄径中走着。我说,"我愿意在此过这悠长的夏日,避避尘嚣。"她说,"佳时难再,此游也是纪念。"我无言点首。

鸟儿都休息了,不住地唧啾着——暮色里,匆匆的又走了出来。车进了城了,我仍是向后望着。凉风吹着衣袖和头发——庄严苍古的城楼,浮在晚霞上,竟留了个最深浓的回忆!

一九二二年七月七日

一三

小别之后,星来访我——坐在窗下写些字,看些画,晚凉时才出去。

只谈着谈着,篱外的夕阳渐渐的淡了,墙影渐渐的长了,晚霞退了,繁星生了;我们便渐渐浸到黑暗里,只能看见近旁花台里的小白花,在苍茫中闪烁——摇动。

她谈到沿途的经历和感想，便说："月下宜有清话。群居杂谈，实在无味。"

我说："夜坐谈话，到底比白日有趣，但各种的夜又不同了。月夜宜清谈，星夜宜深谈，雨夜宜絮谈，风夜宜壮谈……固然也须人地两宜，但似乎都有自然的趋势……"

那夜树影深深，回顾悄然，却是个星夜！

我们的谈话，并不深到许多，但已觉得和往日的微有不同。

一四

每次拿起笔来，头一件事忆起的就是海。我嫌太单调了，常常因此搁笔。

每次和朋友们谈话，谈到风景，海波又侵进谈话的岸线里，我嫌太单调了，常常因此默然，终于无语。

一次和弟弟们在院子里乘凉，仰望天河，又谈到海。我想索性今夜彻底地谈一谈海，看词锋到何时为止，联想至何处为极。

我们说着海潮，海风，海舟……最后便谈到海的女神。

涵说，"假如有位海的女神，她一定是'艳如桃李，冷若冰霜'的。"我不觉笑问，"这话怎讲！"

涵也笑道，"你看云霞的海上，何等明媚；风雨的海上，又是何等的阴沉！"

杰两手抱膝凝听着，这时便运用他最丰富的想象力，指点着说："她……她住在灯塔的岛上，海霞是她的扇旗，海鸟是她的侍从；夜里她曳着白衣蓝裳，头上插着新月的梳子，胸前挂着明星的璎珞；翩翩地飞行于海波之上……"

楫忙问，"大风的时候呢？"杰道："她驾着风车，狂飙疾转的在怒涛上驱走；她的长袖拂没了许多帆舟。下雨的时候，便是她忧愁了,落泪了,大海上一切都低头静默着。黄昏的时候,霞光灿然,便是她回波电笑,云发飘扬,丰神轻柔而潇洒……"

这一番话,带着画意,又是诗情,使我神往,使我微笑。

楫只在小椅子上,挨着我坐着,我抚着他,问,"你的话必是更好了,说出来让我们听听!"他本静静地听着,至此便抱着我的臂儿,笑道,"海太大了,我太小了,我不会说。"

我肃然——涵用折扇轻轻地击他的手,笑说,"好一个小哲学家!"

涵道:"姊姊,该你说一说了。"我道,"好的都让你们说尽了——我只希望我们都像海!"

杰笑道,"我们不配做女神,也不要'艳如桃李,冷若冰霜'的。"

他们都笑了——我也笑说,"不是说做女神,我希望我们都做个'海化'的青年。像涵说,海是温柔而沉静。杰说的,海是超绝而威严。楫说的更好了,海是神秘而有容,也是虚怀,也是广博……"

我的话太乏味了,楫的头渐渐的从我臂上垂下去,我扶住了,回身轻轻地将他放在竹榻上。

涵忽然说:"也许是我看的书太少了,中国的诗里,咏海的真是不多;可惜这么一个古国,上下数千年,竟没有一个'海化'的诗人!"

从诗人上,他们的谈锋便转移到别处去了——我只默默地守着楫坐着,刚才的那些话,只在我心中,反复地寻味——思想。

一五

黄昏时下雨,睡得极早,破晓听见钟声续续的敲着。

这钟声不知是哪个寺里的,起的稍早,便能听见——尤其是冬日——但我从来未曾数过,到底敲了多少下。

徐徐的披衣整发,还是四无人声,只闻啼鸟。开门出去,立在阑外,润湿的晓风吹来,觉得春寒还重。

地下都潮润了,花草更是清新,在濛濛的晓烟里笼盖着,秋千的索子,也被朝露压得沉沉下垂。

忽然理会得枝头渐绿,墙内外的桃花,一番雨过,都零落了——忆起断句"落尽桃花澹天地",临风独立,不觉悠然!

一六

一年三百六十五天,有许多可记的事;一年三百六十五夜,更有许多可记的梦。

在梦中常常是神志湛然,飞行绝迹,可以解却许多白日的尘机烦恼。更有许多不可能的,意外的遨游,可以突兀实现。

一个春夜:梦见忽然在一个长廊上徐步,一带的花竹阑干,阑外是水。廊上近水的那一边,不到五步,便放着一张小桌子,用花边的白布罩着,中间一瓶白丁香花,杂着玫瑰,旁边还错落的摆着杯盘。望到廊的尽处,几百张小桌子,都是一样的。好像是有什么大集会,候客未来的光景。

我不敢久驻,轻轻的走过去。廊边一扇绿门,徐徐推开,又换了一番景致,长廊上的事,一概忘了。

门内是一间书室,尽是藤榻竹椅,地上铺着花席。一个女子,近窗写着字,我仿佛认得是在夏令会里相遇的谁家姊妹之一。

我们都没有说什么,我也未曾向她谢擅入的罪,似乎我们又是约下的。这时门外走进她的妹妹来,笑着便带我出去。

走过很长的甬道,两旁柱上挂着许多风景片,也都用竹框嵌着,道旁遮满了马缨花。

出了一个圆门——便是梦中意识的焦点,使我醒后能带挈着以上的景致,都深忆不忘的——到了门外只见一望无边蔚蓝欲化的水。

这一片水：不是湖也不是海，比湖蔚蓝，比海平静，光艳得不可描画。……不可描画！生平醒时和梦中所见的水，要以此为第一了！

一道柳堤将这水界开了，绿意直伸到水中去。堤上缓步行来。梦中只觉飘然，悠然，而又怃然！

走尽了长堤，到了青翠的小山边，一处层阶之下，听得堂上有人讲书。她家的姊姊忽然又在旁边，问我，"你上去不？"我谢她说，"不去罢，还是到水边好。"

一转身又只剩我自己了，这回却沿着水岸走。风吹着柳叶。附满了绿苔的石头，错杂的在细流里立着。水光浸透了我沉醉的灵魂……

帘子一声响，梦惊碎了！水光在我眼前漾了几漾，便一时散开了，荡化了！

张递过一封信，匆匆的便又出去。

我要留梦，梦已去无痕迹……

朦胧里拿起信来一看，却是琳在西湖寄我的一张明片。

晚上我便寄她几行字：

> 姊姊！
> 清福便独享了罢，
> 　何须寄我些春泛的新诗？
> 心灵里已是烦忙，
> 　又添了未曾相识的湖山，
> 　　频来入梦！

——《春水》一五七

一七

我坐在院里,仪从门外进来,悄悄地和我说,"你睡了以后,叔叔骑马去了,是那匹好的白马……"我连忙问,"在哪里?"他说,"在山下呢,你去了,可不许说是我告诉的。"我站起来便走。仪自己笑着,走到书室里去了。

出门便听见涛声,新雨初过,天上还是轻阴。曲折平坦的大道,直斜到山下,既跑了就不能停足,只身不由己的往下走。转过高岗,已望见父亲在平野上往来驰骋。这时听得乳娘在后面追着,唤,"慢慢的走!看道滑掉在谷里!"我不能回头,索性不理她。我只不住的唤着父亲,乳娘又不住的唤着我。

父亲已听见了,回身立马不动。到了平地上,看见董自己远远的立在树下。我笑着走到父亲马前,父亲凝视着我,用鞭子微微的击我的头,说,"睡好好的,又出来做什么!"我不答,只举着两手笑说,"我也上去!"

父亲只得下来,马不住的在场上打转,父亲用力牵住了,扶我骑上。董便过来挽着辔头,缓缓地走了。抬头一看,乳娘本站在岗上望着我,这时才转身下去。

我和董说,"你放了手,让我自己跑几周!"董笑说,"这马野得很,姑娘管不住,我快些走就得了。"

渐渐的走快了,只听得耳旁海风,只觉得心中虚凉,只不住的笑,笑里带着欢喜与恐怖。

父亲在旁边说,"好了,再走要头晕了!"说着便走过来。我撩开脸上的短发,双手扶着鞍子,笑对父亲说,"我再学骑十年的马,就可以从军去了,像父亲一般,做勇敢的军人!"父亲微笑不答。

马上看海面的黄昏——

董在前牵着，父亲在旁扶着。晚风里上了山，直到门前。母亲和仪，还有许多人，都到马前来接我。

一八

我最怕夏天白日睡眠，醒时使人惆怅而烦闷。

无聊的洗了手脸，天色已黄昏了，到门外园院小立，抬头望见了一天金黄色的云彩。——世间只有云霞最难用文字描写，心里融会得到，笔下却写不出。因为文字原是最着迹的，云霞却是最灵幻的，最不着迹的，徒唤奈何！

回身进到院里，隔窗唤涵递出一本书来，又到门外去读。云彩又变了，半圆的月，渐渐的没入云里去了。低头看了一会子的书。听得笑声，从圆形的缘满豆叶的棚下望过去，杰和文正并坐在秋千上；往返的荡摇着，好像一幅活动的影片，——光也从圆片上出现了，在后面替他们推送着。光夏天瘦了许多，但短发拂额，仍掩不了她的憨态。

我想随处可写，随时可写，时间和空间里开满了空灵清艳的花，以供慧心人的采撷，可惜慧心人写不出！

天色更暗了，书上的字已经看不见。云色又变了，从金黄色到暗灰色。轻风吹着纱衫，已是太凉了，月儿又不知哪里去了。

一九二二年七月五日

一九

后楼上伴芳弹琴。忽然大雷雨——

那些日子正是初离母亲过宿舍生活的时期。一连几天，都是好天气，同学们一起读书说笑，不觉把家淡忘了。——但这时我心里突然的郁闷焦躁。

我站在琴旁，低头抚着琴上的花纹说："我们到前楼去罢！"芳住了琴劝我说："等止了雨再走，你看这么大的雨，如何走得下去；你先在一旁坐着，听我弹琴，好不好？"我无聊只得坐下。

雷声只管隆隆，雨声只管澎湃。天容如墨，窗内黑暗极了。我替芳开了琴旁的电灯，她依旧弹着琴，只抬头向我微微的笑了一笑。

她不注意我，我也不注意她——我想这时母亲在家里，也不知道做些什么？也许叫人卷起苇帘，挪开花盆，小弟弟们都在廊上拍手看雨……

想着，目注着芳的琴谱，忽然觉得纸上渐渐的亮起来。回头一看，雨已止了，夕阳又出来了，浮云都散了，奔走得很快。树上更绿了，蝉儿又带着湿声乱叫着。

我十分欢喜，过去唤芳说，"雨住了，我们下去罢！"芳看一看壁上的钟，说，"只剩一刻钟了，再容我弹两遍。"我不依，说，"你不去，我自己去。"说着回头便走。她只得关上琴盖，将琴谱收在小柜子里，一面笑着，"你这孩子真磨人！"

球场边雨水成湖，我们挨着墙边，走来走去。藤萝上的残滴，还不时的落下来，我们并肩站在水边，照见我们在天上云中的影子。

只走来走去的谈着，郁闷已没有了。那晚我竟没有上夜堂去，只坐在秋千板上，芳攀着秋千索子，站在我旁边，两人直谈到夜深。

二〇

精神上的朋友宛因，和我的通讯里，曾一度提到死后，她说："我只要一个白石的坟墓，四面矮矮的石阑，墓上一个十字架，再有一个仰天沉思的石像。……这墓要在山间幽静处，丛树阴中，有溪水徐流，你一日在世，有什么新开的花朵，替我放上一两束，其余的人，就不必到那里去。"

我看完这一段,立时觉得眼前涌现了一幅清幽的图画。但是我想来想去……宛因呵,你还未免太"人间化"了!

何如脚儿赤着,发儿松松的挽着,躯壳用缟白的轻绡裹着,放在一个空明莹澈的水晶棺里,用纱灯和细乐,一叶扁舟,月白风清之夜,将这棺儿送到海上,在一片挽歌声中,轻轻的系下,葬在海波深处。

想象吊者白衣如雪,几只大舟,首尾相接,耀以红灯,绕以清乐,一簇的停在波心。何等凄清,何等苍凉,又是何等豪迈!

以万顷沧波作墓田,又岂是人迹可到?即使专诚要来瞻礼,也只能下俯清波,遥遥凭吊。

更何必以人间暂时的花朵,来娱悦海中永久的灵魂!看天上的乱星孤月,水面的晚烟朝霞,听海风夜奔,海波夜啸。比新开的花,徐流的水,其壮美的程度相去又如何?

从此穆然,超然,在神灵上下,鱼龙竞逐,珊瑚玉树交枝回绕的渊底,垂目长眠:那真是数千万年来人类所未享过的奇福!

至此搁笔,神志洒然,忽然忆起少作走韵的"集龚"中有:"少年哀乐过于人,消息都妨父老惊;一事避君君匿笑,欲求缥缈反幽深。"——不觉一笑!

一九二二年七月三十一日

往事（二）

　　她是翩翩的乳燕，
　　　横海飘游，
　　月明风紧，
　　　不敢停留——
　　在她频频回顾的
　　　　飞翔里
　　总带着乡愁！

一

　　那天大雪，郁郁黄昏之中，送一个朋友出山而去。绒绒的雪上，极整齐分明的镌着我们偕行的足印。独自归来的路上，偶然低首，看见洁白匀整的雪花，只这一瞬间，已又轻轻的掩盖了我们去时的踪迹。——白茫茫的大地上，还有谁知道这一片雪下，一刹那前，有个同行，有个送别？
　　我的心因觉悟而沉沉的浸入悲哀！

苏东坡的:

> 人生到处知何似?
> 应似飞鸿踏雪泥——
> 泥上偶然留指爪,
> 鸿飞那复计东西!
> ……

那几句还未曾说到尽头处,岂但鸿飞不复计东西?连雪泥上的指爪都是不得而留的……于是人生到处都是渺茫了!

生命何其实在?又何其飘忽?它如迎面吹来的朔风,扑到脸上时,明明觉得砭骨劲寒;它又匆匆吹过,飒飒的散到树林子里,到天空中,渺无来因去果,纵骑着快马,也无处追寻。

原也是无聊,而薄纸存留的时候,或者比时晴的快雪长久些——今日不乐,松涛细响之中,四面风来的山亭上,又提笔来写《往事》。生命的历史一页一页的翻下去,渐渐翻近中叶,页页佳妙,图画的色彩也加倍的鲜明,动摇了我的心灵与眼目。这几幅是造物者的手迹。他轻描淡写了,又展开在我眼前;我瞻仰之下,加上一两笔点缀。

点缀完了,自己看着,似乎起了感慨,人生经得起追写几次的往事?生命刻刻消磨于把笔之顷……

这时青山的春雨已洒到松梢了!

一九二四年三月七日,青山

二

哪有心肠?然而竟被友人约去话别——

回来已是暮色沉沉。今夜没有电光,中堂燃着两支蜡烛,闪闪的光影，从竹帘里透出，觉得凄清。

走到院子里，已听见母亲同涵和杰断断续续的说话。等我进去时，帘子响处，声音都寂。母亲只低着头做针线，涵和杰惘然的站了起来，却没有话说，只扶着椅背，对着闪闪的烛光呆望。

我怀疑着，一面向母亲说着今天饯别的光景，他们两个竟不来搭话，我也不问。

母亲进去了，我才问他们到底是怎么一回事。涵不言语，杰叹了一口气，半晌说："母亲说……她舍不得你走，你走了她如同……但她又不愿意让你知道……"

几个月来，我们原是彼此心下雪亮，只是手软心酸，不敢揭破这一层纸。然而今夜我听到了这意中的言语，我竟呆了。

忽然涵望着杰沉重的说："母亲吩咐不对莹哥说，你又来多事做什么？"

暂时沉默——这时电灯灿然的亮了，明光里照见他们两个的脸都红着。

杰嗫嚅着说："我想……我想不要紧的……"

涵截住他："不，我不许你说！"声音更严厉了。

这时杰真急了，觉得过分的受哥哥的呵斥。他也大声的说："瞒别人，难道要瞒自己的姊姊？"他负固的抵抗着。

我已丧失了裁判的能力，茫然的，无心的吹灭了蜡烛，正要勉强的说一两句话——

涵的声音凄然了，"正是不瞒别人，只瞒自己的姊姊呢！"

两对辛酸的眼光相触，如同刚卸下的琴弦一般，两个人同时无力的低下头去。

我神魂失据的站在他们中间。

电灯又灭了，感谢这一霎时消失的光明！我们只觉得温热颤动的手,紧紧地互握着,却看不见彼此盈盈的泪眼!

一九二三年七月二十三日夜,北京

三

今夜林中月下的青山,无可比拟!仿佛万一,只能说是似娟娟的静女,虽是照人的明艳,却不飞扬妖冶;是低眉垂袖,璎珞矜严。

流动的光辉之中,一切都失了正色:松林是一片浓黑的,天空是莹白的,无边的雪地,竟是浅蓝色的了。这三色衬成的宇宙,充满了凝静,超逸与庄严;中间流溢着满空幽哀的神意,一切言词文字都丧失了,几乎不容凝视,不容把握!

今夜的林中,决不宜于将军夜猎——那从骑杂沓,传叫风生,会踏毁了这平整匀纤的雪地;朵朵的火燎,和生寒的铁甲,会缭乱了静冷的月光。

今夜的林中,也不宜于燃枝野餐——火光中的喧哗欢笑,杯盘狼藉,会惊起树上隐栖的禽鸟;踏月归去,数里相和的歌声,会叫破了这如怨如慕的诗的世界。

今夜的林中,也不宜于爱友话别,叮咛细语——凄意已足,语音已微;而抑郁缠绵,作茧自缚的情绪,总是太"人间的"了,对不上这晶莹的雪月,空阔的山林。

今夜的林中,也不宜于高士徘徊,美人掩映——纵使林中月下,有佳句可寻,有佳音可赏,而一片光雾凄迷之中,只容意念回旋,不容人物点缀。

我倚枕百般回肠凝想,忽然一念回转,黯然神伤……

今夜的青山只宜于这些女孩子,这些病中倚枕看月的女孩子!

假如我能飞身月中下视,依山上下曲折的长廊,雪色侵围阑外,月光浸着雪净的衾裯,逼着玲珑的眉宇。这一带长廊之中:万籁俱绝，万缘俱断，有如水的客愁，有如丝的乡梦，有幽感，有彻悟，有祈祷，有忏悔，有万千种话……

山中的千百日，山光松影重叠到千百回，世事从头减去，感悟逐渐侵来，已滤就了水晶般清澈的襟怀。这时纵是顽石的钝根，也要思量万事，何况这些思深善怀的女子？

往者如观流水——月下的乡魂旅思，或在罗马故宫，颓垣废柱之旁；或在万里长城，缺堞断阶之上；或在约旦河边，或在麦加城里；或超渡莱因河，或飞越落玑山；有多少魂销目断，是耶非耶？只她知道！

来者如仰高山，——久久的徘徊在困弱道途之上，也许明日，也许今年，就揭卸病的细网，轻轻的试叩死的铁门！

天国泥犁，任她幻拟：是泛入七宝莲池？是参谒白玉帝座？是欢悦？是惊怯？有天上的重逢，有人间的留恋，有未成而可成的事功，有将实而仍虚的愿望；岂但为我？牵及众生，大哉生命！

这一切，融合着无限之生一刹那顷，此时此地的，宇宙中流动的光辉，是幽忧，是彻悟，都已宛宛氤氲，超凡入圣——

万能的上帝，我诚何福？我又何辜？……

——九二四年二月三十日夜，沙穰

四

心血来潮，如听精灵呼唤，从昏迷的睡中，旋风般翻身起坐——铃声响后，屋门开了，接着床前一阵惨默的忙乱。

狂潮渐退——医生凝立视我无语。护士捧着磁盘，眼光中带着未尽的惊惶。我精神全隳，心里是彻底的死去般的空虚。颊上流着的清泪，只是眼眶里的一种压迫，不是从七情中的任一情来的。

最后仿佛寻见了我自己是坐着，半缚半围的拥倚在床阑上，胸前系着一个大冰囊。注射过的右臂,麻木隐痛到不能转动,然而我也没有转动的意想。

心血果然凝而不流,飘忽的灵魂,觉出了躯壳的重量。这重量层层下沉,躯壳压在床阑上,床阑压在楼屋上,楼屋又压在大地上。

凝结沉重之中,时间一分一分的过去,人们已退尽。床侧的灯光,是调节到只能看见室内的一切的模糊轮廓为止,——其实这时我自己也只剩一个轮廓!

我连闭目的力量都没有——然而我竟极无端的见了一个梦。

我在层层的殿阁中缓缓行走,却总不得踏着实地,软绵绵的在云雾中行。

不知走了多远,到了最末层;猛抬头看见四个大字的金匾,是"得大自在",似乎因此觉悟了这是京西卧佛寺的大殿。

不由自主的还是往上走,两庑下忽然加深,黑沉沉的,两边忽然奏起音乐,却看不见一个乐人。那声音如敲繁钟,如吹急管,天风吹送着,十分的错落凄紧!我梦中停足倾耳,自然赞叹,"这是'十番',究竟还是东方的古乐动人!"

更向里走,殿中更加沉黑,如漆如墨,摸索着愈走愈深。忽然如同揭开殿顶,射下一道光明来,殿中洞然,不见了那卧佛的大像,后壁上却高高的挂着一幅大白绫子,缀着青绒的大字,明白的是:"只因天上最高枝,开向人……"光梢只闪到"人"字,便恧然的掣了回去。我惊退,如雾,如电,不断的乐音中,我倏然的坠下无底深渊去……

无限的下坠之中,灵魂又寻到了躯壳:耳中还听见"十番",室中仍只是几堆模糊的轮廓,星辰在窗外清冷灰白色的天空中闪耀着——

我定一定神,我又微笑,周身仍是沉重冰结,心灵中却来了一缕凉意,是知识来复后的第一个感觉。

天还未明,刚在右臂药力消散之后,我挣扎着探身取了铅笔,将梦中所见的十个字,欹斜的写在一张小纸上,塞在浴衣的袋里。

病到不知西东的时候,冻结的心魂,还有能力飞扬!——光影又只焂然的一闪,"开向人……"之下,竟不知是些什么,无论何时回忆起,都觉得有些惋惜。原也只是许多字形在梦中的观念的再现,而上句"只因天上最高枝"这七个字,连缀得已似乎不错。

一九二三年十一月二十六日夜,圣卜生疗养院

五

"风浪要来了,这一段水程照例是不平稳的!"

这两句话不知甚时,也不知是从哪一个侍者口中说出来的,一瞬时便在这几百个青年中间传播开了。大家不住的记念着,又报告佳音似的彼此谈说着。在这好奇而活泼的心绪里,与其说是防备着,不如说是希望着罢。

于是大家心里先晕眩了,分外的凝注着海洋。依然的无边闪烁的波涛,似乎渐渐的摇荡起来,定神看时,却又不见得。

我——更有无名的喜悦,暗地里从容的笑着——

晚餐的时候,灯光依旧灿然,广厅上杯光衣影,盈盈笑语之中,忽然看见那些白衣的侍者,托着盘子,欹斜的从许多圆桌中间掠走了过来,海洋是在动荡了!大家暂时的停了刀叉,相顾一笑,眼珠都流动着,好像相告说:"风浪来了!"——这时都觉出了船身左右的摇摆。

我没有言语,又满意的一笑。

餐后回到房里——今夜原有一个谈话会——我徐徐的换着衣服，对镜微讴，看见了自己镜中惊喜的神情，如同准备着去赴海的女神召请去对酌的一个夜宴；又如同磨剑赴敌，对手是一个闻名的健者，而自己却有几分胜利的把握。

预定夜深才下舱来，便将睡前一切都安排好了。

出门一笑，厅中几个女伴斜坐在大沙发上，灯光下娇惰的谈笑着，笑声中已带晕意。

一路上去，遇见许多挟着毡子，笑着下舱来的同伴，笑声中也有些晕意。

我微笑着走上舱面去。琴旁坐着站着还围有许多人，我拉过一张椅子，坐在玲的旁边。她笑得倚到我的肩上说："风浪来了！"

弹琴的人左右倾欹的双腕仍是弹奏着，唱歌的人，手扶着琴台笑着唱着，忽然身不自主一溜的从琴的这端滑到那端去。

大家都笑了，笑声里似都不想再支持，于是渐渐的四散了。

我转入交际室，谈话会的人都已在里面了，大家团团的坐下。屋里似乎很郁闷。我觉得有些人面色很无主，掩着口蹙然的坐着——大家都觉得在同一的高度中，和室内一切，一齐的反侧欹斜。

似乎都很勉强，许多人的精神，都用到晕眩上了！仿佛中谈起爱海来，华问我为何爱海？如何爱海？——我渐渐的觉得快乐充溢，怡然的笑了。并非喜欢这问题，是喜欢我这时心身上直接自海得来的感觉，我笑说："爱海是这么一点一分的积渐的爱起来的……"

未及说完，一个同伴，掩着口颠顿的走了出去。

大家又都笑了。笑声中，也似乎说："我们散了罢！"却又都不好意思走，断断续续的仍旧谈着。我心神已完全的飞越，似乎水宫赴宴的时间，已一分一分的临近；比试的对手，已一步一步的仗着剑向着我走来，——但我还天一句地一句的说着"文艺批评"。

又是一个同伴,掩着口颠顿的走了出去——于是两个,三个……

我知道是我说话的时候了,我笑说:"我们散了罢,别为着我大家拘束着!"一面先站了起来。

大家笑着散开了。出到舱外,灯影下竟无一人,阑外只听得涛声。全船想都睡下了,我一笑走上最高层去。

迎着海风,掠一掠鬓发,模糊摇撼之中,我走到阑旁,放倒一个救生圈,抱膝坐在上面,遥对着高竖的烟囱与桅樯。我看见船尾的阑干,与暗灰色的天末的水平线,互相重叠起落,高度相去有五六尺。

我凝神听着四面的海潮音。仰望高空,桅尖指处,只一两颗大星露见。——我的心魂由激扬而宁静,由快乐而感到庄严。海的母亲,在洪涛上轻轻的簸动这大摇篮。几百个婴儿之中,我也许是个独醒者……

我想到母亲,我想到父亲,忆起行前父亲曾笑对我说:"这番横渡太平洋,你若晕船,不配作我的女儿!"

我寄父亲的信中,曾说了这几句:"我已受了一回风浪的试探。为着要报告父亲,我在海风中,最高层上,坐到中夜。海已证明了我确是父亲的女儿。"

其实这又何足道?这次的航程,海平如镜,天天是轻风习习,那夜仅是五六尺上下的震荡。侍者口中夸说的风浪,和青年心中希冀惊笑的风浪,比海洋中的实况,大得多了!

一九二三年八月二十日夜,太平洋舟中

六

从来未曾感到的,这三夜来感到了,尤其是今夜!——与其说"感"不如说"刺"——今夜感到的,我恳颤的希望这一生再也不感到!

阴历八月十四夜，晚餐后同一位朋友上楼来，从塔窗中，她忽然赞赏的唤我看月。撩开幔子，我看见一轮明月，高悬在远远的塔尖。地上是水银泻地般的月光。我心上如同着了一鞭，但感觉还散漫模糊，只惘然的也赞美了一句，便回到屋里，放下两重帘子来睡了。

早起一边理发，忽又怅惘的忆起昨夜的印象。我想起"……看月多归思，晓起开笼放白鹇"这两句来。如有白鹇可放，我昨夜一定开笼了，然而她纵有双飞翼，也怎生飞渡这浩浩万里的太平洋？我连替白鹇设想的希望都绝了的时候，我觉得到了最无可奈何的境界！

中秋日，居然晴明，我已是心慌，仪又欢笑的告诉我，今夜定在湖上泛舟，我尤其黯然！但这是沿例，旧同学年年此夜请新同学荡舟赏月，我如何敢言语？

黄昏良来召唤我时，天竟阴了，我一边和她走着，说不出心里的感谢。

我们七人，坐了三只小舟，一篙儿点开，缓缓从桥下穿过，已到湖上。

四顾廓然，湖光满眼。环湖的山黳青着，湖水也翠得很凄然。水底看见黑云浮动，湖岸上的秋叶，一丛丛的红意迎人，几座楼台在远处，旋转的次第入望。

我们荡到湖心，又转入水枝低亚处，错落的谈着，不时的仰望云翳的天空。云彩只严遮着，月意杳然。——"千金也买不了她这一刻的隐藏！"我说不出的心里的感谢。

云影只严遮着，月意杳然，夜色渐渐逼人，湖光渐隐。几片黑云，又横曳过湖东的丛树上，大家都怅惘，说："无望了！我们回去罢！"

归棹中我看见舟尾的秋。她在桨声里，似吟似叹的说："月呵！怎么不做美呵！"她很轻巧的又笑了，我也报她一笑。——这是"释然"，她哪儿知道我的心绪？

到岸后，还在堤边留连仰望了片响。——我想："真可怜——中秋夜居然逃过了！"人人怅惘的归途中，我有说不尽的心里的感谢。

十六夜便不防备，心中很坦然，似乎忘却了。

不知如何，偶然敲了楼东一个朋友的室门，她正灭了灯在窗前坐着。月光满室！我一惊，要缩回也来不及了，只能听她起身拉着我的手，到窗前来。

没有一点缺憾！月儿圆满光明到十二分。我默然，我咬起唇儿，我几乎要迸出一两句诅咒的话！

假如她知道我这时心中的感伤是到了如何程度，她也必不忍这般的用双臂围住我，逼我站在窗前。我惨默无声，我已拼着鼓勇去领略。正如立近万丈的悬崖，下临无际的酸水的海。与其徘徊着惊悸亡魂，不如索性纵身一跃，死心的去感觉那没顶切肤的辛酸的感觉。

我神摇目夺的凝望着：近如方院，远如天文台，以及周围的高高下下的树，都逼射得看出了红、蓝、黄的颜色。三个绿半球针竿高指的圆顶下，不断的白圆穹门，一圈一圈的在地的月影，如墨线画的一般的清晰。十字道四角的青草，青得四片绿绒似的，光天化日之下，也没有这样的分明呵，何况这一切都浸透在这万里迷蒙的光影里……

我开始诅咒了！

乡愁麻痹到全身，我掠着头发，发上掠到了乡愁；我捏着指尖，指上捏着了乡愁。是实实在在的躯壳上感着的苦痛，不是灵魂上浮泛流动的悲哀！

我一翻身匆匆的辞了她，回到屋里来。匆匆的用手绢蒙起了桌上嵌着父亲和母亲相片的银框。匆匆的拿起一本很厚的书来，扶着头苦读——茫然的翻了几十页，我实在没有气力再敷衍了，推开书，退到床上，万念俱灰的起了呜咽。

我病了——

那夜的惊和感，如夏空的急电，奔腾闪掣到了最高尖。过后回思，使我怃然叹异，而且不自信！如今反复的感着乡愁的心，已不能再飙起。无数的月夜都过去了，有时竟是整夜的看着，情感方面，却至多也不过"惘然"。

痛定思痛，我觉悟了明月为何千万年来，伤了无数的客心！静夜的无限光明之中，将四围衬映得清晰浮动，使她彻底的知道，一身不是梦，是明明白白的去国客游。一切离愁别恨，都不是淡荡的，犹疑的；是分明的，真切的，急如束湿的。

对于这事，我守了半年的缄默；只在今春与友人通讯之间，引了古人月夜的名句之后，我写："呜呼！赏鉴好文学，领略人生，竟须付若大代价耶？"

至于代价如何，"呜呼"两字之后，藏有若干的伤感，我竟没有提，我的朋友因而也不曾问起。

一九二三年九月二十六日夜，闭璧楼

七

我当然喜爱花草！

在国内时，我的屋里虽然不断的供养着香花，而剪叶添水的事，我却不常做。父亲或母亲走了进来，用手指按一按盆土，就啧啧的说："我看花草供到你的屋里来，就是她们的末日到了！"

假如他二位老人家，说完这话就算了时，我自然不能再懒惰，至少也须敷衍敷衍；然而他们说完之后，提水瓶的提水瓶，拿剪刀的拿剪刀；若供的是水仙花，更是不但花根，连盆连石子都洗了。我乐得笑着站在一旁看。

  我绝不是不爱花,也绝不是懒惰。一来我知道我收拾的万不及他们的齐整,——我十分相信收拾花卉是一种艺术——二来我每每喜欢得个题目,引得父亲和母亲和我纠缠。但看去国后,我从未忘了替屋里的花添水!我案头的水仙花,在别人和我同时养起的,还未萌苗的时候,就已怒放。一剪一剪繁密的花朵,将花管带得沉沉下垂,我用细绳将她们轻轻的束起。

  花未开尽,我已病到医院里去,自此便隔绝了!只在一个朋友的小启中,提了一句,"你的花,我已替你浇水了。"以后再无人提,我也不好意思再问。但我在病榻上时时想起人去楼空,她自己在室中当然寂静。闭璧楼夜间整齐灿烂的光明中,缺了一点,便是我黑暗的窗户,暗室中再无人看她在光影下的丰神!

  入山之后一日,开了朋友们替我收拾了送来的箱子,水仙花的绿盆赫然在内。我知道她在我卧病二十日之中,残落已尽。更无从"托微波以通辞",我怅然——良久!

  第三天,得了一个匣子,剪开束绳,白纸外一张片子,写着:

    无尽的爱,安娜。

  纸内包卷着一束猩红的玫瑰。珍重的插在瓶内,黄昏时浓香袭人。

  只过了一夜,我早起进来,看见花朵都低垂了,瓣儿憔悴得黑绒剪成的一般!才惊悟到这屋里太冷,后面瑛的小楼上是有暖炉的,她需要花的慰安,她也配受香花供养,我连忙托人带去赠了她。——听说一夜的工夫,花魂又回转了过来。

  此后陆续又得了许多花,玫瑰也有,水仙也有,我都不忍留住。

送客走后，便自己捧到瑛的楼里。

想起圣卜生医院室中不断的繁花，我不胜神往。然而到了花我不能两全的时候，我宁可刻苦了自己。我寂寞清寒的过了六十天，不曾牺牲一个花朵！

二月十六日，又有友人赠我六朵石竹花，三朵红的，三朵白的，间以几枝凤尾草。那天稍暖，送花的友人又站在一旁看我安插，我不好意思就把花送走，插好便放在屋里的玻璃几上。

夜中见着瑛，我说："又有一瓶花送你了！"她笑着谢了我。

回来欹在枕上，等着出到了廊外之时，忽然看见了几上的几朵石竹花，那三朵白的，倒不觉得怎样，只那三朵红的，红得异样的可怜！

灿然的灯下，红绒般的瓣儿，重叠细碎的光艳照眼，加以花旁几枝凤尾草的细绿的叶围绕着，交辉中竟有殢人的意味。

这时不知是"花"可怜，还是"红"可怜，我心中所起的爱的感觉，很模糊而浓烈……

"我不想再做傻子！周围都是白的，周围都是冷的，看不见一点红艳与生意，这般的过了六十天，何自苦如此？"

我决定留下她！

第二天早起，瑛问我："花呢？"我笑而不答。

今日风雪。我拥毡坐在廊上，回头看见这几朵花，在门窗洞开的室中，玻璃几上，迎着朔风瑟瑟而动，我不语。

进去从书架上取下一本书来，又到廊上。翻开书页，觉得连纸张都是冰冻的。我抬起头来望着那几朵寒颤的花——我又不语。

晚上，这几朵已憔悴损伤，瓣边已焦黄了！悼惜起来不及，我已牺牲了她。

偶然拿起笔来，不知是吊慰她，还是为自己文过，写了几行：

....
....

几曾愿挥麾开去?
雪冷风寒——
　不忍挽柔弱的花枝,
　　来陪我禁受。
顾惜了她们
　逼得我忘怀自己。

真是何苦来?
　石竹花!
无情的朋友,又打发了
浓艳的你们
　来依傍冷幽的我!

拼却瓶碎花凝,
　也做一回残忍的事罢!
山中两月,
　彻骨的清寒,
不能再……

到此意尽,笔儿自然的放下,只扶头看着残花出神。
以后也曾重写了三五次,只是整凑不起来。花已死去,过也不必文,至今那张稿纸,还随便的夹在一本书里。

一九二四年二月二十日,沙穰

八

是除夜的酒后,在父亲的书室里。父亲看书,我也坐近书几,已是久久的沉默——

我站起,双手支颐,半倚在几上,我唤:"爹爹!"父亲抬起头来。"我想看守灯塔去。"

父亲笑了一笑,说:"也好,整年整月的守着海——只是太冷寂一些。"说完仍看他的书。

我又说:"我不怕冷寂,真的,爹爹!"

父亲放下书说:"真的便怎样?"

这时我反无从说起了!我耸一耸肩,我说:"看灯塔是一种最伟大,最高尚,而又最有诗意的生活……"

父亲点头说:"这个自然!"他往后靠着椅背,是预备长谈的姿势。这时我们都感着兴味了。

我仍旧站着,我说:"只要是一样的为人群服务,不是独善其身;我们固然不必避世,而因着性之相近,我们也不必避'避世'!"

父亲笑着点头。

我接着:"避世而出家,是我所不屑做的,奈何以青年有为之身,受十方供养?"

父亲只笑着。

我勇敢地说:"灯台守的别名,便是'光明的使者'。他抛离田里,牺牲了家人骨肉的团聚,一切种种世上耳目纷华的娱乐,来整年整月的对着渺茫无际的海天。除却海上的飞鸥片帆,天上的云涌风起,不能有新的接触。除了驰荡的海风,和岛上崖旁转青的小草,他不知春至。我抛却'乐群',只知'敬业'……"

父亲说:"和人群大陆隔绝,是怎样的一种牺牲,这情绪,我们航海人真是透彻中边的了!"言次,他微叹。

我连忙说:"否,这在我并不是牺牲!我晚上举着火炬,登上天梯,我觉得有无上的倨傲与光荣。几多好男子,轻侮别离,弄潮破浪,狎习了海上的腥风,驱使着如意的桅帆,自以为不可一世,而在狂飙浓雾,海水山立之顷,他们却蹙眉低首,捧盘屏息,凝注着这一点高悬闪烁的光明!这一点是警觉,是慰安,是导引,然而这一点是由我燃着!"

父亲沉静的眼光中,似乎忽忽地起了回忆。

"晴明之日,海不扬波,我抱膝沙上,悠然看潮落星生。风雨之日,我倚窗观涛,听浪花怒撼崖石。我闭门读书,以海洋为师,以星月为友,这一切都是不变与永久。

"三五日一来的小艇上,我不断的得着世外的消息,和家人朋友的书函;似暂离又似永别的景况,使我们永驻在'的的如水'的情谊之中。我可读一切的新书籍,我可写作,在文化上,我并不曾与世界隔绝。"

父亲笑说:"灯塔生活,固然极其超脱,而你的幻象,也未免过于美丽。倘若病起来,海水拍天之间,你可怎么办?"

我也笑道:"这个容易——时虑不到这些!"

父亲道:"病只关你一身,误了燃灯,却是关于众生的光明……"

我连忙说:"所以我说这生活是伟大的!"

父亲看我一笑,笑我词支,说:"我知道你会登梯燃灯;但倘若有大风浓雾,触石沉舟的事,你须鸣枪,你须放艇……"

我郑重地说:"这一切,尤其是我所深爱的。为着自己,为着众生,我都愿学!"

父亲无言,久久,笑道:"你若是男儿,是我的好儿子!"

我走近一步,说:"假如我要得这种位置,东南沿海一带,爹爹总可为力？"

父亲看着我说："或者……但你为何说得这般的郑重？"

我肃然道："我处心积虑已经三年了！"

父亲敛容，沉思的抚着书角，半天，说："我无有不赞成，我无有不为力。为着去国离家，吸受海上腥风的航海者，我忍心舍遣我唯一的弱女，到岛山上点起光明。但是，唯一的条件，灯台守不要女孩子！"

我木然勉强一笑，退坐了下去。

又是久久的沉默——

父亲站起来，慰安我似的："清静伟大，照射光明的生活，原不止灯台守，人生宽广的很！"

我不言语。坐了一会，便掀开帘子出去。

弟弟们站在院子的四隅，燃着了小爆竹。彼此抛掷，欢呼声中，偶然有一两支掷到我身上来，我只笑避——实在没有同他们追逐的心绪。

回到卧室，黑沉沉的歪在床上。除夕的梦纵使不灵验，万一能梦见，也是慰情聊胜无。我一念至诚的要入梦，幻想中画出环境，暗灰色的波涛，岿然的白塔……

一夜寂然——奈何连个梦都不能做！

这是两年前的事了，我自此后，禁绝思虑，又十年不见灯塔，我心不乱。

这半个月来，海上瞥见了六七次，过眼时只悄然微叹。失望的心情，不愿它再兴起。而今夜浓雾中的独立，我竟极奋迅的起了悲哀！

丝雨濛濛里，我走上最高层，倚着船阑，忽然见天幕下，四塞的雾点之中，夹岸两嶂淡墨画成似的岛山上，各有一点星光闪烁——

船身微微的左右欹斜，这两点星光，也徐徐的在两旁隐约起伏。

光线穿过雾层,莹然,灿然,直射到我的心上来,如招呼,如接引,我无言,久——久,悲哀的心弦,开始策策而动!

有多少无情有恨之泪,趁今夜都向这两点星光挥洒!凭吟啸的海风,带这两年前已死的密愿,直到塔前的光下——

从兹了结!拈得起,放得下,愿不再为灯塔动心,也永不作灯塔的梦,无希望的永古不失望,不希冀那不可希冀的,永古无悲哀!

愿上帝祝福这两个塔中的燃灯者!——愿上帝祝福有海水处,无数塔中的燃灯者!愿海水向他长绿,愿海山向他长青!愿他们知道自己是这一隅岛国上无冠的帝王,只对他们,我愿致无上的颂扬与羡慕!

一九二三年八月二十八日,太平洋舟中

九

只这般昏昏的,匆匆的别去,既不缠绵,又不悲壮,白担了这许多日子的心了!

头一天午时,我就没有上桌吃饭,弟弟们唤我,我躺在床上装睡。听见母亲在外间说:"罢了,不要惹她。"

伤了一会子的心——下午弟弟们的几个小朋友来了,玩得闹哄哄的。大家环着院子里一个大莲花缸跑,彼此泼水为戏,连我也弄湿了衣襟。母亲半天不在家,到西院舅母那边去了,却吩咐厨房里替我煮了一碗面。

黄昏时又静了下来,我开了琴旁的灯弹琴,好几年不学琴了,指法都错乱,我只心不在焉的反复的按着。最后不知何时已停了弹,只倚在琴台上,看起琴谱来。

父亲走到琴边,说:"今晚请你的几个朋友来谈谈也好,就请她们来晚餐。"我答应着,想了一想,许多朋友假期中都走了,星虽远些，还在西城。我就走到电话匣旁，摘下耳机来，找到她，请她多带几个弟妹，今夜是越人多越好。她说晚了，如来不及，不必等着晚餐也罢。那时已入夜，平常是星从我家归去的时候了。

舅母走过来，潜也从家里来了。我们都很欢喜，今夜最怕是只有家人相对！潜说着海舟上的故事，和留学生的笑话，我们听得很热闹。

厨丁在两个院子之间，不住的走来走去，又自言自语的说："九点了！"我从帘子里听见，便笑对母亲说："简直叫他们开饭罢，厨师父在院子里急得转磨呢！——星一时未必来得了。"母亲说："你既请了她，何妨再等一会？"和我说着，眼却看着父亲。父亲说："开来也好，就请舅母和潜在这里吃罢。我们家里按时惯了，偶然一两次晚些，就这样的鸡犬不宁！"

我知道父亲和母亲只怕的是我今夜又不吃饭，如今有舅母和潜在这里，和星来一样，于是大家都说好——纷纭语笑之中，我好好吃了一顿晚饭。

饭后好一会，星才来到，还同着宪和宜，我同楫迎了出去，就进入客室。

话别最好在行前八九天，临时是"话"不出来的。不是轻重颠倒，就是无话可说。所以我们只是东拉西扯，比平时的更淡漠，更无头绪，我一句也记不得了。

只记得一句，还不是我们说的。

我和星，宜在内间，楫陪着宪在外间，只隔着一层窗纱，小孩子谈得更热闹。

星忽然摇手，听了一会，笑对我说："你听你小弟弟和宪说的是什么？"我问："是什么？"她笑道："他说，'我姊姊走了，我们家里，如同丢了一颗明珠一般！'"她说着又笑了，宜也笑了，我不觉脸红起来。

——我们姊弟平日互相封赠的徽号多极了！什么剑客，诗人，哲学家，女神等等，彼此混谬着。哪里是好意？三分亲爱，七分嘲笑，有时竟等于怨谤，一点经纬都没有的！比如说父亲或母亲偶然吩咐传递一件东西，我们争着答应，自然有一个捷足先得，偶然得了夸奖，其余三个怎肯甘休？便大家站在远处，点头赞叹的说："孝子！真孝顺！'二十四孝'加上你，二十五孝了！"结果又引起一番争论。

这些事只好在家里通行，而童子无知，每每在大庭广众之间，也弄假成真的说着，总使我不好意思——

我也只好一笑，遮掩开去。

舅母和潜都走了，我们便移到中堂来。时已夜午，我觉得心中烦热，竟剖开了一个大西瓜。

弟弟们零零落落的都进去了，再也不出来。宪没有人陪，也有了倦意。星说："走罢，远得很呢，明天车站上送你！"说着有些凄然。——岂知明天车站上并没有送着，反是半个月后送到海舟上来，这已是我大梦中的事了！

送走了她们，走入中间，弟弟们都睡了。进入内室，只父亲一人在灯下，我问妈妈呢，父亲说睡下了。然而我听见母亲在床上转侧，又轻轻的咳嗽，我知道她不愿意和我说话，也就不去揭帐。

默然片响——父亲先说些闲话，以后慢慢的说："我十七岁离家的时候，祖父嘱咐我说：'出外只守着三个字：勤，慎，……'"

没有说完，我低头按着胸口——父亲皱眉看着我，问："怎么了？"我说："没有什么，有一点心痛……"

父亲叹了一口气，站起身来，说："不早了，你睡去罢，已是一点钟了。"

回到屋里，抚着枕头也起了恋恋，然而一夜睡得很好。

早饭是独自吃的,告诉过母亲到佟府和女青年会几个朋友那里辞行,便出门去了。又似匆匆,又似挨延的,近午才回来。

入门已觉得凄切!在院子里,弟弟们拦住我,替我摄了几张快影。照完我径入己室,扶着书架,泪如雨下。

舅母抱着小因来了,说:"小因来请姑姑了,到我们那边吃饺子去!"我连忙强笑着出来,接过小因,偎着她。就她的肩上,印我的泪眼——便跟着舅母过来。

也没有吃得好:我心中的酸辛,千万倍于蘸饺子的姜醋,父亲踱了过来,一面逗小因说笑,却注意我吃了多少,我更支持不住,泪落在碗里,便放下筷子。舅母和嫂嫂含着泪只管让着,我不顾的站了起来……

回家去,中堂里正撤着午餐。母亲坐在中间屋里,看见我,眼泪便滚了下来。我那时方寸已乱!一会儿恐怕有人来送我,与其左右是禁制不住,有在人前哭的,不如现在哭。我叫了一声"妈妈",挨坐了下去。我们冰凉颤动的手,紧紧地互握着臂腕,呜咽不成声!——半年来的自欺自慰,相欺相慰,无数的忍泪吞声,都积攒了来,有今日恣情的一恸!

鸦雀无声,没有一个人来劝,恐怕是要劝的人也禁制不住了!

我释了手,卧在床上,泪已流尽,闭目躺了半晌,心中倒觉得廓然。外面人报潜来了,母亲便走了出去。小朋友们也陆续的来了,我起来洗了脸,也出去和他们从容的谈起话来。

外面门环响,说:"马车来了。"小朋友们都手忙脚乱的先推出自行车去,潜拿着帽子,站在堂门边。

我竟微笑了!我说:"走了!"向空发言似的,这语声又似是从空中来,入耳使我惊憟。我不看着任一个人,便掀开帘子出去。

极迅疾的!我只一转身,看见涵站在窗前,只在我这一转身之顷，他极酸恻的瞥了我一眼，便回过头去！可怜的孩子！他从昨日起未曾和我说话，他今天连出大门来送我的勇气都没有！这一瞥眼中，有送行，有抱歉，有慰藉，有无限的别话，我都领会了！别离造成了今日异样懂事的一个他！今天还是他的生日呢，无情的姊姊连寿面都不吃，就走了！……

走到门外，只觉得车前人山人海，似乎家中大小上下都出来了。我却不曾看见母亲。不知是我不敢看她，或是她隐在人后，或是她没有出来。我看见舅母，嫂嫂，都含着泪。连站在后面的白和张，说了一声"一路平安！"声音都哽咽着，眼圈儿也红了。

坐车，骑车的小孩子，都启行了。我带着两个弟弟，两个妹妹，上了车，车门砰的一声关上了。马一扬鬣，车轮已经转动。只几个转动，街角的墙影，便将我亲爱的人们和我的，相互的视线隔断了……

我又微笑着向后一倚，自此入梦！此后的都是梦境了！

只这般昏昏的匆匆的一别，既不缠绵，又不悲壮，白担了这许多日子的心了。

然而只这昏昏的匆匆的一别，便把我别到如云的梦中来！九个月来悬在云雾里，眼前飞掠的只是梦幻泡影，一切色，声，香，味，触，法，都很异样，很麻木，很飘浮。我挣扎把握，也撮不到一点真实！

这种感觉不是全然于我无益的，九个月来，不免有时遇到支持不住的事，到了悲哀宛转，无可奈何的时节，我就茫然四顾的说："不管它罢，这一切原都在梦中呢！"

就是此刻的突起的乡愁，也这样迷迷糊糊的让它过去了！

一九二三年八月三日，北京

十

只是这般昏昏的匆匆的一别,既不缠绵,又不悲壮;然而前天我追写的时候,我的眼泪流的比笔尖移动得还快!亭中寂寂,浓密的松枝外,好鸟时鸣,嫣红姹紫开遍;而我除了膝上的纸笔,和一方湿透的纱巾外,看不见别的!

我写时不须思索,没有着力,而回忆如大河泛决,奔越四流。我恨不能百管齐下,同时描述了每一段时间,每一个人,每一端思念!

我写时因呜咽而中断了好几次,归结只写了顾一失百的那一篇,而那一篇中的每一小段都是无尽,每一小段都能演绎到千万言!

文艺既凭借着主观的欣赏,我写时如雨的眼泪,未必能普遍的感动了世间一切有情。但因着字字真切的本地风光,在那篇中提名的人,决不能不起一番真切的回忆,而终于坠泪,第一个人就是我的母亲!

我远道寄回这几篇去,我不能伴她同读,引动她的伤感后,不能有即时笑语的慰藉,我诚何心?

然而不须感伤,我至爱的母亲!我灵魂是躯壳的主宰,别离之前,虽不知离愁深刻到如斯,而未尝不知别离之苦。我要推却别离,没有别离敢来挽我。为着人生,我曾自愿不住地挥着别泪,作此"弱游"!

别的都不说,只这昏昏的匆匆的一别,先在世上绝对的承认了一个"我"的存在,为幸已多!

乡愁每深一分,"我"的存在就证实了一分,——何以故?因我确有个感受痛苦的心灵与躯壳故!

既承认了"我",就不能不承认宇宙中无量数的"他",更不能不承认了包罗一切的"生命",以及生命中的一切。

我既绝对承认了生命，我便愿低头去领略。我便愿遍尝了人生中之各趣，人生中之各趣我便愿遍尝！——我甘心乐意以别的泪与病的血为赞，推开了生命的宫门。

我曾说：

"别离碎我为微尘，和爱和愁，病又把我团捏起来，还敷上一层智慧。等到病叉手退立，仔细端详，放心走去之后，我已另是一个人！

"她已渐远渐杳，我虽没有留她的意想，望着她的背影，却也觉得有些凄恋。我起来试走，我的躯体轻健；我举目四望，我的眼光清澈。遍天涯长着萋萋的芳草，我要从此走上远大的生命的道途！感谢病与别离。二十余年来，我第一次认识了生命。"

所以，不须伤感，我至爱的母亲！凭着血与泪，我已推开了生命神秘的宫门。因着巨大的代价，我从此要领受人生，享乐人生。

不须伤感，我至爱的母亲！悲哀只是一霎时，我的青春活泼的心，决不作悲哀的留滞。日来渐惯了单寒羁旅，离愁已浅，病缘已断；只往事忽忽追忆，难得当日哀乐纵横，贻我以抒写时的洒落与回味！

不须伤感，我至爱的母亲！往事的追写，决不会摧耗了我的精神，有把笔的可能，总未到悲哀的极致。母亲寄我的信中曾有：

"除夕我因你不在，十分难过，就想写信，提起笔来，心中一阵难受，又放下了笔，不能再写……"可知到了悲极，决无能力把笔！我只洒洒落落写来，写完心释。投笔之后，就让它从此成为"往事"，不予以多一刻的留连！

往事愿都撇在一边！——现在我收了纸笔，要在斜阳中下了山亭。春光真明媚！芊芊无际的山坡上，开了万树不知名的黄的，白的，红的，紫的花，内中我只认得樱花已开，丁香已含苞，杨柳的嫩黄，与松枝的深绿，衬以知更雀的红胸，真是异样的鲜明！此行循着紫罗兰路，也许采些野花归去。

愿上帝祝福母亲！

愿上帝祝福母亲！

一九二四年五月十九日，青山

附注：每篇末的日月，是那段"往事"发生的时期与地点，和写作的时地，是不相干的——作者原注。

丢不掉的珍宝

文藻从外面笑嘻嘻的回来，胁下夹着一大厚册的《中国名画集》。是他刚从旧书铺里买的，花了六百日元！

看他在灯下反复翻阅赏玩的样子，我没有出声，只坐在书斋的一角，静默的凝视着他。没有记性的可爱的读书人，他忘掉了他的伤心故事了！

我们两个人都喜欢买书，尤其是文藻。在他做学生时代，在美国，常常在一月之末，他的用费便因着恣意买书而枯竭了。他总是欢欢喜喜地以面包和冷水充饥，他觉得精神食粮比物质的食粮还要紧。在我们做朋友的时代，他赠送给我的，不是香花糖果或其他的珍品，乃是各种的善本书籍，文学的，哲学的，艺术的不朽的杰作。

我们结婚以后，小小的新房子里，客厅和书斋，真是"满壁琳琅"。墙上也都是相当名贵的字画。

十年以后，书籍越来越多了，自己买的，朋友送的，平均每月总有十本左右，杂志和各种学术刊物还不在内。我们客厅内，半圆雕花的红木桌上的新书,差不多每星期便换过一次。朋友和学生们来的时候,总是先跑到这半圆桌前面,站立翻阅。

同时,十年之中我们也旅行了不少地方,照了许多有艺术性的相片,买了许多古董名画,以及其他纪念品。我们在自己和朋友们赞叹赏玩之后,便珍重的将这些珍贵的东西,择起挂起或是收起。

民国二十六年六月二十九日,我们从欧洲,由西伯利亚铁路经过东三省,进了山海关,回到北平。到车站来迎接我们的家人朋友和学生,总有几十人,到家以后,他们争着替我们打开行李,抢着看我们远道带回的东西。

七月七日,芦沟桥上,燃起了战争之火……为着要争取正义与和平,我们决定要到抗战的大后方去。尽我们一分绵薄的力量,但因为我们的小女儿宗黎还未诞生,同时要维持燕京大学的开学,我们在北平又住了一学年。这一学年之中,我们无一日不作离开北平的准备:一切陈设家具,送人的送人,捐的捐了,卖的卖了,只剩下一些我们认为最宝贵的东西,不舍得让它与我们一同去流亡冒险的,我们就珍重的装起寄存在燕京大学课堂的楼上。那就是文藻从在清华做学生起,几十年的日记;和我在美国三年的日记;我们两人整齐冗长六年的通信,我的母亲和朋友,以及许多不知名的"小读者"的来信,其中有许许多多,可以拿来当诗和散文读的,还有我的父亲年轻时在海上时代,给母亲写的信和诗,母亲死后,由我保存的。此外还有作者签名送我的书籍;如泰戈尔《新月集》及其他;Virginia Wolfe 的 To The Light House 及其他;鲁迅,周作人,老舍,巴金,丁玲,雪林,淑华,茅盾……一起差不多在一百本以上,其次便是大大小小的相片,小孩子的相片,以及旅行的照片,再就是各种善本书,各种画集,笺谱,各种字画,以及许许多多有艺术价值的纪念品……收集起来,装了十五只大木箱。文藻十五年来所编的,几十布匣的笔记教材，还不在内！

收拾这些东西的时候，总是有许多男女学生帮忙，有人登记，有人包裹，有人装箱。……我们坐在地上忙碌地工作，累了就在地上休息吃茶谈话。我们都痛恨了战争！战争摧残了文化，毁灭了艺术作品，夺去了我们读书人研究写作的时间，这些损失是多少物质上的获得，都不能换取补偿的，何况侵略争夺，决不能有永久的获得！

在这些年轻人叹恨纵谈的时候，我每每因着疲倦而沉默着。这时我总忆起宋朝金人内犯的时候，我们伟大的女诗人李易安，和她的丈夫赵明诚，仓皇避难，把他们历年收集的金石字画，都丢散失了。李易安在她的《金石录后序》中，描写他们初婚贫困的时候，怎样喜爱字画，又买不起字画！以后生活转好，怎样地慢慢收集字画，以及金石艺术品，为着这些宝物，他们盖起书楼，来保存，来布置；字里行间，横溢着他们同居的快乐与和平的幸福。最后是金人的侵略，丈夫的死亡，金石的散失，老境的穷困……充分地描写呈露了战争期中，文化人的末路！

我不敢自拟于李易安，但我的确有一个和李易安一样的，喜好收集的丈夫！我和李易安不同的，就是她对于她的遭遇，只有愁叹怨恨，我却从始至终就认为战争是暂时的，正义和真理是要最后得胜的。以文物惨痛的损失，来换取人类最高的理智的觉悟，还是一件值得的事！

话虽如此说，我总不能忘情于我留在北平的"珍宝"。今年七月，在我得到第一次飞回北平的机会，我就赶紧回到燕京大学去。在那里，我发现校景外观，一点没有改变，经过了半年的修缮，仍旧是富丽堂皇；树木比以前更葱郁了，湖水依旧涟漪！走到我的住宅院中，那一架香溢四邻的紫藤花，连架子都不在了，廊前的红月季与白玫瑰，也一株无存！走上阁楼，四壁是空的，文藻几十盒的笔记教材都不见了!

我心中忽然有说不出的空洞无着,默然地站了一会,就转身下来。

遇到了当年的工友,提起当年我们的房子,在日美宣战,燕大被封以后,就成了日本宪兵的驻在所,文藻的书室,就是拷问教授们的地方。那些笔记匣子,被日本兵运走了,不知去向。

两天以后,我才满怀着虚怯的心情,走上存放我们书箱的大楼顶阁上去——果然像我所想到的,那一间小屋是敞开的,捻开电灯一看,只是空洞的四壁!我的日记,我的书信,我的书籍,我的……一切都丧失了!

白发的工友,拿着钥匙站在门口,看见我无言的惨默,悄悄地走了过来,抱歉似的安慰我说:"在珍珠港事变的第二天清早,日本兵就包围燕京大学,学生们都撵出去了,我们都被锁了起来。第二天我们也被撵了出去,一直到去年八月,我们回来的时候,发现各个楼里都空了,而且楼房拆改得不成样子。……您的东西……大概也和别人的一样,再也找不转来了。不过……我真高兴……这几年你倒还健康。"

我谢了他,眼泪忽然落了下来,转身便走下楼去。

迂缓的穿过翠绿的山坡,走到湖畔。远望岛亭畔的石船,我绕着湖走了两周,心里渐渐从荒凉寂寞,变成觉悟与欢喜。

从古至今,从东到西,不知道有多少人,占有过比我多上几百倍几千倍的珍宝。这些珍宝,毁灭的不必说了,未毁灭的,也不知已经换过几个主人!我的日记,我的书信,描写叙述当年当地的经过与心情的,当然可贵,但是,正如那老工友所说的,我还健在!我还能叙述,我还能描写,我还能传播我的哲学!

战争夺去了毁灭了我的一部分的珍宝,但它增加了我的最宝贵的，丢不掉的珍宝，那就是我对于人类的信心！

　　人类是进步的，高尚的，他会从无数的错误歪曲的小路上，慢慢的走回康庄平坦的大道上来。总会有一天，全世界的学校里又住满了健康活泼的学生，教授们的书室里，又垒着满满的书，他们攻读，他们研究，为全人类谋求福利。

　　人类也是善忘的，几年战争的惨痛，不能打消几十年的爱好。这次到了日本，我在各风景区旅行，对于照相和收集纪念品，都淡然不感兴趣，而我的书呆子的丈夫，却已经超过自己经济能力的，开始买他的书了！

一九四六年十二月四日于东京

关于男人（之一）

四十年前我在重庆郊外歌乐山隐居的时候，曾用"男士"的笔名写了一本《关于女人》。我写文章从来只用"冰心"这个名字，而那时却真是出于无奈！一来因为我当时急需稿费；二来是我不愿在那时那地用"冰心"的名字来写文章。当友人向我索稿的时候，我问，"我用假名可不可以？"编辑先生说："陌生的名字，不会引起读者的注意。"我说："那么，我挑一个引人注意的题目吧。"于是我写了《关于女人》。

我本想写一系列的游戏文章，但心情抑郁的我，还是"游戏"不起来，好歹凑成了一本书，就再也写不下去了。

在《关于女人》的后记里，我曾说"我只愁活不过六十岁"。那的确是实话。不料晚年欣逢盛世，居然让我活到八十以上！我是应当以有限的光阴，来写一本《关于男人》。

病后行动不便，过的又是闭居不出的日子，接触的世事少了，回忆的光阴却又长了起来。我觉得我这一辈子接触过的可敬可爱的男人，远在可敬可爱的女人们之上。对于这些人物的回忆，往往引起我含泪的微笑。这里记下的都是真人真事,也许都是凡人小事(也许会有些伟人大事!),但这些小事、轶事,总使我永志不忘,我愿意把这些轶事自由酣畅地写了出来,只为怡悦自己。但从我作为读者的经验来说,当作者用自己的真情实感,写出来的怡悦自己的文字,也往往会怡悦读者的。

一 我的祖父

关于我的祖父,我在许多短文里,已经写过不少了。但还有许多小事,趣事,是常常挂在我的心上。我和他真正熟悉起来,还是在我十一岁那年回到故乡福州那时起,我差不多整天在他身边转悠!我记得他闲时常到城外南台去访友,这条路要过一座大桥,一定很远,但他从来不坐轿子。他还说他一路走着,常常遇见坐轿子的晚辈,他们总是赶紧下轿,向他致敬。因此他远远看见迎面走来的轿子,总是转过头去,装作看街旁店里的东西,免得人家下轿。他说这些年来,他只坐过两次轿子:一次是他手里捧着一部曲阜圣迹图(他是福州尊孔兴文会的会长),他觉得把圣书夹在腋下太不恭敬了,就坐了轿子捧着回来;还有一次是他的老友送给他一只小狗,他不能抱着它走那么长的路,只好坐了轿子。祖父给这只小狗起名叫"金狮"。我看到它时,已是一只大狗了。我握着它的前爪让它立起来时,它已和我一般高了,周身是金灿灿的发亮的黄毛。它是一只看家的好狗,熟人来了,它过去闻闻就摇起尾巴来,有时还用后腿站起,抬起前爪扑到人家胸前。生人来了,它就狂吠不止,让一家人都警惕起来。祖父身体极好,但有时会头痛,头痛起来就静静地躺着,这时全家人都静悄起来了,连金狮都被关到后花园里。我记得母亲静悄悄地给祖父下了一碗挂面,放在厨房桌上,四叔母又静悄悄地端起来,放在祖父床前的小桌上,旁边还放着一小碟子"苏苏"熏鸭。这"苏苏"是人名,也是福州鼓楼一间很有名的熏鸭店名。这熏鸭一定很贵,因为我们平时很少买过。

祖父对待孙女们一般比孙子们宽厚,我们犯了错误,他常常"视而不见"地让它过去。我最记得我和我的三姐(她是四叔母的女儿,和我同岁)常常给祖父"装烟",我们都觉得从他嘴里喷出来的水烟,非常好闻。于是在一次他去南台访友,走了以后(他总是扣上前房的门,从后房走的),我们仍在他房里折叠他换下的衣衫。料想这时断不会有人来,我们就从容地拿起水烟袋,吹起纸煤,轮流吸起烟来,正在我们呛得咳嗽的时候,祖父忽然又从后房进来了,吓得我们赶紧放下水烟袋,拿起他的衣衫来乱抖乱拂,想抖去屋里的烟雾。祖父却没有说话,也没有笑,拿起书桌上的眼镜盒子,又走了出去。我们的心怦怦地跳着,对面苦笑了半天,把祖父的衣衫叠好,把后房门带上出来。这事我们当然不敢对任何人说,而祖父也始终没有对任何人说过我们这次越轨的举动。

祖父最恨赌博,即使是岁时节庆,我们家也从来听不见搓麻将、掷骰子的声音。他自己的生日,是我们一家最热闹的日子了,客人来了,拜过寿后,只吃碗寿面。至亲好友,就又坐着谈话,等着晚上的寿席,但是有麻将癖的客人,往往吃过寿面就走了,他们不愿意坐谈半天的很拘束的客气话。

在我们大家庭里,并不是没有麻将牌的。四叔母屋里就有一副很讲究的象牙麻将牌。我记得在我回福州的第二年,我父亲奉召离家的时候,我因为要读完女子师范的第二个学期,便暂留了下来,母亲怕我们家里的人会娇惯我,便把我寄居在外婆家。但是祖父常常会让我的奶娘(那时她在祖父那里做短工)去叫我。她说:"莹官,你爷爷让你回去吃龙眼。他留给你吃的那一把龙眼,挂在电灯下面的,都烂掉得差不多了!"那时正好我的三堂兄良官,从小在我家长大的,从兵舰上回家探亲,我就和他还有二伯母屋里的四堂兄枢官,以及三姐,在夜里九点祖父睡下之后,由我出面向四叔母要出那副麻将牌来,在西院的后厅打了起来。打着打着,我忽然拼够了好几副对子,和了一副"对对和"!我高兴得拍案叫了起来。这时四叔母从她的后房急急地走了出来,低声地喝道:"你们胆子比天还大!四妹,别以为爷爷宠你,让他听见了,不但从此不疼你了,连我也有了不是,快快收起来吧!"我们吓得诺诺连声,赶紧把牌收到盒子里送了回去。这些事,现在一想起来就很内疚,我不是祖父想象里的那个乖孩子,离了他的眼,我就是一个既淘气又不守法的"小家伙"。

二 我的父亲

关于我的父亲,零零碎碎地我也写了不少了。我曾多次提到,他是在"威远"舰上,参加了中日甲午海战。但是许多朋友和读者都来信告诉我,说是他们读了近代史,"威远"舰并没有参加过海战。那时"威"字排行的战舰很多,一定是我听错了,我后悔当时我没有问到那艘战舰舰长的名字,否则也可以对得出来。但是父亲的确在某一艘以"威"字命名的兵舰上参加过甲午海战,有诗为证!

记得在1914—1915年之间,我在北京中剪子巷家里客厅的墙上,看到一张父亲的挚友张心如伯伯(父亲珍藏着一张"岁寒三友"的相片,这三友是父亲和一位张心如伯伯,一位萨幼洲伯伯。他们都是父亲的同学和同事。我不知道他们的大名,"心如"和"幼洲"都是他们的别号)贺父亲五十寿辰的七律二首,第一首的头两句我忘了:

××××××××
××××××××
东沟决战甘前敌

威海逃生岂惜身
人到穷时方见节
岁当寒后始回春
而今乐得英才育
坐护皋比士气伸

第二首说的都是谢家的典故，没什么意思，但是最后两句，点出了父亲的年龄：

乌衣门第旧冠裳
想见阶前玉树芳
希逸有才工月赋
惠连入梦忆池塘
出为霖雨东山望
坐对棋枰别墅光
莫道假年方学易
平时诗礼已闻亢

从第一首诗里看来，父亲所在的那艘兵舰是在大东沟"决战"的，而父亲是在威海卫泅水"逃生"的。

提到张心如伯伯，我还看到他给父亲的一封信，大概是父亲在烟台当海军学校校长的时期（父亲书房里有一个书橱，中间有两个抽屉，右边那个，珍藏着许多朋友的书信诗词，父亲从来不禁止我去翻看）。信中大意说父亲如今安下家来，生活安定了，母亲不会再有"会少离多"的怨言了，等等。中间有几句说："秋分白露，佳话十年，会心不远，当笑存之。"我就去问父亲："这佳话十年，是什么佳话?"父亲和母亲都笑了,说:那时心如伯伯和父亲在同一艘兵船上服役。海上生活寂寞而单调,因此每逢有人接到家信,就大家去抢来看。当时的军官家属,会亲笔写信的不多,母亲的信总会引起父亲同伴的特别注意。有一次母亲信中提到"天气"的时候,引用了民间谚语:"白露秋分夜,一夜冷一夜",大家看了就哄笑着逗着父亲说:"你的夫人想你了,这分明是'鸳鸯瓦冷霜华重,翡翠衾寒谁与共'的意思!"父亲也只好红着脸把信抢了回去。从张伯伯的这封信里也可以想见当年长期在海上服务的青年军官们互相嘲谑的活泼气氛。

就是从父亲的这个书橱的抽屉里,我还翻出萨镇冰老先生的一首七绝,题目仿佛是《黄河夜渡》:

晓发××尚未寒
夜过荥泽觉衣单
黄河桥上轻车渡
月照中流好共看

父亲盛赞这首诗的末一句,说是"有大臣风度",这首诗大概是作于清末民初,萨老先生当海军副大臣的时候,正大臣是载洵贝勒。

一九八四年十一月五日清晨

关于男人（之五）

六　我的老伴——吴文藻（之一）

　　我想在我终于投笔之前，把我的老伴——和我共同生活了五十六年的吴文藻这个人，写了出来，这就是我此生文字生涯中最后要做的一件事，因为这是别人不一定会做、而且是做不完全的。

　　这篇文章，我开过无数次的头，每次都是情感潮涌，思绪万千，不知从哪里说起！最后我决定要稳静地简单地来述说我们这半个多世纪以来的、共同度过的、和当时全国大多数知识分子一样的"平凡"生活。

　　今年一月十七大雾之晨，我为《婚姻与家庭》杂志写了一篇稿子，题目就是《论婚姻与家庭》。我说：

　　　　家庭是社会的细胞。
　　　　有了健全的细胞，才会有一个健全的社会，乃至一个健全的国家。

家庭首先由夫妻两人组成。

夫妻关系是人际关系中最密切最长久的一种。

夫妻关系是婚姻关系，而没有恋爱的婚姻是不道德的。

恋爱不应该只感情地注意到"才"和"貌"，而应该理智地注意到双方的"志同道合"（这"志"和"道"包括爱祖国、爱人民、爱劳动等等），然后是"情投意合"（这"情"和"意"包括生活习惯和爱好等等）。

在不太短的时间考验以后，才能考虑到组织家庭。

一个家庭对社会对国家要负起一个健康细胞的责任，因为在它周围还有千千万万个细胞。

一个家庭要长久地生活在双方人际关系之中，不但要抚养自己的儿女，还要奉养双方的父母，而且还要亲切和睦地处在双方的亲、友、师、生之中。

婚姻不是爱情的坟墓，而是更亲密的、灵肉合一的爱情的开始。

"二人同心，其利断金"，是中国人民几千年智慧的结晶。

人生的道路，到底是平坦的少，崎岖的多。

在平坦的路上，携手同行的时候，周围有和暖的春风，头上有明净的秋月。两颗心充分地享受着宁静柔畅的"琴瑟和鸣"的音乐。

在坎坷的路上，扶掖而行的时候，要坚忍地咽下各自的冤抑和痛苦，在荆棘遍地的路上，互慰互勉，相濡以沫。

有着忠贞而精诚的爱情在维护着，永远也不会有什么人为的"划清界限"，什么离异出走，不会有家破人亡，也不会教育出那种因偏激、怪僻、不平、愤怒而破坏社会秩序的儿女。

人生的道路上，不但有"家难"，而且有"国忧"，也还有世界大战以及星球大战。

但是由健康美满的恋爱和婚姻组成的千千万万的家庭就能勇敢无畏地面对这一切！

我接受写《论婚姻与家庭》这个任务，正是在我沉浸于怀念文藻的情绪之中的时候。我似乎没有经过构思，握起笔来就自然流畅地写了下去。意尽停笔，从头一看，似乎写出了我们自己一生共同的理想、愿望和努力的实践，写出了我现在的这篇文章的骨架！

以下我力求简练，只记下我们生活中一些有意义和有趣的值得写下的一些平凡琐事吧。

话还得从我们的萍水相逢说起。

一九二三年八月十七日，美国邮船杰克逊号，从上海启程直达美国西岸的西雅图。这一次船上的中国学生把船上的头等舱位住满了。其中光是清华留美预备学校的学生就有一百多名，因此在横渡太平洋两星期的光阴，和在国内上大学的情况差不多，不同的就是没有课堂生活，而且多认识了一些朋友。

我在贝满中学时的同学吴搂梅——已先期自费赴美——写信让我在这次船上找她的弟弟、清华学生——吴卓。我到船上的第二天，就请我的同学许地山去找吴卓，结果他把吴文藻带来了。问起名字才知道找错了人！那时我们几个燕大的同学正在玩丢沙袋的游戏，就也请他加入。以后就倚在船栏上看海闲谈。我问他到美国想学什么？他说想学社会学。他也问我，我说我自然想学文学，想选修一些英国十九世纪诗人的功课。他就列举几本著名的英美评论家评论拜伦和雪莱的书，问我看过没有？我却都没有看过。他说："你如果不趁在国外的时间，多看一些课外的书，那么这次到美国就算是白来了！"他的这句话深深地刺痛了我！我从来还没有听见过这样的逆耳的忠言。我在出国前已经开始写作，诗集《繁星》和小说集《超人》都已经出版。这次在船上，经过介绍而认识的朋友，一般都是客气地说"久仰、久仰"，像他这样首次见面，就肯这样坦率地进言，使我悚然地把他作为我的第一个诤友、畏友！

这次船上的清华同学中，还有梁实秋、顾一樵等对文艺有兴趣的人，他们办了一张《海啸》的墙报。我也在上面写过稿，也参加过他们的座谈会。这些事文藻都没有参加，他对文艺似乎没有多大的兴趣，和我谈话时也从不提到我的作品。

船上的两星期，流水般过去了。临下船时，大家纷纷写下住址，约着通信。他不知道我到波士顿的威尔斯利女子大学研究院入学后，得到许多同船的男女朋友的信函，我都只用威校的风景明片写了几句应酬的话回复了，只对他，我是写了一封信。

他是一个酷爱读书和买书的人，每逢他买到一本有关文学的书，自己看过就寄给我。我一收到书就赶紧看，看完就写信报告我的体会和心得，像看老师指定的参考书一样的认真。老师和我作课外谈话时，对于我课外阅读之广泛，感到惊奇，问我是谁给我的帮助？我告诉她，是我的一位中国朋友。她说："你的这位朋友是个很好的学者！"这些事我当然没有告诉文藻。

我入学不到九个星期就旧病——肺气支扩大——复发，住进了沙穰疗养院。那时威校的老师和中、美同学以及在波士顿的男同学们都常来看我。文藻在新英格兰东北的新罕布什州的达特默思学院的社会学系读三年级——清华留美预备学校的最后二年，相当于美国大学二年级——新罕布什州离波士顿很远，大概要乘七八个小时的火车。我记得一九二三年冬，他因到纽约度年假，路经波士顿，曾和几位在波士顿的清华同学来慰问过我。一九二四年秋我病愈复学。一九二五年春在波士顿的中国学生为美国朋友演《琵琶记》，我曾随信给他寄了一张入场券。他本来说功课太忙不能来了，还向我道歉。但在剧后的第二天，到我的休息处——我的美国朋友家里——来看我的几个男同学之中，就有他！

一九二五年的夏天，我到绮色佳的康奈尔大学的暑期学校补习法文，因为考硕士学位需要第二外国语。等我到了康奈尔，发现他也来了，事前并没有告诉我，这时只说他大学毕业了，为读硕士也要补习法语。这暑期学校里没有别的中国学生，原来在康奈尔学习的，这时都到别处度假去了。绮色佳是一个风景区，因此我们几乎每天课后都在一起游山玩水，每晚从图书馆出来，还坐在石阶上闲谈。夜凉如水，头上不是明月，就是繁星。到那时为止，我们信函往来，已有了两年的历史了，彼此都有了较深的了解，于是有一天在湖上划船的时候，他吐露了愿和我终身相处。经过了一夜的思索，第二天我告诉他，我自己没有意见，但是最后的决定还在于我的父母，虽然我知道只要我没意见，我的父母是不会有意见的！

一九二五年秋，他入了纽约哥伦比亚大学，离波士顿较近，通信和来往也比较频繁了。我记得这时他送我一大盒很讲究的信纸，上面印有我的姓名缩写的英文字母。他自己几乎是天天写信，星期日就写快递，因为美国邮局星期天是不送平信的，这时我的宿舍里的舍监和同学们都知道我有个特别要好的男朋友了。

一九二五年冬，我的威校同学王国秀，毕业后升入哥伦比亚大学的，写信让我到纽约度假。到了纽约，国秀同文藻一起来接我。我们在纽约玩得很好，看了好几次莎士比亚的戏。

一九二六年夏，我从威校研究院取得了硕士学位，应邀回母校燕大任教。文藻写了一封很长的信，还附了一张相片，让我带回国给我的父母。我回到家还不好意思面交，只在一天夜里悄悄地把信件放在父亲床前的小桌上。第二天，父母亲都没有提到这件事，我也更不好问了。

一九二八年冬，他在哥伦比亚大学得了博士学位，还得到哥校"最近十年内最优秀的外国留学生"奖状。他取道欧洲经由苏联，于一九二九年初到了北京。这时他已应了燕大和清华两校教学之聘，燕大还把在燕南园兴建的一座小楼，指定给我们居住。

那时我父亲在上海海道测量局任局长。文藻到北京不几天就回到上海，我的父母很高兴地接待了他，他在我们家住了两天，又回他江阴老家去。从江阴回来，就在我家举行了简单的订婚仪式。

年假过后，一九二九年春，我们都回到燕大教学，我在课余还忙于婚后家庭的一切准备。他呢，除了请木匠师傅在楼下他的书房的北墙，用木板做一个"顶天立地"的大书架之外，只忙于买几张半新的书橱、卡片柜和书桌等等，把我们新居的布置装饰和庭院栽花种树，全都让我来管。

我们的婚礼是在燕大的临湖轩举行的，一九二九年六月十五日是个星期六。婚礼十分简单，客人只有燕大和清华两校的同事和同学，那天待客的蛋糕、咖啡和茶点，我记得只用去三十四元！

新婚之夜是在京西大觉寺度过的。那间空屋子里，除了自己带去的两张帆布床之外，只有一张三条腿的小桌子——另一条脚是用碎砖垫起的。两天后我们又回来分居在各自的宿舍里，因为新居没有盖好，学校也还没有放假。

暑假里我们回到上海和江阴省亲。他们为我们举办的婚宴，比我们在北京自己办的隆重多了，亲友也多，我们把收来的许多红幛子，都交给我们两家的父母，作为将来亲友喜庆时还礼之用。

朋友们都劝我们到杭州西湖去度蜜月，可是我们只住了一天就热坏了，夏天的西湖就像蒸锅一般！那时刘放园表兄一家正在莫干山避暑，我们被邀到莫干山住了几天。文藻惦记着秋后的教学，我惦念着新居的布置，在假满之前，匆匆地又回到了北京。关于这一段，我在

063

《第一次宴会》那篇小说里曾描写过。

上课后，文藻就心满意足地在他的书房里坐了下来，似乎从此就可以过一辈子的备课、教学、研究的书呆子生活了。

一九三〇年是我们两家多事之秋，我的母亲和文藻的父亲相继逝世。他的母亲就北上和我们同住，我的父亲不久也退休回到北京来。这时我的二弟为杰已升入燕大，他的妹妹剑群也入了燕大读家政系。他们都住在宿舍，却都常回来。我没有姐妹，文藻没有兄弟，这时双方都觉得有了补偿。

这里不妨插进一件趣事。一九二三年我初到美国，花了五块美金，照了一两张相片，寄回国来，以慰我父母想念之情。那张大点的相片，从我母亲逝世后文藻就向我父亲要来，放在他的书桌上，我问他："你真的每天要看一眼呢，还只是一件摆设？"他笑说："我当然每天要看了。"有一天我趁他去上课，把一张影星阮玲玉的相片换进相框里，过了几天，他也没理会。后来还是我提醒他："你看桌上的相片是谁的？"他看了才笑着把相片换了下来，说："你何必开这样的玩笑？"还有一次是一个阳光灿烂的春天上午，我们都在楼前赏花，他母亲让我把他从书房里叫出来。他出来站在丁香树前目光茫然地又像应酬我似的问："这是什么花？"我忍笑回答："这是香丁。"他点了点头说："呵，香丁。"大家听了都大笑起来。

婚后的几年，我仍在断断续续地教学，不过时间减少了。一九三一年二月，我们的儿子吴平出世了。一九三五年五月我们又有了一个女儿——吴冰。我尝到了做母亲的快乐和辛苦。我每天早晨在特制的可以折起的帆布高几上，给孩子洗澡。我们的弟妹和学生们，都来看过，而文藻却从来没有上楼来分享我们的欢笑。

在燕大教学的将近十年的光阴，我们充分地享受了师生间亲切融洽的感情，我们不但有各自的学生，也有共同的学生。我们不但有课内的接触，更多的是课外的谈话和来往。学生们对我们倾吐了许多生活里的问题：婚姻，将来的专业等等，能帮上忙的，就都尽力而为，文藻侧重的是选送学社会学的研究生出国深造的问题。在一九三五至一九三六年，文藻休假的一年，我同他到欧美转了一周。他在日本、美国、英国、法国，到处寻师访友，安排了好几个优秀学生的入学从师的问题。他在自传里提到说："我对于哪一个学生，去哪一个国家，哪一个学校，跟谁为师和吸收哪一派理论和方法等问题，都大体上做了具体的、有针对性的安排。"因此在这一年他仆仆于各国大学之间的时候，我只是到处游山玩水，到了法国，他要重到英国的牛津和剑桥学习"导师制"，我却自己在巴黎住了悠闲的一百天！一九三七年六月底，我们取道西伯利亚回国，一个星期后，"七七事变"便爆发了！

七　我的老伴——吴文藻（之二）

上次未完待续的稿是今年四月二十四日写的。七个月过去了，中间编辑同志曾多次来催，就总是写不下去！"七七事变"以后几十年生活的回忆，总使我胆怯心酸，不能下笔——

说起我和文藻，真是"隔行如隔山"，他整天在书房里埋头写些什么，和学生们滔滔不绝地谈些什么，我都不知道。他那"顶天立地"的大书架搁着的满满的中外文的社会学、人类学的书，也没有引起我去翻看的勇气。要评论他的学术和工作，还是应该看他的学生们写的记述和悼念他的文章，以及他在一九八二年应《晋阳学刊》之约，发表在该刊第六期上的他的《自传》，这篇将近九千字的自传里讲的是：他自有生以来，进的什么学校，读的什么功课，从哪位教师受业，写的什么文章，交的什么朋友，然后是教的什么课程，培养的哪些学生……提到我的地方，只有两处：我们何时相识，何时结婚，短短的几句！至于儿女们的出生年月和名字，竟是只字不提。怪不得他的学生写悼念他的文章里,都说:"吴老曾感慨地说'我花在培养学生身上的精力和心思,比花在我自己儿女身上的多多了'。"

我不能请读者都去看他的《自传》,但也应该用他《自传》里的话,来总括他在"七七事变"前在燕大将近十年的工作:(一)是讲课,用他学生的话说是"建立'适合我国国情'的社会学教学和科研体系,使'中国式的社会学'扎根于中国的土壤之上"。(二)是培养专业人才,请进外国的专家来讲学和指导研究生,派出优秀的研究生去各国留学。("请进来"和"派出去"的专家和学生的名字和国籍只能从略。)(三)是提倡社区研究。"用同一区位的或文化的观点和方法,来分头进行各种地域不同的社会研究。"我只知道那时有好几位常来我家讨论的学生,曾分头到全国各地去做这种工作,现在这几位都是知名的学者和教授,在这里我不敢借他们的盛名来增光我的篇幅!但我深深地体会到文藻那些年的"茫然的目光"和"一股傻气"的后面,隐藏了多少的"精力和心思"!这里不妨再插进一首嘲笑他的宝塔诗,是我和清华大学校长梅贻琦老先生凑成的。上面的七句是:

马

香 丁

羽 毛 纱

样 样 都 差

傻 姑 爷 到 家

说 起 真 是 笑 话

教 育 原 来 在 清 华

"马"和"羽毛纱"的笑话是抗战前在北京,有一天我们同到城里去看望我父亲,我让他上街去给孩子买"萨其玛"(一种点心),孩子不会说萨其玛,一般只说"马"。因此他到了铺子里,也只会说买

"马"。还有我要送我父亲一件双丝葛的夹袍面子。他到了"稻香村"点心店和"东升祥"布店,这两件东西的名字都说不出来。亏得那两间店铺的售货员,和我家都熟,打电话来问。"东升祥"的店员问:"您要买一丈多的羽毛纱做什么?"我们都大笑起来,我就说:"他真是个傻姑爷!"父亲笑了说:"这傻姑爷可不是我替你挑的!"我也只好认了。抗战后我们到了云南,梅校长夫妇到我呈贡家里来度周末,我把这一腔怨气写成宝塔诗发泄在清华身上。梅校长笑着接写下面两句:

  冰心女士眼力不佳
   书呆子怎配得交际花

  当时在座的清华同学都笑得很得意,我又只好认我的"作法自毙"。

  回来再说些正经的吧。"七七事变"后这一年,北大和清华都南迁了,燕大因为是美国教会办的,那时还不受干扰。但我们觉得在北平一刻也呆不下去了,同时,文藻已经同大后方的云南大学联系好了,用英庚款在云大设置了社会人类学讲座,由他去教学。那时只因为我怀着小女儿吴青,她要十一月才出世,燕大方面也苦留我们再呆一年。这一年中,我们只准备离开的一切——这一段我在《丢不掉的珍宝》一文中,写得很详细。

  一九三八年秋,我们才取海道由天津经上海,把文藻的母亲送到他的妹妹处,然后经香港从安南(当时的越南)的海防坐小火车到了云南的昆明。这一路,旅途的困顿曲折,心绪的恶劣悲愤,就不能细说了。记得到达昆明旅店的那夜,我们都累得抬不起头来,我怀抱里的不过八个月的小女儿吴青忽然咯咯地拍掌笑了起来,我们才抬起倦眼惊喜地看到座边圆桌上摆的那一大盆猩红的杜鹃花!

用文藻自己的话说:"自一九三八年离开燕京大学,直到一九五一年从日本回国,我的生活一直处在战时不稳定的状态之中。"

他到了云南大学,又建立起了社会学系并担任了系主任,同年又受了北京燕大的委托,成立了燕大和云大合作的"实地调查工作站"。我们在昆明城内住了不久,又有日机轰炸,就带着孩子们迁到郊外的呈贡,住在"华氏墓庐",我把这座祠堂式的房子改名为"默庐",我在一九四〇年二月为香港《大公报》(应杨刚之约)写的《默庐试笔》中写得很详细。

从此,文藻就和我们分住了。他每到周末,就从城里骑马回家,还往往带着几位西南联大的没带家眷的朋友,如称为"三剑客"的罗常培、郑天挺和杨振声。这些苦中作乐的情况,我在为罗常培先生写《蜀道难》序中,也都描述过了。

一九四〇年底,因英庚款讲座受到干扰,不能继续,同时在重庆的国防最高委员会工作的清华同学,又劝他到委员会里当参事,负责研究边疆的民族、宗教和教育问题,并提出意见。于是我们一家又搬到重庆去了。

到了重庆,文藻仍寄居在城内的朋友家里,我和孩子们住在郊外的歌乐山,那里有一所没有围墙的土屋,是用我们卖书的六千元买来的。我把它叫做"潜庐",关于这座土屋和门前风景,我在《力构小窗随笔》中也说过了。

我记得一九四二年春,文藻得了很重的肺炎,我陪他在山下的"中央医院"也就是"上海医学院"的附属医院,住了将近一个月,他受到内科钱德主任的精心医治,据钱主任说肺炎一般在一星期内外,必有一个转折期,那时才知凶吉。但是文藻那时的高烧一直延长到十三天!有一天早上,护士试过了他的脉搏,惊惶而悄悄地来告诉我说:"他的脉搏只有三十六下了。"急得我赶紧跑到医院后面的宿舍里去找王鹏万大夫夫妇——他的爱人张女士是我的同学——那时我只觉得双腿发软,连一座小小的山坡都走不上去!等我和王大夫夫妇回到病房来时,看见文藻身上的被子已被掀过来了,床边站满了大夫和护士,我想他一定"完"了!回头看见窗前桌上放着两碗刚送来的早餐热粥,我端起碗来一口气都喝了下去。我觉得这以后我要办的事多得很,没有一点力气是不行的。谁知道再一回头看到文藻翻了一个身,长长地吁了一口气,迸出一身冷汗。大夫们都高兴地又把被子给他盖上,说:"这转折点终于来了!"又都回头对我笑说,"好了,您不用难过了……"我擦着脸上的汗说:"你们辛苦了!他就是这么一个人,什么都慢!"

我的身心交瘁的一个多月过去了,却又忙着把他搬回山上来,那时没有公费医疗,多住一天,就得多付一天的住院费,我这个以"社会贤达"的名义被塞进"参政会"的参政员,每月的"工资"也只是一担白米。回家后还是亏了一位文藻的做买卖的亲戚,送来一只鸡和两只广柑,作为病后的补品,偏偏我在一杯广柑汁内,误加了白盐,我又舍不得倒掉,便自己仰脖喝了下去!

回家后,大女儿吴冰向我诉苦,说五月一日是她的生日,富奶奶(关于这位高尚的人,我将另有文章记述)只给她吃一个上面插着一支小蜡烛的馒头。这时文藻躺在家里床上,看到爬到他枕边的、穿着一身浅黄色衣裙,发上结着一条大黄缎带的小女儿吴青(这也是富奶奶给她打扮的),脸上却漾出了病后从未有过的一丝微笑!

文藻不是一个能够安心养病的人。一九四三年初,他就参加了"中国访问印度教育代表团"去过印度,着重考察了印度的民族和印度教与伊斯兰教的冲突问题。同年的六月,他又参加了"西北建设考察团",担任以新疆民族为主的西北民族问题调查。一九四四年底,他又参加了到美国的"战时太平洋学会",讨论各盟国战后对日处理方案。会后他又访问了哈佛,耶鲁,芝加哥,普林斯顿各大学的研究中心,去了解他们战时和战后的研究计划和动态,他得到的收获就是了解到"行为科学"的研究已从"社会关系学"发展到了以社会学、人类学、社会心理学三门结合的研究。

一九四五年八月十四日夜,我们在歌乐山上听到了日本帝国主义无条件投降的消息。那时在"中央大学"和在"上海医学院"学习的我们的甥女和表侄女们,都高兴得热泪纵横。我们都恨不得一时就回到北平去,但是那时的交通工具十分拥挤,直到一九四五年底我们才回到了南京。正在我们做北上继续教学的决定时,一九四六年初,文藻的清华同学朱世明将军受任中国驻日代表团团长,他约文藻担任该团的政治组长,兼任盟国对日委员会中国代表顾问。文藻正想了解战后日本政局和重建情况和形势,他想把整个日本作为一个大的社会现场来考察、做专题研究,如日本天皇制、日本新宪法、日本新政党、财阀解体、工人运动等等,在中日邦交没有恢复,没有友好往来之前,趁这机会去日,倒是一个方便,但他只作一年打算。因此当他和朱世明将军到日本去的时候,我自己将两个大些的孩子吴平和吴冰送回北京就学,住在我的大弟妇家里;我自己带着小女儿吴青暂住在南京亲戚家里,这一段事我都写在一九四六年十月的《无家乐》那一篇文章里。当年的十一月,文藻又回来接我带着小女儿到了东京。

现在回想起来,在东京的一段时间,是我们生命中的一个转折点。文藻利用一切机会,同美国来日研究日本问题的专家学者以及东京大学、京都大学的同行人士多有接触。我自己也接触了当年在美留学时的日本同学和一些妇女界人士,不但比较深入地了解了当时日本社会上存在的种种问题,同时也深入地体会了美帝国主义的侵略本性!

这时我们结交了一位很好的朋友——谢南光同志，他是代表团政治组的副组长，也是一个地下共产党员。通过他，我们研读了许多毛主席著作，并和国内有了联系。文藻有个很"不好"的习惯，就是每当买来一本新书，就写上自己的名字和年、月、日。代表团里本来有许多台湾特务系统，如军统、中统等据说有五个之多。他们听说政治组同人每晚以在吴家打桥牌为名，共同研讨毛泽东著作，便有人在一天趁文藻上班，溜到我们住处，从文藻的书架上取走一本《论持久战》。等到我知道了从卧室出来时，他已走远了。

　　我们有一位姓林的朋友——他是横滨领事，对共产主义同情的，被召回台湾即被枪毙了。文藻知道不能在代表团继续留任，一九五〇年他向团长提出辞职。但离职后仍不能回国，因为我们持有的是台湾政府的护照，这时华人能在日本居留的，只有记者和商人。我们没有经商的资本，就通过朱世明将军和新加坡巨商胡文虎之子胡好的关系，取得了《星槟日报》记者的身份，在东京停留了一年，这时美国的耶鲁大学聘请文藻到该校任教，我们把赴美的申请书寄到台湾，不到一星期便被批准了！我们即刻离开了日本，不是向东，而是向西到了香港，由香港回到了祖国！

　　这里应该补充一点，当年我送回北平学习的儿女，因为我们在日本的时期延长了，便也先后到了日本。儿子吴平进了东京的美同学校，高中毕业后，我们的美国朋友都劝我们把他送到美国去进大学，他自己和我们都不赞成到美国去。便以到香港大学进修为名，买了一张到香港而经塘沽的船票。他把我们给国内的一封信缝在裤腰里，船到塘沽他就溜了下去，回到北京。由联系方面把他送进了北大，因为他选的是建筑系，以后又转入清华大学——文藻的母校。他回到北京和我们通信时，仍由香港方面转。因此我们一回到香港，北京方面就有人来接，我们从海道先到了广州。

回国后的兴奋自不必说！一九五一年至一九五三年之间，文藻都在学习，为接受新工作做准备。中间周总理曾召见我们一次，这段事我在一九七六年写的《永远活在我们心中的周总理》一文中叙述过。

一九五三年十月，文藻被正式分配到中央民族学院工作。新中国成立后，社会学和其他的社会科学如心理学等，都被扬弃了竟达三十年之久。文藻这时是致力于研究国内少数民族情况。他担任了这个研究室和历史系"民族志"研究室的主任。他极力主张"民族学中国化"，"把包括汉族在内的整个中华民族作为中国民族学的研究，让民族学植根于中国土壤之中"。这段详细的情况，在《中央民族学院学报》一九八六年第二期，金天明和龙平平同志的《论吴文藻的"民族学中国化"的思想》一文中，都讲得很透彻，我这个外行人，就不必多说了。

一九五八年四月，文藻被错划为右派。这件意外的灾难，对他和我都是一个晴天霹雳！因为在他的罪名中，有"反党反社会主义"一条，在让他写检查材料时，他十分认真地苦苦地挖他的这种思想，写了许多张纸！他一面痛苦地挖着，一面用迷茫和疑惑的眼光看着我说："我若是反党反社会主义，就到国外去反好了，何必千辛万苦地借赴美的名义回到祖国来反呢？"我当时也和他一样"感到委屈和沉闷"，但我没有说出我的想法，我只鼓励他好好地"挖"，因为他这个绝顶认真的人，你要是在他心里引起疑云，他心里就更乱了。

正在这时，周总理夫妇派了一辆小车，把我召到中南海西花厅，那所简朴的房子里。他们当然不能说什么，也只十分诚恳地让我帮他好好地改造，说"这时最能帮助他的人，只能是他最亲近的人了……"我一见到邓大姐就像见了亲人一样，我的一腔怨愤就都倾吐了出来！我说："如果他是右派，我也就是漏网右派，我们的思想都差不多，但绝没有'反党反社会主义'的思想！"我回来后向文藻说了总理夫妇极其委婉地让他好好改造。他在自传里说"当时心里还是感到委屈和沉闷，但我坚信事情终有一天会弄清楚的"。一九五九年十二月，文藻被摘掉右派分子的帽子。一九七九年又把错划予以改正。

作为一个旁观者，我看到一九五七年，在他以前和以后几乎所有的社会学者都被划成右派分子，在他以后，还有许许多多我平日所敬佩的各界的知名人士，也都被划为右派，这其中还有许多年轻人和大学生。我心里一天比一天地坦然了。原来被划为右派，在明眼人的心中，并不是一件可羞耻的事！

文藻被划为右派后，接到了撤销研究室主任的处分，并被剥夺了教书权，送社会主义学院学习。一九五九年以后，文藻基本上是从事内部文字工作，他的著作大部分没有发表，发表了也不署名，例如从一九五九到一九六六年期间与费孝通（他已先划为右派）共同校订少数民族史志"三套丛书"，为中宣部提供西方社会学新出名著，为《辞海》第一版民族类词目撰写释文等，多次为外交部交办的边界问题提供资料和意见。并参与了校订英文汉译的社会学名著工作。他还与费孝通共同搜集有关帕米尔及其附近地区历史、地理、民族情况的英文参考资料等，十年动乱中这些资料都散失了！

一九六六年"文革"开始了，我和他一样靠边站，住牛棚，那时我们一家八口（我们的三个子女和他们的配偶）分散在八个地方，如今单说文藻的遭遇。他在一九六九年冬到京郊石棉厂劳动，一九七〇年夏又转到湖北沙洋民族学院的干校。这时我从作协的湖北咸宁的干校，被调到沙洋的民族学院的干校来。久别重逢后不久又从分住的集体宿舍搬到单间宿舍，我们都十分喜幸快慰！实话说，经过反右期间的惊涛骇浪之后，到了十年浩劫，连国家主席、开国元勋，都不能幸免，像我们这些"臭老九"，没有家破人亡，就是万幸了，又因为和民院相熟的同人们在一起劳动，无论做什么都感到新鲜有趣。如种棉花，从在瓦罐里下种选芽，直到在棉田里摘花为止，我们学到了许多技术，也流了不少汗水。湖北夏天，骄阳似火，当棉花秆子高与人齐的时候，我们在密集闭塞的棉秆中间摘花，浑身上下都被热汗浸透了，在出了棉田回到干校的路上，衣服又被太阳晒干了。这时我们都体会到古诗中的"锄禾日当午，汗滴禾下土"句中的甘苦，我们身上穿的一丝一缕，也都是辛苦劳动的果实呵！

一九七一年八月，因为美国总统尼克松将有访华之行，文藻和我以及费孝通、邝平章等八人，先被从沙洋干校调回北京民族学院，成立了研究部的编译室。我们共同翻译校订了尼克松的《六次危机》的下半部分。接着又翻译了美国海斯、穆恩、韦兰合著的《世界史》，最后又合译了英国大文豪韦尔斯著的《世界史纲》，这是一部以文论史的"生物和人类的简明史"的大作！那时中国作家协会还没有恢复，我很高兴地参加了这本巨著的翻译工作，从攻读原文和参考书籍里，我得到了不少学问和知识。那几年我们的翻译工作，是十年动乱的岁月中，最宁静、最惬意的日子！我们都在民院研究室的三楼上，伏案疾书，我和文藻的书桌是相对的，其余的人都在我们的隔壁或旁边。文藻和我每天早起八点到办公室，十二时回家午饭，饭后二时又回到办公室，下午六时才回家。那时我们的生活"规律"极了，大家都感到安定而没有虚度了光阴！现在回想起来，也亏得那时是"百举俱废"的时期，否则把我们这几个后来都是很忙的人召集在一起，来翻译这一部洋洋数百万言的大书，也不是一件容易的事。

"四人帮"被粉碎之后，各种学术研究又得到恢复，社会学也开始受到了重视和发展。一九七九年三月，文藻十分激动地参加了重建社会学的座谈会，作了《社会学与现代化》的发言，谈了多年来他想谈而不能谈的问题。当年秋季，他接受了带民族学专业研究生的任务,并在集体开设的"民族学基础"中,分担了"英国社会人类学"的教学任务。文藻恢复工作后,精神健旺了,又感到近几年来我们对西方民族学战后的发展和变化了解太少,就特别注意关于这方面材料的收集。一九八一年底,他写了《战后西方民族学的变化》,介绍了西方民族学战后出现的流派及其理论,这是他最后发表的一篇文章了!

他在自传里最后说:"由于多年来我国的社会学和民族学未被承认,我在重建和创新工作还有许多要做,我虽年老体弱,但我仍有信心在有生之年为发展我国的社会学和民族学作出贡献。"

他的信心是有的,但是体力不济了。近几年来,我偶尔从旁听见他和研究生们在家里的讨论和谈话,声音都是微弱而喑哑的,但他还是努力参加了研究生们的毕业论文答辩,校阅了研究生们的翻译稿件,自己也不断地披阅西方的社会学和民族学的新作,又做些笔记。一九八三年我们搬进民族学院新建的高知楼新居,朝南的屋子多,我们的卧室兼书房,窗户宽大,阳光灿烂,书桌相对,真是窗明几净。我从一九八〇年秋起得了脑血栓后又患右腿骨折,已有两年足不出户了。我们是终日隔桌相望,他写他的,我写我的,熟人和学生来了,也就坐在我们中间,说说笑笑,享尽了人间"偕老"的乐趣。这也是十一届三中全会以后,我们得到的政府各方面特殊照顾的丰硕果实。

"夕阳无限好,只是近黄昏",这也是自然规律,文藻终于在一九八五年七月三日最后一次住进北京医院,再也没有出来了。他的床前,一直只有我们的第二代、第三代的孩子们在守护,我行动不便,自己还要人照顾,便也不能像一九四二年他患肺炎时那样,日夜守在他旁边了。一九八五年九月二十四日早晨,我们的儿子吴平从医院里打电话回来告诉我说:"爹爹已于早上六时二十分逝世了!"

遵照他的遗嘱:不向遗体告别,不开追悼会,火葬后骨灰投海。

存款三万元捐献给中央民院研究所,作为社会民族学研究生的助学金。九月二十七日下午,除了我之外,一家大小和近亲密友(只是他的几位学生)在北京医院的一间小厅里,开了一个小型的告别会(有好几位民院、民委、中联部的领导同志要去参加,我辞谢他们说:我都不去你们更不必去了),这小型的告别会后,遗体便送到八宝山火化。九月二十九日晨,我们的儿女们又到火葬场拾了遗骨,骨灰盒就寄存在革命公墓的骨灰室架子上。等我死后,我们的遗骨再一同投海,也是"死同穴"的意思吧!

文藻逝世后一段时间内的情况,我在《衷心的感谢》一文中(见《文汇月刊》一九八六年第一期)都写过了。

现在总起来看他的一生,的确有一段坎坷的日子,但他的"坎坷"是和当时绝大多数的知识分子"同命运"的。一九八六年第十八期《红旗》上,有一篇"本刊特约评论员"的文章《引导知识分子坚持走健康成长的道路》中的党对知识分子问题的第四阶段上,讲得就非常地客观而公允!

> 第四阶段,从1957年到1976年。前十年由于党的指导思想发生了"左"的偏差,党的知识分子政策开始偏离了正确的方向,知识分子工作也经历了曲折的道路。主要表现是轻视知识,歧视知识分子,以种种罪名排斥和打击了一些知识分子,使不少人长期蒙受冤屈。这种错误倾向,在长达十年的"文化大革命"中,发展到了荒谬绝伦的地步,把广大知识分子诬蔑为"臭老九",把学有所长、术有专攻的知识分子诬蔑为"反动学术权威",只片面地强调知识分子要向工农学习,不提工农群众也要向知识分子学习,人为地制造了工人农民同知识分子之间的对立,而重视知识分子,爱护知识分子,反被说成是搞"修正主

义",有"亡党亡国"的危险。摧残知识分子成为十年浩劫的重要组成部分。

读了这篇文章,使我从心里感觉到中国共产党真是一个伟大、英明、正确的无产阶级政党,是一个"有严明纪律和富于自我批评精神的无产阶级政党"。可惜的是文藻没能赶上披读这篇文章了!

写到这里,我应当搁笔了。他的也就是我们的晚年,在精神和物质方面,都没有感到丝毫的不足。要说他八十五岁死去更不能说是短命,只是从他的重建和发展中国社会学的志愿和我们的家人骨肉之间的感情来说,对于他的忽然走开,我是永远抱憾的!

一九八六年十一月二十一日

梦

她回想起童年的生涯，真是如同一梦罢了！穿着黑色带金线的军服，佩着一柄短短的军刀，骑在很高大的白马上，在海岸边缓辔徐行的时候，心里只充满了壮美的快感，几曾想到现在的自己，是这般的静寂，只拿着一支笔儿，写她幻想中的情绪呢？

她男装到了十岁，十岁以前，她父亲常常带她去参与那军人娱乐的宴会。朋友们一见都夸奖说，"好英武的一个小军人！今年几岁了？"父亲先一面答应着，临走时才微笑说，"他是我的儿子，但也是我的女儿。"

她会打走队的鼓，会吹召集的喇叭。知道毛瑟枪里的机关。也会将很大的炮弹，旋进炮腔里。五六年父亲身畔无意中的训练，真将她做成很矫健的小军人了。

别的方面呢？平常女孩子所喜好的事，她却一点都不爱。这也难怪她，她的四围并没有别的女伴，偶然看见山下经过的几个村里的小姑娘，穿着大红大绿的衣裳，裹着很小的脚。匆匆一面里，她无从知道她们平居的生活。而且她也不把这些印象，放在心上。一把刀，一匹马，便堪过尽一生了！女孩子的事，是何等的琐碎烦腻呵！当探海的电灯射在浩浩无边的大海上，发出一片一片的寒光，灯影下，旗影下，两排儿沉豪英毅的军官，在剑佩锵锵的声里，整齐严肃的一同举起杯来，祝中国万岁的时候，这光景，是怎样的使人涌出慷慨的快乐的眼泪呢？

她这梦也应当到了醒觉的时候了！人生就是一梦么？

十岁回到故乡去，换上了女孩子的衣服，在姊妹群中，学到了女儿情性：五色的丝线，是能做成好看的活计的；香的，美丽的花，是要插在头上的；镜子是妆束完时要照一照的；在众人中间坐着，是要说些很细腻很温柔的话的；眼泪是时常要落下来的。女孩子总是有点脾气，带点娇贵的样子的。

这也是很新颖，很能造就她的环境——但她父亲送给她的一把佩刀，还长日挂在窗前。拔出鞘来，寒光射眼，她每每呆住了。白马呵，海岸呵，荷枪的军人呵……模糊中有无穷的怅惘。姊妹们在窗外唤她，她也不出去了。站了半天，只掉下几点无聊的眼泪。

她后悔么？也许是，但有谁知道呢！军人的生活，是怎样的造就了她的性情呵！黄昏时营幕里吹出来的笳声，不更是抑扬凄婉么？世界上软款温柔的境地，难道只有女孩儿可以占有么？海上的月夜，星夜，眺台独立倚枪翘首的时候：沉沉的天幕下，人静了，海也浓睡了——"海天以外的家！"这时的情怀，是诗人的还是军人的呢？是两缕悲壮的丝交纠之点呵！

除了几点无聊的英雄泪，还有甚么？她安于自己的境地了！生命如果是圈儿般的循环，或者便从"将来"，又走向"过去"的道上去，但这也是无聊呵！

十年深刻的印象，遗留于她现在的生活中的，只是矫强的性质了——她依旧是喜欢看那整齐的步伐,听那悲壮的军笳。但与其说她是喜欢看,喜欢听,不如说她是怕看,怕听罢。

横刀跃马,和执笔沉思的她,原都是一个人,然而时代将这些事隔开了……

童年!只是一个深刻的梦么?

一九二一年十月一日

童年杂忆

> 童年呵!
> 是梦中的真,
> 　是真中的梦,
> 　　是回忆时含泪的微笑。
>
> ——《繁星》

一九八〇年的后半年,几乎全在医院中度过,静独时居多。这时,身体休息,思想反而繁忙,回忆的潮水,一层一层地卷来,又一层一层地退去,在退去的时候,平坦而光滑的沙滩上,就留下了许多海藻和贝壳和海潮的痕迹!

这些痕迹里,最深刻而清晰的就是童年时代的往事。我觉得我的童年生活是快乐的,开朗的,首先是健康的。该得的爱,我都得到了,该爱的人,我也都爱了。我的母亲,父亲,祖父,舅舅,老师以及我周围的人都帮助我的思想、感情往正常、健康里成长。二十岁以后的我，不能说是没有经过风吹雨打，但是我比较是没有受过感情上摧残的人，我就能够经受身外的一切。有了健康的感情，使我相信人类的前途是光明的，虽然在螺旋形上升的路上，是峰回路转的，但我们有自己的看法，自己的判断，来克制外来的侵袭。

八十年里我过着和三代人相处（虽然不是同居）的生活，感谢天，我们的健康空气，并没有被污染。我希望这爱和健康的气息，不但在我们一家中间，还在每一个家庭中延续下去。

话说远了，收回来吧。

读 书

我常想，假如我不识得字，这病中一百八十天的光阴，如何消磨得下去？

感谢我的母亲，在我四五岁的时候，在我百无聊赖的时候，把文字这把钥匙，勉强地塞在我手里。到了我七岁的时候，独游无伴的环境，迫着我带着这把钥匙，打开了书库的大门。

门内是多么使我眼花缭乱的画面呵！我一跨进这个门槛，我就出不来了！

我的文字工具，并不锐利，而我所看到的书，又多半是很难攻破的。但即使我读到的对我是些不熟习的东西，而"熟能生巧"，一个字形的反复呈现，这个字的意义，也会让我猜到一半。

我记得我首先得到手的，是《三国演义》和《聊斋志异》，这里我只谈《聊斋志异》。

《聊斋志异》真是一本好书，每一段故事，多的几千字，少的只有几百字。其中的人物，是人、是鬼、是狐，都有自己独特的性格，每个"人"都从字上站起来了！看得我有时欢笑，有时流泪，母亲说我看书看得疯了。不幸的《聊斋志异》，有一次因为我在澡房里偷看，把洗澡水都凉透了,她气得把书抢过去,撕去了一角,从此后我就反复看着这残缺不完的故事,直到十几年后我自己买到一部新书时,才把故事的情节拼全了。

此后无论是什么书,我得到就翻开看。即或不是一本书,而是一张纸,哪怕是一张极小的纸,只要上面有字,我就都要看看。我记得当我八岁或九岁的时候,我要求我的老师教给我做诗。他说做诗要先学对对子,我说我要试试看。他笑着给我写了三个字,是"鸡唱晓",我几乎不假思索地就对上个"鸟鸣春",他大为喜悦诧异,以为我自己已经看过韩愈的《送孟东野序》。其实"以鸟鸣春,以雷鸣夏,以虫鸣秋,以风鸣冬"这四句话,我是在一张香烟画的后面看到的!

再大一点,我又看了两部"传奇",如《再生缘》、《天雨花》等,都是女作家写的,七字一句的有韵的故事,中间也夹些说白,书中的主要角色,又都是很有才干的女孩子。如《再生缘》中的孟丽君,《天雨花》中的左仪贞。故事都很曲折,最后还是大团圆。以后我还看一些类似的书,如《凤双飞》,看过就没有印象了。

与此同时,我还看了许多商务印书馆出版的"说部丛书",其中就有英国名作家狄更斯的《块肉余生述》,也就是《大卫·考伯菲尔》,我很喜欢这本书!译者林琴南老先生,也说他译书的时候,被原作的情文所感动,而"笑啼间作"。我记得当我反复地读这本书的时候,当可怜的大卫,从虐待他的店主家出走,去投奔他的姨婆,旅途中饥寒交迫的时候,我一边流泪,一边掰我手里母亲给我当点心吃的小面包,一块一块地往嘴里塞,以证明并体会我自己是幸福的!有时被母亲看见了,就说,"你这孩子真奇怪,有书看,有东西吃,你还哭!"事情过去几十年了,这一段奇怪的心理,我从来没有对人说过!

我的另一个名字

我的另一个名字,是和我该爱而不能爱的人有关,这个人就是我的姑母。

我从来没有见过我的姑母,只从父亲口里听到关于她的一切。她是父亲的姐姐,父亲四岁丧母,一切全由姐姐照料。我记得父亲说过姑母出嫁的那一天,父亲在地上打着滚哭,看来她似乎比我的父亲大得多。

姑母嫁给冯家,我在一九一一年回福州去的时候,曾跟我的父亲到三官堂冯家去看我的姑夫。姑姑生了三男二女,我的二表姐,乳名叫"阿三"的,长得非常的美。坐在镜前梳头,发长委地,一张笑脸红扑扑地!父亲替她做媒,同一位姓陈的海军青年军官——也是父亲的学生——结了婚,她回娘家的时候,就来看我们。我们一大家的孩子都围着她看,舍不得走开。

冯家也是一个大家庭,我记得他们堂兄弟姐妹很多,个个都会吹弹歌唱,墙上挂的都是些箫,笙,月琴,琵琶之类。父亲常说他们家可以成立一个民乐团!

我生下来多病。姑母很爱我的父母,因此也极爱我。据说她出了许多求神许愿的主意,比如说让我拜在吕洞宾名下,作为寄女,并在他神座前替我抽了一个名字,叫"珠瑛",我们还买了一条牛,在吕祖庙放生——其实也就是为道士耕田!每年在我生日那一天,还请道士到家来念经,叫做"过关"。这"关"一直要过到我十六岁,都是在我老家福州过的,我只有在回福州那个时期才得"恭逢其盛"!一个或两个道士一早就来,在厅堂用八仙桌搭起祭坛,围上红缎"桌裙",点蜡,烧香,念经,上供,一直闹到下午。然后立起一面纸糊的城门似的"关",让我拉着我们这一大家的孩子,从"关门"里走过,道士口里就唱着"××关过啦""××关过啦",我们哄笑着穿走了好几次,然后把这纸门烧了,道士也就领了酒饭钱,收拾起道具,回去了。

吕祖庙在福州城内乌石山上——福州是山的城市,城内有三座山,乌石山,越王山(屏山),于山。一九三六年冬我到欧洲七山之城的罗马的时候,就想到福州!

吕祖庙是什么样子,我已忘得干干净净,但是乌石山上有两大块很光滑的大石头,突兀地倚立在山上,十分奇特。福州人管这两块大石头叫"桃瓣李片",说出来就是一片桃子和一片李子倚立在一起,这两块石头给我的印象很深。

和我的这个名字(珠瑛)有联系的东西,我想起了许多,都是些迷信的事,像把我寄在吕祖名下和"过关"等等,我的父亲和母亲都不相信的,只因不忍过拂我姑母的意见,反正这一切都在老家进行,并不麻烦他们自己,也就算了,"珠瑛"这个名字,我从来没有用过,家里人也从不这样称呼我。

在我开始写短篇小说的时候,一时兴起,曾想以此为笔名,后来终竟因为不喜欢这迷信的联想,又觉得"珠瑛"这两字太女孩子气了,就没有用它。

这名字给了我八十年了,我若是不想起,提起,时至今日就没有人知道了。

父亲的"野"孩子

当我连蹦带跳地从屋外跑进来的时候,母亲总是笑骂着说,"看你的脸都晒'熟'了!一个女孩子这么'野',大了怎么办?"跟在我后面的父亲就会笑着回答,"你的孩子,大了还会野吗?"这时,母亲脸上的笑,是无可奈何的笑,而父亲脸上的笑,却是得意的笑。

的确，我的"野"，是父亲一手"惯"出来的，一手训练出来的。因为我从小男装，连穿耳都没有穿过。记得我回福州的那一年，脱下男装后，我的伯母，叔母都说："四妹（我在大家庭姐妹中排行第四）该扎耳朵眼，戴耳环了。"父亲还是不同意，借口说："你们看她左耳垂后面，有一颗聪明痣。把这颗痣扎穿了，孩子就笨了"。我自己看不见我左耳垂后面的小黑痣，但是我至终没有扎上耳朵眼！

　　不但此也，连紧鞋父亲也不让穿，有时我穿的鞋稍为紧一点，我就故意在父亲面前一瘸瘸地走，父亲就埋怨母亲说，"你又给她小鞋穿了！"母亲也气了，就把剪刀和纸裁的鞋样推到父亲面前说："你会做，就给她做，将来长出一对金刚脚，我也不管！"父亲真的拿起剪刀和纸就要铰个鞋样，母亲反而笑了，把剪刀夺了过去。

　　那时候，除了父亲上军营或军校的办公室以外，他一下班，我一放学，他就带我出去，骑马或是打枪。海军学校有两匹马，一匹是白的老马，一匹黄的小马，是轮流下山上市去取文件或书信的。我们总在黄昏，把这两匹马牵来，骑着在海边山上玩。父亲总让我骑那匹老实的白马，自己骑那匹调皮的小黄马，跟在后面。记得有一次，我们骑马穿过金钩寨，走在寨里的小街上时，忽然从一家门里蹒跚地走出一个刚会走路的小娃娃，他一直闯到白马的肚子底下，跟在后面的父亲，吓得赶忙跳下马来拖他。不料我座下的那匹白马却从从容容地横着走向一边，给孩子让出路来。当父亲把这孩子抱起交给他的惊惶追出的母亲时，大家都松了一口气，父亲还过来抱着白马的长脸，轻轻地拍了几下。

　　在我们离开烟台以前，白马死了。我们把它埋在东山脚下。我有时还在它墓上献些鲜花，反正我们花园里有的是花。从此我们再也不骑马了。

　　父亲还教我打枪，但我背的是一杆鸟枪。枪弹只有绿豆那么大。

母亲不让我向动物瞄准,只许我打树叶或树上的红果,可我很少能打下一片绿叶或一颗红果来!

烟台是我们的!

夏天的黄昏,父亲下了班就带我到山下海边散步,他不换便服,只把白色制服上的黑地金线的肩章取了下来,这样,免得走在路上的学生们老远看见了就向他立正行礼。

我们最后就在沙滩上面海坐下,夕阳在我们背后慢慢地落下西山,红霞满天。对面好像海上的一抹浓云,那是芝罘岛。岛上的灯塔,已经一会儿一闪地发出强光。

有一天,父亲只管抱膝沉默地坐着,半天没有言语。我就挨过去用头顶着他的手臂,说,"爹,你说这小岛上的灯塔不是很好看么?烟台海边就是美,不是吗?"这些都是父亲平时常说的话,我想以此来引出他的谈锋。

父亲却摇头慨叹地说,"中国北方海岸好看的港湾多的是,何止一个烟台?你没有去过就是了。"

我瞪着眼等他说下去。

他用手拂弄着身旁的沙子,接着说,"比如威海卫,大连湾,青岛,都是很好很美的……"

我说,"爹,你哪时也带我去看一看。"父亲拣起一块卵石,狠狠地向海浪上扔去,一面说,"现在我不愿意去!你知道,那些港口现在都不是我们中国人的,威海卫是英国人的,大连是日本人的,青岛是德国人的,只有,只有烟台是我们的,我们中国人自己的一个不冻港!"

我从来没有看见父亲愤激到这个样子。他似乎把我当成一个大人,一个平等的对象,在这海天辽阔、四顾无人的地方,倾吐出他心里郁积的话。

他说,"为什么我们把海军学校建设在这海边偏僻的山窝里?我们是被挤到这里来的呵。这里僻静,海滩好,学生们可以练习游泳,划船,打靶等等。将来我们要夺回威海,大连,青岛,非有强大的海军不可。现在大家争的是海上霸权呵!"

从这里他又谈到他参加过的中日甲午海战:他是在威远战舰上的枪炮副。开战的那一天,站在他身旁的战友就被敌人的炮弹打穿了腹部,把肠子都打溅在烟囱上!炮火停歇以后,父亲把在烟囱上烤焦的肠子撕下来,放进这位战友的遗体的腔子里。

"这些事,都像今天的事情一样,永远挂在我的眼前,这仇不报是不行的!我们受着外来强敌的欺凌,死的人,赔的款,割的地还少吗?

"这以后,我在巡洋舰上的时候,还常常到外国去访问。英国,日本,法国,意大利……我觉得到哪里我都抬不起头来!你不到外国,不知道中国的可爱,离中国越远,就对她越亲。但是我们中国多么可怜呵,不振兴起来,就会被人家瓜分了去。可是我们现在难关多得很,上头腐败得……"

他忽然停住了,注视着我,仿佛要在他眼里把我缩小了似的。他站起身来,拉起我说,"不早了,我们回去吧!"

一般父亲带我出去,活动的时候多,像那天这么长的谈话,还是第一次!在这长长的谈话中,我记得最牢,印象最深的,就是"烟台是我们的"这一句。

许多年以后,除了威海卫之外,青岛,大连,我都去过。英国、日本、法国、意大利……的港口,我也到过,尤其在新中国成立后,我并没有觉得抬不起头来。做一个新中国的人民是光荣的!

但是,"烟台是我们的",这"我们"二字,除了十亿我们的人民之外,还特别包括我和我的父亲!

一九八一年四月

我的故乡

我生于一九〇〇年十月五日（农历庚子年闰八月十二日），七个月后我就离开了故乡——福建福州。但福州在我的心里，永远是我的故乡，因为它是我的父母之乡。我从父母亲口里听到的极其琐碎而又极其亲切动人的故事，都是以福州为背景的。

我母亲说：我出生在福州城内的隆普营。这所祖父租来的房子里，住着我们的大家庭，院里有一个池子，那时福州常发大水，水大的时候，池子里的金鱼都游到我们的屋里来。

我的祖父谢子修（銮恩）老先生，是个教书匠，在城内的道南祠授徒为业。他是我们谢家第一个读书识字的人。我记得在我十一岁那年（一九一一年），从山东烟台回到福州的时候，在祖父的书架上，看到薄薄的一本套红印的家谱。第一位祖先是昌武公，以下是顺云公、以达公，然后就是我的祖父。上面仿佛还讲我们谢家是从江西迁来的，是晋朝谢安的后裔。但是在一个清静的冬夜，祖父和我独对的时候，他忽然摸着我的头说："你是我们谢家第一个正式上学读书的女孩子，你一定要好好地读呵。"说到这里，他就原原本本地讲起了我们贫寒的家世！原来我的曾祖父以达公，是福建长乐县横岭乡的一个贫农，因为天灾，逃到了福州城里学做裁缝。这和我们现在遍布全球的第一代华人一样，都是为祖国的天灾人祸所迫，漂洋过海，靠着不用资本的三把刀，剪刀（成衣业）、厨刀（饭馆业）、剃刀（理发业）起家的，不过我的曾祖父还没有逃得那么远！

那时做裁缝的是一年三节，即春节、端午节、中秋节，才可以到人家去要账。这一年的春节，曾祖父到人家要钱的时候，因为不认得字，被人家赖了账，他两手空空垂头丧气地回到家里，等米下锅的曾祖母听到这不幸的消息，沉默了一会，就含泪走了出去，半天没有进来。曾祖父出去看时，原来她已在墙角的树上自缢了！他连忙把她解救了下来，两人抱头大哭；这一对年轻的农民，在寒风中跪下对天立誓：将来如蒙天赐一个儿子，拼死拼活，也要让他读书识字，好替父亲记账、要账。但是从那以后我的曾祖母却一连生了四个女儿，第五胎才来了一个男的，还是难产。这个难得出生的男孩，就是我的祖父谢子修先生，乳名"大德"的。

这段故事，给我的印象极深，我的感触也极大！假如我的祖父是一棵大树，他的第二代就是树枝，我们就都是枝上的密叶；叶落归根，而我们的根，是深深地扎在福建横岭乡的田地里的。我并不是"乌衣门第"出身，而是一个不识字、受欺凌的农民裁缝的后代。曾祖父的四个女儿，我的祖姑母们，仅仅因为她们是女孩子，就被剥夺了读书识字的权利！当我把这段意外的故事，告诉我的一个堂哥哥的时候，他却很不高兴地问我是听谁说的？当我告诉他这是祖父亲口对我讲的时候，他半天不言语，过了一会才悄悄地吩咐我，不要把这段故事再讲给别人听，当下，我对他的"忘本"和"轻农"就感到极大的不满！从那时起，我就不再遵守我们谢家写籍贯的习惯。我写在任何表格上的籍贯,不再是祖父"进学"地点的"福建闽侯",而是"福建长乐",以此来表示我的不同意见!

我这一辈子,到今日为止,在福州不过前后呆了两年多,更不用说长乐县的横岭乡了。但是我记得在一九一一年到一九一二年之间我们在福州的时候,横岭乡有几位父老,来邀我的父亲回去一趟。他们说横岭乡小,总是受人欺侮,如今族里出了一个军官,应该带几个兵勇回去夸耀夸耀。父亲恭敬地说:他可以回去祭祖,但是他没有兵,也不可能带兵去。我还记得父老们送给父亲一个红纸包的见面礼,那是一百个银角子,合起值十个银元。父亲把这一个红纸包退回了,只跟父老们到横岭乡去祭了祖。一九二○年前后,我在北京《晨报》写过一篇叫做《还乡》的短篇小说,就讲的是这个故事。现在这张剪报也找不到了。

从祖父和父亲的谈话里,我得知横岭乡是极其穷苦的。农民世世代代在田地上辛勤劳动,过着蒙昧贫困的生活,只有被卖去当"戏子",才能逃出本土。当我看到那包由一百个银角子凑成的"见面礼"时,我联想到我所熟悉的山东烟台东山金钩寨的穷苦农民来,我心里涌上了一股说不出来难过的滋味!

我很爱我的祖父,他也特别的爱我,一来因为我不常在家,二来因为我虽然常去看书,却从来没有翻乱他的书籍,看完了也完整地放回原处。一九一一年我回到福州的时候,我是时刻围绕在他的身边转的。那时我们的家是住在"福州城内南后街杨桥巷口万兴桶石店后"。这个住址,现在我写起来还非常地熟悉、亲切,因为自从我会写字起,我的父母亲就时常督促我给祖父写信,信封也要我自己写。这所房子很大,住着我们大家庭的四房人。祖父和我们这一房,就住在大厅堂的两边,我们这边的前后房,住着我们一家六口,祖父的前、后房,只有他一个人和满屋满架的书,那里成了我的乐园,我一得空就钻进去翻书看。我所看过的书，给我的印象最深的是清袁枚（子才）的笔记小说《子不语》，还有我祖父的老友林纾（琴南）老先生翻译的线装的法国名著《茶花女遗事》。这是我以后竭力搜求"林译小说"的开始，也可以说是我追求阅读西方文学作品的开始。

我们这所房子，有好几个院子，但它不像北方的"四合院"的院子，只是在一排或一进屋子的前面，有一个长方形的"天井"，每个"天井"里都有一口井，这几乎是福州房子的特点。这所大房里，除了住人的以外，就是客室和书房。几乎所有的厅堂和客室、书房的柱子上墙壁上都贴着或挂着书画。正房大厅的柱子上有红纸写的很长的对联，我只记得上联的末一句，是"江左风流推谢傅"，这又是对晋朝谢太傅攀龙附凤之作，我就不屑于记它！但这些挂幅中的确有许多很好很值得记忆的，如我的伯叔父母居住的东院厅堂的楹联，就是：

海阔天高气象
风光月霁襟怀

又如西院客室楼上有祖父自己写的：

知足知不足
有为有弗为

这两副对联，对我的思想教育极深。祖父自己写的横幅，更是到处都有。我只记得有在道南祠种花诗中的两句：

花花相对叶相当
红紫青蓝白绿黄

在西院紫藤书屋的过道里还有我的外叔祖父杨维宝（颂岩）老先生送给我祖父的一副对联是：

有子才如不羁马
知君身是后凋松

那几个字写得既圆润又有力！我很喜欢这一副对子，因为"不羁马"夸奖了他的侄婿，我的父亲，"后凋松"就称赞了他的老友，我的祖父！

从"不羁马"应当说到我的父亲谢葆璋（镜如）了。他是我祖父的第三个儿子。我的两个伯父，都继承了我祖父的职业，做了教书匠。在我父亲十七岁那年，正好祖父的朋友严复（又陵）老先生，回到福州来招海军学生，他看见了我的父亲，认为这个青年可以"投笔从戎"，就给我父亲出了一道诗题，是"月到中秋分外明"，还有一道八股的破题。父亲都做出来了。在一个穷教书匠的家里，能够有一个孩子去当"兵"领饷，也还是一件好事，于是我的父亲就穿上一件用伯父们的两件长衫和半斤棉花缝成的棉袍，跟着严老先生到天津紫竹林的水师学堂，去当了一名驾驶生。

父亲大概没有在英国留过学，但是作为一名巡洋舰上的青年军官，他到过好几个国家，如英国、日本。我记得他曾气愤地对我们说："那时堂堂一个中国，竟连一首国歌都没有！我们到英国去接收我们中国购买的军舰，在举行接收典礼仪式时，他们竟奏一首《妈妈好糊涂》的民歌调子，作为中国的国歌，你看！"

甲午中日海战之役，父亲是"威远"舰上的枪炮二副，参加了海战。这艘军舰后来在威海卫被击沉了。父亲泅到刘公岛，从那里又回到了福州。

我的母亲常常对我谈到那一段忧心如焚的生活。我的母亲杨福慈，十四岁时她的父母就相继去世，跟着她的叔父颂岩先生过活，十九岁嫁到了谢家。她的婚姻是在她九岁时由我的祖父和外祖父做诗谈文时说定的。结婚后小夫妻感情极好，因为我父亲长期在海上生活，"会少离多"，因此他们通信很勤，唱和的诗也不少。我只记得父亲写的一首七绝中的三句：

×××××××，
此身何事学牵牛，
燕山闽海遥相隔，
会少离多不自由。

甲午海战爆发后，因为海军里福州人很多，阵亡的也不少，因此我们住的这条街上，今天是这家糊上了白纸的门联，明天又是那家糊上白纸门联。母亲感到这副白纸门联，总有一天会糊到我们家的门上！她悄悄地买了一盒鸦片烟膏，藏在身上，准备一旦得到父亲阵亡的消息，她就服毒自尽。祖父看到了母亲沉默而悲哀的神情，就让我的两个堂姐姐，日夜守在母亲身旁。家里有人还到庙里去替我母亲求签，签上的话是：

筵已散，
堂中寂寞恐难堪，
若要重欢，
除是一轮月上。

母亲半信半疑地把签纸收了起来。过了些日子，果然在一个明月当空的夜晚，听到有人敲门，母亲急忙去开门时，月光下看见了辗转归来的父亲！母亲说："那时你父亲的脸，才有两个指头那么宽！"

从那时起，这一对年轻夫妻，在会少离多的六七年之后，才厮守了几个月。那时母亲和她的三个妯娌，每人十天替大家庭轮流做饭，父亲便帮母亲劈柴、生火、打水，做个下手。不久，海军名宿萨鼎铭（镇冰）将军就来了一封电报，把我父亲召出去了。

一九一二年，我在福州时期，考上了福州女子师范学校预科，第一次过起了学校生活。头几天我还很不惯，偷偷地流过许久眼泪，但我从来没有对任何人说过，怕大家庭里那些本来就不赞成女孩子上学的长辈们，会出来劝我辍学！但我很快地就交上了许多要好的同学。至今我还能顺老师上班点名的次序，背诵出十几个同学的名字。福州女师的地址，是在城内的花巷，是一所很大的旧家第宅，我记得我们课堂边有一个小池子，池边种着芭蕉。学校里还有一口很大的池塘，池上还有一道石桥，连接在两处亭馆之间。我们的校长是黄花岗七十二烈士中之一的方声洞先生的姐姐方君瑛女士。我们的作文老师是林步瀛先生。在我快离开女师的时候，还来了一位教体操的日本女教师，姓石井的，她的名字我不记得了。我在这所学校只读了三个学期，中华民国成立后，海军部长黄钟瑛（赞侯）又来了一封电报，把父亲召出去了。不久，我们全家就到了北京。

我对于故乡的回忆，只能写到这里，十几年来，我还没有这样地畅快挥写过！我的回忆像初融的春水，涌溢奔流。十几年来，睡眠也少了，"晓枕心气清"，这些回忆总是使人欢喜而又惆怅地在我心头反复涌现。这一幕一幕的图画或文字，都是我的弟弟们没有看过或听过的，即使他们看过听过，他们也不会记得懂得的，更不用说我的第二代第三代了。我有时想如果不把这些写记下来，将来这些图文就会和我的刻着印象的头脑一起消失。这是否可惜呢？但我同时又想，这些都是关于个人的东西，不留下或被忘却也许更好。这两种想法在我心里矛盾了许多年。

一九三六年冬，我在英国的伦敦，应英国女作家弗吉尼亚·沃尔夫（Virginia Woolf）之约，到她家喝茶。我们从伦敦的雾，中国和英国的小说、诗歌，一直谈到当时英国的英王退位和中国的西安事变。她忽然对我说："你应该写一本自传。"我摇头笑说："我们中国人没有写自传的风习，而且关于我自己也没有什么可写的。"她说："我倒不是要你写自己，而是要你把自己作为线索，把当地的一些社会现象贯穿起来，即使是关于个人的一些事情，也可作为后人参考的史料。"我当时没有说什么，谈锋又转到别处去了。

事情过去四十三年了，今天回想起来，觉得她的话也有些道理。"思想再解放一点"，我就把这些在我脑子里反复呈现的图画和文字，奔放自由地写在纸上。

记得在半个世纪之前，在我写《往事》（之一）的时候，曾在上面写过这么几句话：

> 索性凭着深刻的印象
> 　将这些往事
> 　移在白纸上罢——
> 再回忆时
> 不向心版上搜索了！

这几句话，现在还是可以应用的。把这些图画和文字，移在白纸上之后，我心里的确轻松多了！

一九七九年二月十一日

我到了北京

大概是在一九一三年初秋，我到了北京。

中华民国成立后，海军部长黄钟瑛打电报把我父亲召到北京，担任海军部军学司长。父亲自己先去到任，母亲带着我们姐弟四个，几个月后才由舅舅护送着，来到北京。

实话说，我对北京的感情，是随着居住的年月而增加的。我从海阔天空的烟台，山清水秀的福州，到了我从小从舅舅那里听到的腐朽破烂的清政府所在地——北京，我是没有企望和兴奋的心情的。当轮船缓慢地驶进大沽口十八湾的时候，那浑黄的河水和浅浅的河滩，都给我以一种抑郁烦躁的感觉。从天津到北京，一路上青少黄多的田亩，一望无际，也没有引起我的兴趣！到了北京东车站，父亲来接，我们坐上马车，我眼前掠过的，就是高而厚的灰色的城墙，尘沙飞扬的黄土铺成的大道，匆忙而又迂缓的行人和流汗的人力车夫的奔走，在我茫然漠然的心情之中，马车已把我送到了一住十六年的"新居"，北京东城铁狮子胡同中剪子巷十四号。

这是一个不大的门面,就像天津出版社印的老舍先生的《四世同堂》的封面画,是典型的北京中等人家的住宅。大门左边的门框上,挂着黑底金字的"齐宅"牌子。进门右边的两扇门内,是房东齐家的住处。往左走过一个小小的长方形外院,从朝南的四扇门进去,是个不大的三合院,便是我们的"家"了。

这个三合院,北房三间,外面有廊子,里面有带砖炕的东西两个套间。东西厢房各三间,都是两明一暗,东厢房作了客厅和父亲的书房,西厢房成了舅舅的居室和弟弟们读书的地方。从北房廊前的东边过去,还有个很小的院子,这里有厨房和厨师父的屋子,后面有一个蹲坑的厕所。北屋后面西边靠墙有一座极小的两层"楼",上面供的是财神,下面供的是狐仙!

我们住的北房,除东西套间外,那两明一暗的正房,有玻璃后窗,还有雕花的"隔扇",这隔扇上的小木框里,都嵌着一幅画或一首诗。这是我在烟台或福州的房子里所没有的装饰,我很喜欢这个装饰!框里的画,是水墨或彩色的花卉山水,诗就多半是我看过的《唐诗三百首》中的句子,也有的是我以后在前人诗集中找到的。其中只有一首,是我从来没有遇见过的,那是一首七律:

飘然高唱入层云

风急天高(?)忽断闻

难解乱丝唯勿理

善存余焰不教焚

事当路口三叉误

人便江头九派分

今日始知吾左计

枉亲书剑负耕耘

我觉得这首诗很有哲理意味。

我们在这院子里住了十六年！这里面堆积了许多我对于我们家和北京的最初的回忆。

我最初接触的北京人，是我们的房东齐家。我们到的第二天，齐老太太就带着她的四姑娘，过来拜访。她称我的父母亲为"大叔"、"大婶"，称我们为姑娘和学生。（现在我会用"您"字，就是从她们学来的。）齐老太太常来请我母亲到她家打牌，或出去听戏。母亲体弱，又不惯于这种应酬，婉言辞谢了几次之后，她来的便少了。我倒是和她们去东安市场的吉祥园，听了几次戏，我还赶上了听杨小楼先生演黄天霸的戏，戏名我忘了。我又从《汾河湾》那出戏里，第一次看到了梅兰芳先生。

我常被领到齐家去，他们院里也有三间北屋和东西各一间的厢房。屋里生的是大的铜的煤球炉子，很暖。他家的客人很多，客人来了就打麻雀牌，抽纸烟。四姑娘也和他们一起打牌吸烟，她只不过比我大两三岁！

齐家是旗人，他本来姓"祈"（后来我听到一位给母亲看病的满族中医讲到，旗人有八个姓，就是童、关、马、索、祈、富、安、郎。），到了民国，旗人多改汉姓，他们就姓了"齐"。他们家是老太太当权，齐老先生和他们的小脚儿媳，低头出入，忙着干活，很少说话。后来听人说，这位齐老太太从前是一个王府的"奶子"，她攒下钱盖的这所房子。我总觉得她和我们家门口大院西边那所大宅的主人有关系。这所大宅子的前门开在铁狮子胡同，后门就在我们门口大院的西边。常常有穿着鲜艳的旗袍和坎肩，梳着"两把头"，髻后有很长的"燕尾儿"，脚登高底鞋的贵妇人出来进去。她们彼此见面，就不住地请安问好，寒暄半天，我远远看着觉得十分有趣。但这些贵妇人,从来没有到齐家来过。

就这样,我所接触的只是我家院内外的一切,我的天地比从前的狭仄冷清多了,幸而我的父亲是个不甘寂寞的人,他在小院里砌上花台,下了"衙门"(北京人称上班为上衙门!)便卷起袖子来种花。我们在外头那个长方形的院子里,还搭起一个葡萄架子,把从烟台寄来的葡萄秧子栽上。后来父亲的花园渐渐扩大到大门以外,他在门口种了些野茉莉、蜀葵之类容易生长的花朵,还立起了一个秋千架。周围的孩子就常来看花,打秋千,他们把这大院称作"谢家大院"。

"谢家大院"是周围的孩子们集会的地方,放风筝的、抖空竹的、跳绳踢毽子的、练自行车的……热闹得很。因此也常有"打糖锣的"的担子歇在那里,锣声一响,弟弟们就都往外跑,我便也跟了出去。这担子里包罗万象,有糖球、面具、风筝、刀枪等等,价钱也很便宜。这糖锣担子给我的印象很深!前几年我认识一位面人张,他捏了一尊寿星送我,我把这尊寿星送给一位英国朋友——一位人类学者,我又特烦面人张给我捏一副"打糖锣的"的担子,把它摆在我玻璃书架里面,来锁住我少年时代的一幅画境。

总起来说,我初到北京的那一段生活,是陌生而乏味的。"山中岁月"、"海上心情"固然没有了,而"辇下风光"我也没有领略到多少!那时故宫、景山和北海等处,还都没有开放,其他的名胜地区,我记得也没有去过。只有一次和弟弟们由舅舅带着逛了隆福寺市场,这对我也是一件新鲜事物!市场里熙来攘往,万头攒动。栉比鳞次的摊子上,卖什么的都有,古董、衣服、吃的、用的五光十色;除了做买卖的,还有练武的、变戏法的、说书的……我们的注意力却集中在玩具摊上!我记得最清楚的是棕人铜盘戏。这是一种纸糊的戏装小人,最精彩的是武将,头上插着翎毛,背后扎着四面小旗,全副盔甲,衣袍底下却是一圈棕子。这些戏装小人都放在一个大铜盘上。耍的人一敲那铜盘子,个个棕人都旋转起来,刀来枪往,煞是好看。

父亲到了北京以后,似乎消沉多了,他当然不会带我上"衙门",其他的地方,他也不爱去,因此我也很少出门。这一年里我似乎长大了许多!因为这时围绕着我的,不是那些堂的或表的姐妹弟兄,而只是三个比我小得多的弟弟,岁时节序,就显得冷清许多。二来因为我追随父亲的机会少了,我自然而然地成了母亲的女儿。我不但学会了替母亲梳头(母亲那时已经感到臂腕酸痛),而且也分担了一些家务,我才知道"过日子"是一件很操心、很不容易对付的事!这时我也常看母亲订阅的各种杂志,如商务印书馆出版的《妇女杂志》《小说月报》和《东方杂志》等,我就是从《妇女杂志》的文苑栏内,首先接触到"词"这种诗歌形式的。我的舅舅杨子敬先生做了弟弟们的塾师,他并没有叫我参加学习,我白天帮母亲做些家务,学些针黹,晚上就在堂屋的方桌边,和三个弟弟各据一方,帮他们温习功课。他们倦了就给他们讲些故事,也领他们做些游戏,如"老鹰抓小鸡"之类,自己觉得俨然是个小先生了。

弟弟们睡觉以后,我自己孤单地坐着,听到的不是高亢的军号,而是墙外的悠长而凄清的叫卖"羊头肉"或是"赛梨的萝卜"的声音,再不就是一声声算命瞎子敲的小锣,敲得人心头打颤,使我彷徨而烦闷!

写到这里,我微微起了感喟。我的生命的列车,一直是沿着海岸飞驰,虽然山回路转,离开了空阔的海天,我还看到了柳暗花明的村落。而走到北京的最初一段,却如同列车进入隧道,窗外黑糊糊的,车窗关上了,车厢里电灯亮了,我的眼光收了回来,在一圈黄黄的灯影下,我仔细端详了车厢里的人和物,也端详了自己……

北京头一年的时光,是我生命路上第一段短短的隧道,这种黑糊糊的隧道,以后当然也还有,而且更长,不过我已经长大成人了!

一九八一年六月十六日

我的大学生涯

这是我自传的第五部分了（一、我的故乡。二、我的童年。三、我到了北京。四、我入了贝满中学。）。每段都只有几千字，因为我不惯于写叙述性的文章，而且回忆时都是些零碎的细节，拼在一起又太繁琐。但是在我的短文里，关于这一段时期的叙述是比较少的，而这一段却是我一生中最热闹、最活跃、精力最充沛的一段。

我从贝满中学毕了业，就直接升入了协和女子大学。我选的是理预科，因为我一心一意想学医，对于数、理、化的功课，十分用功，成绩也好。至于中文呢，因为那时教会学校请的中文老师，多半是前清的秀才或举人，讲的都是我在家塾里或自己读过的古文，他们讲书时也不会旁征侧引，十分无趣。我入了理科，就埋头苦学，学校生活如同止水一般地静寂，只有一件事，使我永志不忘！

我是在夏末秋初，进了协和女子大学的校门的，这协和女大本是清朝的佟王府第，在大门前抬头就看见当时女书法家吴芝瑛女士写的"协和女子大学校"的金字蓝地花边的匾额。走进二门，忽然看见了由王府前三间大厅改成的大礼堂的长廊下，开满了长长的一大片猩红的大玫瑰花！这些玫瑰花第一次打进了我的眼帘，从此我就一辈子爱上了这我认为是艳冠群芳、又有风骨的花朵，又似乎是她揭开了我生命中最绚烂的一页。

理科的功课是严紧的，新的同学们更是来自五湖四海，大多数比我大好几岁。除了从贝满女中升上来的同学以外，我又结识了许多同学。那时我弟弟们也都上学了。在大学我仍是走读，每天晚餐后，和弟弟们在饭桌旁各据一方，一面自己温课，一面帮助他们学习，看到他们困倦了时，就立起来同他们做些游戏。早起我自己一面梳头的时候，一面还督促他们"背书"。现在回忆起来，在这些最单调的日子里，我只记得在此期间有一次的大风沙，那时北京本有"无风三尺土，有雨一街泥"的谚语，春天风多风大，不必说了，而街道又完全是黄土铺的，每天放学回来总得先洗脸，洗脖子。我记得这一天下午，我们正在试验室里，由一位美国女教师带领着，解剖死猫，忽然狂风大作，尘沙蔽天，电灯也不亮了，连注射过红药水的猫的神经，都看不出来。教师只得皱眉说："先把死猫盖上布，收在橱子里吧，明天晴了再说。"这时住校的同学都跑回到自己屋里去了。我包上很厚的头巾，在扑面的尘沙中抱肩低头、昏天黑地的走回家里，看见家里廊上窗台上的沙土，至少有两寸厚！

其实这种大风沙的日子，在当时的北京并不罕见，只因后来我的学校生活，忽然热闹而烦忙了起来，也就记不得天气的变迁了！

在理预科学习的紧张而严肃的日子，只过了大半年，到了第二年——一九一九年——"五四"运动起来了，我虽然是个班次很低的"大学生"，也一下子被卷进了这兴奋而伟大的运动。关于这一段我写过不少，在此就不多说了。我要说的就是我因为参加运动又开始写些东西，耽误了许许多多理科实验的功课，幸而理科老师们还能体谅我，我敷敷衍衍地读完了两年理科，就转入文科，还升了一班！

改入文科以后，功课就轻松多了！就是这一年——一九二〇年，协和女子大学，同通州的潞河大学和北京的协和大学合并成燕京大学。校长是司徒雷登。我们协和女子大学就改称"燕大女校"。有的功课是在男校上课，如"哲学"、"教育学"等，有的是在女校上的，如"社会学"、"心理学"等。在男校上课时，我们就都到男校所在地的盔甲厂去。当时男女合校还是一件很新鲜的事，因此我们都很拘谨，在到男校上课以前，都注意把头上戴的玫瑰花蕊摘下。在上课前后，也轻易不同男同学交谈。他们似乎也很腼腆。一般上课时我们都安静地坐在第一排，但当坐在我们后面的男同学，把脚放在我们椅子下面的横杠上，簌簌抖动的时候，我们就使劲地把椅子往前一拉，他们的脚就忽然砰的一声砸到地上。我们自然没有回头，但都忍住笑，也不知道他们伸出舌头笑了没有？

但是我们几个在全校的学生会里有职务的人，都不免常和男生接触，如校刊编辑部、班会等。我们常常开会，那时女校还有"监护人"制度，无论是白天或晚上，几个人或几十个人，我们的会场座后，总会有一位老师，多半是女教师，她自己拿着一本书在静静地看。这一切，连老师带学生都觉得又无聊，又可笑！

我是不怕男孩子的！自小同表哥哥、堂哥哥们同在惯了，每次吵嘴打架都是我得了"最后胜利"，回到家里，往往有我弟弟们的同学十几个男孩子围着我转。只是我的女同学们都很谦退，我也不敢"冒尖"，但是后来熟了以后，男同学们当面都说我"厉害"，说这些话的，就是许地山、瞿世英（菊农）、熊佛西这些人，他们同我后来也成了好朋友。

这时我在燕大女校"学生自治会"里，任务也多得很！自治会里有许多委员会——甚至有伙食委员会！因为我没有住校，自然不会叫我参加，但是其他的委员会，我就都被派上了！那时我们最热心的就是做社会福利工作，而每兴办一项福利工作，都得"自治会"自己筹款。最方便而容易的，就是演戏卖票！我记得我们演过许多莎士比亚的戏，如《威尼斯商人》、《第十二夜》等等，那时我们英文班里正读着"莎士比亚"，美国女老师们都十分热心地帮助我们排练，设计服装、道具等等，我们演得也很认真卖力。记得有一次鲁迅先生和俄国盲诗人爱罗先珂来看过我们的戏——忘了是哪一出——鲁迅先生写过文章说爱罗先珂先生说我们演的比当时北京大学的某一出戏好得多。因此他和北大同学还引起了一番争论，北大同学说爱罗先珂先生是个盲人，怎能"看"出戏的好坏？我和鲁迅先生只谈过一次话，还是很短的，因为我负责请名人演讲，我记得请过鲁迅先生、胡适先生，还有吴贻芳先生……我主持演讲会，向听众同学介绍了主讲人以后，就只坐在讲台上听讲了——我和鲁迅先生的接触，就这么一次，我也不知道鲁迅先生是从哪一位同学手里买到戏票的。

这次演剧筹款似乎是我们要为学校附近佟府夹道的不识字的妇女们，义务开办一个"注音字母"学习班。自治会派我去当校长。我自己就没有学过注音字母，但是被委为校长，就意味着把找"校舍"——其实就是租用街道上一间空屋——招生、请老师——也就是请一个会教注音字母的同学——都由我包办下来。这一切，居然都很顺利。开学那一天，我去"训话"，看到讲台前坐的都是中年妇女，只前排右首坐着一个十分聪明俊俏的姑娘。听课后我过去和她搭话，她说："我叫佟志云，十八岁，我识得字，只不过也想学学注音字母。"我想她可能是佟王后裔。她问我："校长，您多大年纪了？"我笑着说："反正比你大几岁！"

这时燕大女校已经和美国威尔斯利（Wellesley College）女子文学结成"姐妹学校"。我们女校里有好几位教师，都是威校的毕业生。

忘了是哪一年，总在二十年代初期吧，威校的女校长来到我们校里访问，住了几天，受到盛大的欢迎。有一天她——我忘了她的名字——忽然提出要看看古老北京的婚礼仪式，女校主任就让学生们表演一次，给她开开眼。这事自然又落到我们自治会委员身上，除了不坐轿子以外，其他服装如凤冠霞帔、靴子、马褂之类，也都很容易地借来了，只是在演员的分配上，谁都不肯当新娘。我又是主管这个任务的人，我就急了，我说："这又不是真的，只是逢场作戏而已。你们都不当，我也不等'父母之命，媒妁之言'，我就当了！"于是我扮演了新娘。凌淑浩——凌叔华的妹妹，当了新郎。送新太太是陈克俊和谢兰蕙。扮演公公婆婆的是一位张大姐和一位李大姐，都是高班的学生，至今我还记得她们的面庞。她们以后在演比利时作家梅特林克的童话剧《青鸟》中，还当了我的爷爷和奶奶，可是她们的名字，我苦忆了半天也想不起来！

那夜在女校教职员宿舍院里，大大热闹了一阵，又放鞭炮，又奏鼓乐。我们磕了不少的头！演到坐床撒帐的时候，我和淑浩在帐子里面都忍不住笑了起来，急得克俊和兰蕙直捂着我们的嘴！

我演的这些戏中，我最喜欢的还是《青鸟》，剧本是我从英文译的，演员也是我挑的，还到培元女子小学，请了几个小学生，都是我在西山夏令会里认识的小朋友。我在《关于女人》那本书内写的"我的同学"里，就写了和陈克俊在"光明宫"对话的那一段。这出剧里还有一只小狗，我就把我家养的北京长毛狗"狮子"也带上台了。我的小弟弟冰季，还怕我们会把"狮子"用绳子拴起，他就亲自跟来，抱着它悄悄地在后台坐着，等到它被放到台上，看见了我，它就高兴得围着我又蹦又跳，引得台下一片笑声。

总之，我的大学生涯是够忙碌热闹的，但我却没有因此而耽误了学习和写作。我的老师们对我都很好，尤其是我的英文老师鲍贵思

(Grace Boynton），在我毕业的那一年春季，她就对我说威尔斯利女大已决定给我两年的奖学金——就是每年八百美金的学、宿、膳费，让我读硕士学位——她自己就是威尔斯利的毕业生，她的母亲和她的几个妹妹也都是毕业于威校，可算是威校世家了——她对于母校感情很深，盛赞校园之美、校风之好，问我想不想去，我当然愿意。但我想一去两年，不知这两年之中，我的体弱多病的母亲，会不会出什么意外？我对家里什么人都没有讲过我的忧虑，只悄悄地问过我们最熟悉的医生孙彦科大夫，他是我小舅舅杨子玉先生的挚友，小舅舅介绍他来给母亲看过病。后来因为孙大夫每次到别处出诊路过我家，也必进来探望，我们熟极了。他称我父亲为"三哥"，母亲为"三嫂"，有时只有我们孩子们在家，他也坐下和我们说笑。我问他我母亲身体不好，我能否离家两年之久？他笑了说："当然可以，你母亲的身体不算太坏，凡事有我负责。"同时鲍女士还给我父亲写了信，问他让不让我去？父亲很客气地回了她一封信，说只要她认为我不会辜负她母校的栽培，他是同意我去美国的。这一切当时我还不好意思向同学们公开，依旧忙我的课外社会福利工作。

那几年也是家庭中多事之秋，记得就是在我上中学的末一年（？），我的舅舅杨子敬先生逝世了。他是我母亲唯一的亲哥哥。兄妹二人感情极好。我父亲被召到北京来时，母亲也请舅舅来京教我的三个弟弟，作为家庭教师。不过舅舅没有和我们住在一起，他们住在离中剪子巷不远的铁狮子胡同。忽然有一天早晨，舅家的白妈，气急败坏地来对我母亲说，从昨天下午起舅舅肚子痛得厉害，呕吐了一夜，现在已经不能说话了。我想这病可能是急性盲肠炎。——那时父亲正好不在家，他回到福州，去庆祝祖父的八十大寿了。——等母亲和我们赶到时，舅舅已经断气了。这事故真像晴天霹雳一般，我们都哭得泪干声咽！母亲还能勉强镇定地办着后事，这是我生平第一次看见死人入殓！我的大弟弟为涵,还悄悄地对我说:"装舅舅的那个大匣子,靠头那一边,最好开一个窟窿,省得他在那里头出不了气。"我哭得更伤心了,我说:"他要是还能喘气,就不用装进棺材里去了!"

记得父亲回福州的时候,我还写了几首祝贺祖父大寿的诗,请他带回去,现在只记得一首:

浮踪万里客幽燕
恰值太公八秩年
自笑菲才惭咏絮
也裁诗句谱新篇

反正都是歪诗,写出来以助一笑。

等到父亲从福州回来,舅母和表弟妹们已搬进我家的三间西厢房,从前舅舅教弟弟们读书的屋子里。从此弟弟也都进入了小学校。

此后,大约是我在大学的时期,福州家里忽然来了一封电报说是祖父逝世了,这对我们又是一个极大的打击!我父亲星夜奔丧,我忽然记起在一九一二年我离开故乡的时候,祖父曾悄悄地将他写的几副自挽联句,交给我收着,说"谁也不让看,将来有用时,再拿出来"。我真的就严密地收起,连父母亲都不知道。这时我才拿出来交给父亲带回,这挽联有好几对。有一联大意是说他死后不要僧道唪经,因为他不信神道,而且相信自己生平也没有造过什么冤孽,怎么写的我不记得了。有一联我却记得很清楚,是:

有子万事足,有子有孙又有曾孙,足,足,足;
无官一身轻,无官无累更无债累,轻,轻,轻。

父亲办完丧事，回来和我们说：祖父真可算是"无疾而终"。那一天是清明，他还带着伯叔父和堂兄们步行到城外去扫墓，但当他向坟台上捧献祭品时，双手忽然颤抖起来，二伯父赶紧上前接过去。跪拜行礼时也还镇定自如，回来也坚持不坐轿子，说是走动着好。回到家后，他说似乎觉得累了一点，要安静躺一会子，他自己上了床，脸向里躺下，叫大家都出去。过不了一会，伯父们悄悄进去看时祖父已经没有呼吸了，脸上还带着安静的微笑！我记得他的终年是八十六岁。

这时已是一九二三年的春季，我该忙我的毕业论文了。文科里的中国文学老师是周作人先生。他给我们讲现代文学，有时还讲到我的小诗和散文，我也只低头听着，课外他也从来没有同我谈过话。这时因为必须写毕业论文，我想自己对元代戏曲很不熟悉，正好趁着写论文机会，读些戏曲和参考书。我把论文题目《元代的戏曲》和文章大纲，拿去给周先生审阅。他一字没改就退回给我，说"你就写吧"。于是在同学们几乎都已交出论文之后，我才匆匆忙忙地把毕业论文交了上去。

就在这时我的吐血的病又发作了。我母亲也有这个病，每当身体累了或是心绪不好，她就会吐血。我这次的病不消说，是我即将离家的留恋之情的表现。老师们和父母都十分着急，带我到协和医院去检查。结果从透视和其他方面，都找不出有肺病的症状，医生断定是肺气枝涨大，不算什么大病症。那时我的考上协和医学院的同学们和林巧稚大夫——她也还是学生，都半开玩笑地和我说："这是天才病！不要胡思乱想，心绪稳定下来就好。"

于是我一面预备行装，一面结束学业。在毕业典礼台上，我除了得到一张学士文凭之外，还意外地得到了一把荣誉奖的金钥匙。

这一年的八月三日，我离开北京到上海准备去美。临行以前，我的弟弟们和他们的小朋友们,再三要求我常给他们写信,我答应了。这就是我写那本《寄小读者》的"灵感"!

八月十七日,美国邮船杰克逊总统号就把带着满腔离愁的我,从"可爱的海棠叶形的祖国"载走了!我写过一首诗:

> 她是翩翩的乳燕,
> 　横海飘游,
> 月明风紧,
> 　不敢停留——
> 在她频频回顾的
> 　飞翔里
> 总带着乡愁!

我在国内的大学生涯,从此结束。在我的短文里,写得最少的,就是这一段,而在我的回忆中,最惬意的也就是这一段,提起笔来,就说个没完了!

一九八五年三月十八日

默庐试笔

一

我为什么潜意识的苦恋着北平？我现在真不必苦恋着北平，呈贡山居的环境，实在比我北平西郊的住处，还静，还美。我的寓楼，前廊朝东，正对着城墙，雉堞蜿蜒，松影深青，雾天空阔。最好是在廊上看风雨，从天边几阵白烟，白雾，雨脚如绳，斜飞着直洒到楼前，越过远山，越过近塔，在瓦檐上散落出错落清脆的繁音。还有清晨黄昏看月出，日上。晚霞，朝霭，变幻万端，莫可名状，使人每一早晚，都有新的企望，新的喜悦。下楼出门转向东北，松林下参差的长着荇菜，菜穗正红，而红穗颜色，又分深浅，在灰墙，黄土，绿树之间，带映得十分悦目。出荆门北上斜坡，便到川台寺东首，栗树成林，林外隐见湖影和山光，林间有一片广场，这时已在城墙之上，登墙，外望，高岗起伏，远村隐约。我最爱早起在林中携书独坐，淡云来往，秋阳暖背，爽风拂面，这里清极静极，绝无人迹，只两个小女儿，穿着桔黄水红的绒衣，在广场上游戏奔走，使眼前宇宙，显得十分流动，鲜明。

我的寓楼，后窗朝西，书案便设在窗下，只在窗下，呈贡八景，已可见其三，北望是"凤岭松峦"，前望是"海潮夕照"，南望是"渔浦星灯"。窗前景物在第一段已经描写过，一百二十日夜之中，变化无穷，使人忘倦。出门南向，出正面荆门，西边是昆明西山。北边山上是三台寺。走到山坡尽处，有个平台，松柏丛绕，上有石磴和石块，可以坐立，登此下望，可见城内居舍，在树影中，错落参差。南望城外又可见三景，是龙街子山上之"龙山花坞"，罗藏山之"梁峰兆雨"；和城南印心亭下之"河洲月渚"。其余两景是白龙潭之"彩洞亭鱼"，和黑龙潭之"碧潭异石"，这两景非走到潭边是看不见的，所以我对于默庐周围的眼界，觉得爽然没有遗憾。

平台的石磴上，客来常在那边坐地，四顾风景全收。年轻些的朋友来，就欢喜在台前松柏阴下的草坡上，纵横坐卧，不到饭时，不肯进来。平台上四无屏障，山风稍劲。入秋以来，我独在时，常走出后门北上，到寺侧林中，一来较静，二来较暖。

回溯生平郊外的住宅，无论是长居短居，恐怕是默庐最惬心意。国外的如伍岛（Five Islands）白岭（White Mountains）山水不能两全，而且都是异国风光，没有亲切的意味。国内如山东之芝罘，如北平之海甸，芝罘山太高，海太深，自己那时也太小，时常迷茫消失于旷大辽阔之中，觉得一身是客，是奴，凄然怔忡，不能自主。海甸楼窗，只能看见西山，玉泉山塔，和西苑兵营整齐的灰瓦，以及颐和园内之排云殿和佛香阁。湖水是被围墙全遮，不能望见。论山之青翠，湖之涟漪，风物之醇永亲切，没有一处赶得上默庐。我已经说过，这里整个是一首华兹华斯的诗！

二

在这里住得妥帖，快乐，安稳，而旧友来到，欣赏默庐之外，谈锋又往往引到北平。

人家说想北平大觉寺的杏花，香山的红叶，我说我也想；人家说想北平的笔墨笺纸，我说我也想；人家说想北平的故宫北海，我说我也想；人家说想北平的烧鸭子涮羊肉，我说我也想；人家说想北平的火神庙隆福寺，我说我也想；人家说想北平的糖葫芦，炒栗子，我说我也想。而在谈话之时，我的心灵时刻的在自警说："不，你不能想，你是不能回去的，除非有那样的一天！"

我口说在想，心里不想，但看我离开北平以后，从未梦见过北平，足见我控制得相当之决绝——

而且我试笔之顷，意马奔驰，在我自己惊觉之先，我已在纸上写出我是在苦恋着北平。

我如今镇静下来，细细分析：我的一生，至今日止在北平居住的时光，占了一生之半，从十一二岁，到三十几岁，这二十年是生平最关键，最难忘的发育，模塑的年光，印象最深，情感最浓，关系最切。一提到北平，后面立刻涌现了一副一副的面庞，一幅一幅的图画：我死去的母亲，健在的父亲，弟，侄，师，友，车夫，用人，报童，店伙……剪子巷的庭院，佟府堂前的玫瑰，天安门的华表，"五四"的游行，"九一八"黄昏时的卖报声，"国难至矣"的大标题，……我思潮奔放，眼前的图画和人面，也突兀变换，不可制止，最后我看见了景山最高顶，"明思宗殉国处"的方亭阑干上，有灯彩扎成的六个大字，是"庆祝徐州陷落"！

北平死去了！我至爱苦恋的北平，在不挣扎不抵抗之后，断续呻吟了几声，便恹然死去了！

二十六年七月二十八早晨，十六架日机，在晓光熹微中悠悠的低飞而来，投了三十二颗炸弹，只炸得西苑一座空营。——但这一声巨响，震得一切都变了色。海甸被砍死了九个警察，第二天警察都换了黑色的制服，因为穿黄制服的人，都当做了散兵，游击队，有砍死刺死的危险。

四野的炮声枪声，由繁而稀，由近而远，声音也死去了！

五光十色的旗帜都高高的悬起了：日本旗，意大利旗，美国旗，英国旗，黄卍字旗，红十字旗，……只看不见了青天白日旗。

西直门楼上，深黄色军服的日兵，箕踞在雉堞上，倚着枪，咧着厚厚的嘴唇，露着不整齐的牙齿，下视狂笑。

街道上死一般的静寂，只三三两两褴褛趑趄的人，在仰首围读着"香月入城司令"的通告。

晴空下的天安门，饱看过千万青年摇旗呐喊，高呼"打倒日本帝国主义"的，如今只镇定的在看着一队一队零落的中小学生的行列，拖着太阳旗，五色旗，红着眼，低着头，来"庆祝"保定陷落，南京陷落……后面有日本的机关枪队紧紧地监视跟随着。

日本的游历团一船一船一车一车的从神户横滨运来，挂着旗号的大汽车，在景山路东长安街横冲直撞的飞走。东兴楼，东来顺挂起日文的招牌，欢迎远客。

故宫北海颐和园看不见一个穿长褂和西服的中国人，只听见橐橐的军靴声，木屐声。穿长褂和西服的中国人都羞得藏起了，恨得溜走了。

街市忽然繁荣起来了，尤其是米市大街，王府井大街，店面上安起木门，挂上布帘，无线电机在广播着友邦的音乐。

我想起东京神户，想起大连沈阳，……北平也跟着大连沈阳死去了，一个女神王后般美丽尊严的城市，在蹂躏侮辱之下，恍然地死去了。

　　我恨了这美丽尊严的皮囊，躯壳！我走，我回顾这尊严美丽，瞠目瞪视的皮囊，没有一星留恋。在那高山丛林中，我仰首看到了一面飘扬的旗帜，我站在旗影下，我走，我要走到天之涯，地之角，抖拂身上的怨尘恨土，深深地呼吸一下兴奋新鲜的朝气；我再走，我要捐着这方旗帜，来招集一星星的尊严美丽的灵魂，杀入那美丽尊严的躯壳！

辑二　拾穗小札

遥寄印度诗人泰戈尔[①]

泰戈尔！美丽庄严的泰戈尔！当我越过"无限之生"的一条界线——生——的时候，你也已经越过了这条界线，为人类放了无限的光明了。

只是我竟不知道世界上有你——

在去年秋风萧瑟、月明星稀的一个晚上，一本书无意中将你介绍给我，我读完了你的传略和诗文——心中不作别想，只深深的觉得澄澈……凄美。

你的极端信仰——你的"宇宙和个人的灵中间有一大调和"的信仰；你的存蓄"天然的美感"，发挥"天然的美感"的诗词，都渗入我的脑海中，和我原来的"不能言说"的思想，一缕缕的合成琴弦，奏出缥缈神奇无调无声的音乐。

[①] 泰戈尔，印度诗人、作家、艺术家、社会活动家。1861年5月7日出生在西孟加拉邦加尔各答市。1878年赴英国学法律，继转入伦敦大学学习英国文学。1880年回国，专门从事文学活动。1913年荣获诺贝尔文学奖。

泰戈尔！谢谢你以快美的诗情，救治我天赋的悲感；谢谢你以超卓的哲理，慰藉我心灵的寂寞。

这时我把笔深宵，追写了这篇赞叹感谢的文字，只不过倾吐我的心思，何尝求你知道！

然而我们既在"梵"中合一了，我也写了，你也看见了。

一九二〇年八月三十夜

回　忆

　　雨后，天青青的，草青青的。土道上添了软泥，削岩下却留着一片澄清的水，更开着一枝雪白的花。也只是小小的自然，何至便低徊不能去？

　　风狂雨骤，黑暗里站在楼阑边。要拿书却怎的不推开门，只凝立在新凉里？——我要数着这涛声里，岛塔上，灯光明灭的数儿，一——二——三——四——五。

　　沉郁的天气。浪儿侵到裙儿边。紫花儿掉下去了，直漾到浪圈外，沉思的界线里。低头看时，原来水上的花，是手里的花。

　　水里只荡漾着堂前的灯光人影。——一会儿，灯也灭了，人也散了。——一时沉黑。——是我的寂寞？是山中的寂寞？是宇宙的寂寞？这池旁本自无人，只剩得夜凉如水，树声如啸。

这些事是邈隔数年,这些地也相离千里,却怎的今朝都想起?料想是其中贯穿着同一的我,潭呵,池呵,江呵,海呵,和今朝的雨儿,也贯穿着同一的水。

一九二一年七月十八日

寄小读者

通讯一

似曾相识的小朋友们：

我以抱病又将远行之身，此三两月内，自分已和文字绝缘；因为昨天看见《晨报》副刊上已特辟了"儿童世界"一栏，欣喜之下，便借着软弱的手腕，生疏的笔墨，来和可爱的小朋友，作第一次的通讯。

在这开宗明义的第一信里，请你们容我在你们面前介绍我自己。我是你们天真队里的一个落伍者——然而有一件事，是我常常用以自傲的：就是我从前也曾是一个小孩子，现在还有时仍是一个小孩子。为着要保守这一点天真直到我转入另一世界时为止，我恳切的希望你们帮助我，提携我，我自己也要永远勉励着，做你们的一个最热情最忠实的朋友！

小朋友，我要走到很远的地方去。我十分的喜欢有这次的远行，因为或者可以从旅行中多得些材料，以后的通讯里，能告诉你们些略为新奇的事情。——我去的地方,是在地球的那一边。我有三个弟弟,最小的十三岁了。他念过地理,知道地球是圆的。他开玩笑的和我说:"姊姊,你走了,我们想你的时候,可以拿一条很长的竹竿子,从我们的院子里,直穿到对面你们的院子去,穿成一个孔穴。我们从那孔穴里,可以彼此看见。我看看你别后是否胖了,或是瘦了。"小朋友想这是可能的事情么?——我又有一个小朋友,今年四岁了。他有一天问我说:"姑姑,你去的地方,是比前门还远么?"小朋友看是地球的那一边远呢?还是前门远呢?

我走了——要离开父母兄弟,一切亲爱的人。虽然时期很短,我也已觉得很难过。倘若你们在风晨雨夕,在父亲母亲的膝下怀前,姊妹弟兄的行间队里,快乐甜柔的时光之中,能联想到海外万里有一个热情忠实的朋友,独在恼人凄清的天气中,不能享得这般浓福,则你们一瞥时的天真的怜念,从宇宙之灵中,已遥遥的付与我以极大无量的快乐与慰安!

小朋友,但凡我有工夫,一定不使这通讯有长期间的间断。若是间断的时候长了些,也请你们饶恕我。因为我若不是在童心来复的一刹那顷拿起笔来,我决不敢以成人烦杂之心,来写这通讯。这一层是要请你们体恤怜悯的。

这信该收束了,我心中莫可名状,我觉得非常的荣幸!

冰 心

一九二三年七月二十五日

通讯二

小朋友们:

我极不愿在第二次的通讯里,便劈头告诉你们一件伤心的事情。然而这件事,从去年起,使我的灵魂受了隐痛,直到现在,不容我不在纯洁的小朋友面前忏悔。

去年的一个春夜——很清闲的一夜,已过了九点钟了,弟弟们都已去睡觉,只我的父亲和母亲对坐在圆桌旁边,看书,吃果点,谈话。我自己也拿着一本书,倚在椅背上站着看。那时一切都很和柔,很安静的。

一只小鼠,悄悄地从桌子底下出来,慢慢地吃着地上的饼屑。这鼠小得很,它无猜的,坦然的,一边吃着,一边抬头看看我——我惊悦的唤起来,母亲和父亲都向下注视了。四面眼光之中,它仍是怡然的不走,灯影下照见它很小很小,浅灰色的嫩毛,灵便的小身体,一双闪烁的明亮的小眼睛。

小朋友们,请容我忏悔!一刹那顷我神经错乱的俯将下去,拿着手里的书,轻轻地将它盖上。——上帝!它竟然不走。隔着书页,我觉得它柔软的小身体,无抵抗的蜷伏在地上。

这完全出于我意料之外了!我按着它的手,方在微颤——母亲已连忙说:"何苦来!这么驯良有趣的一个小活物……"话犹未了,小狗虎儿从帘外跳将进来。父亲也连忙说:"快放手,虎儿要得着它了!"我又神经错乱的拿起书来,可恨呵!它仍是怡然的不动。——一声喜悦的微吼,虎儿已扑着它,不容我唤住,已衔着它从帘隙里又钻了出去。出到门外,只听得它在虎儿口里微弱凄苦的啾啾的叫了几声,此后便没有了声息。——前后不到一分钟,这温柔的小活物,使我心上飕的着了一箭!

我从惊惶中长吁了一口气。母亲慢慢也放下手里的书,抬头看着我说:"我看它实在小得很,无机得很。否则一定跑了。初次出来觅食,不见回来,它母亲在窝里,不定怎样的想望呢。"

小朋友,我堕落了,我实在堕落了!我若是和你们一般年纪的时候,听得这话,一定要慢慢的挪过去,突然的扑在母亲怀中痛哭。然而我那时……小朋友们恕我！我只装作不介意的笑了一笑。

安息的时候到了，我回到卧室里去。勉强的笑，增加了我的罪孽，我徘徊了半天，心里不知怎样才好——我没有换衣服，只倚在床沿，伏在枕上，在这种状态之下，静默了有十五分钟——我至终流下泪来。

至今已是一年多了，有时读书至夜深，再看见有鼠子出来，我总觉得忧愧，几乎要避开。我总想是那只小鼠的母亲，含着伤心之泪，夜夜出来找它，要带它回去。

不但这个，看见虎儿时想起，夜坐时也想起，这印象在我心中时时作痛。有一次禁受不住，便对一个成人的朋友，说了出来；我拼着受她一场责备，好减除我些痛苦。不想她却失笑着说："你真是越来越孩子气了，针尖大的事，也值得说说！"她漠然的笑容，竟将我以下的话，拦了回去。从那时起，我灰心绝望，我没有向第二个成人，再提起这针尖大的事！

我小时曾为一头折足的蟋蟀流泪，为一只受伤的黄雀呜咽；我小时明白一切生命，在造物者眼中是一般大小的；我小时未曾做过不仁爱的事情，但如今堕落了……

今天都在你们面前陈诉承认了，严正的小朋友，请你们裁判罢！

冰　心

一九二三年七月二十八日，北京

通讯六

小朋友：

你们读到这封信时，我已离开了可爱的海棠叶形的祖国，在太平洋舟中了。我今日心厌凄恋的言词，再不说什么话，来撩乱你们简单的意绪。

小朋友，我有一个建议："儿童世界"栏，是为儿童辟的，原当是儿童写给儿童看的。我们正不妨得寸进寸、得尺进尺的，竭力占领这方土地。有什么可喜乐的事情，不妨说出来，让天下小孩子一同笑笑；有什么可悲哀的事情，也不妨说出来，让天下小孩子陪着哭哭。只管坦然公然的，大人前无须畏缩。——小朋友，这是我们积蓄的秘密，容我们低声匿笑的说罢！大人的思想，竟是极高深奥妙的，不是我们所能以测度的。不知道为什么，他们的是非，往往和我们的颠倒。往往我们所以为刺心刻骨的，他们却雍容谈笑的不理；我们所以为是渺小无关的，他们却以为是惊天动地的事功。比如说罢，开炮打仗，死了伤了几万几千的人，血肉模糊的卧在地上。我们不必看见，只要听人说了，就要心悸，夜里要睡不着，或是说呓语的；他们却不但不在意，而且很喜欢操纵这些事。又如我们觉得老大的中国，不拘谁做总统，只要他老老实实，治抚得大家平平安安的，不妨碍我们的游戏，我们就心满意足了；而大人们却奔走辛苦的谈论这件事，他举他，他推他，乱个不了，比我们玩耍时举"小人王"还难。总而言之，他们的事，我们不敢管，也不会管；我们的事，他们竟是不屑管。所以我们大可畅胆的谈谈笑笑，不必怕他们笑话。——我的话完了，请小朋友拍手赞成！

我这一方面呢？除了一星期后，或者能从日本寄回信来之外，往后两个月中，因为道远信件迟滞的关系，恐怕不能有什么消息。秋风渐凉，最宜书写，望你们努力！

在上海还有许多有意思的事要报告给你们，可惜我太忙，大约要留着在船上，对着大海，慢慢的写。请等待着。

小朋友！明天午后，真个别离了！愿上帝无私照临的爱光，永远包围着我们，永远温慰着我们。

别了,别了,最后的一句话,愿大家努力做个好孩子!

冰 心

一九二三年八月十六日,上海

通讯十

亲爱的小朋友:

我常喜欢挨坐在母亲的旁边,挽住她的衣袖,央求她述说我幼年的事。

母亲凝想的,含笑的,低低的说:

"不过有三个月罢了,偏已是这般多病。听见端药杯的人的脚步声,已知道惊怕啼哭。许多人围在床前,乞怜的眼光,不望着别人,只向着我,似乎已经从人群里认识了你的母亲!"

这时眼泪已湿了我们两个人的眼角!

"你的弥月到,穿着舅母送的水红绸子的衣服,戴着青缎沿边的大红帽子,抱出到厅堂前。因看你丰满红润的面庞,使我在姊妹妯娌群中,起了骄傲。

"只有七个月,我们都在海舟上,我抱你站在阑旁。海波声中,你已会呼唤'妈妈'和'姊姊'。"

对于这件事,父亲和母亲还不时的起争论。父亲说世上没有七个月会说话的孩子。母亲坚执说是的。在我们家庭历史中,这事至今是件疑案。

"浓睡之中猛然听得丐妇求乞的声音,以为你已被她们带去了。冷汗被面地惊坐起来,脸和唇都青了,呜咽不能成声。我从后屋连忙进来,珍重的揽住,经过了无数的解释和安慰。自此后,便是睡着,我也不敢轻易的离开你的床前。"

这一节,我仿佛记得,我听时写时都重新起了呜咽!

"有一次你病得重极了。地上铺着席子,我抱着你在上面膝行。正是暑月,你父亲又不在家。你断断续续说的几句话,都不是三岁的孩子所能够说的。因着你奇异的智慧,增加了我无名的恐怖。我打电报给你父亲,说我身体和灵魂上都已不能再支持。忽然一阵大风雨,深忧的我,重病的你,和你疲乏的乳母,都沉沉的睡了一大觉。这一番风雨,把你又从死神的怀抱里,接了过来。"

我不信我智慧,我又信我智慧!母亲以智慧的眼光,看万物都是智慧的,何况她的唯一挚爱的女儿?

"头发又短,又没有一刻肯安静。早晨这左右两个小辫子,总是梳不起来。没有法子,父亲就来帮忙:'站好了,站好了,要照相了!'父亲拿着照相匣子,假作照着。又短又粗的两个小辫子,好容易天天这样的将就的编好了。"

我奇怪我竟不懂得向父亲索要我每天照的相片!

"陈妈的女儿宝姐,是你的好朋友。她来了,我就关你们两个人在屋里,我自己睡午觉。等我醒来,一切的玩具,小人小马,都当做船,飘浮在脸盆的水里,地上已是水汪汪的。"

宝姐是我一个神秘的朋友,我自始至终不记得,不认识她。然而从母亲口里,我深深的爱了她。

"已经三岁了,或者快四岁了。父亲带你到他的兵舰上去,大家匆匆的替你换上衣服。你自己不知什么时候,把一只小木鹿,放在小靴子里。到船上只要父亲抱着,自己一步也不肯走。放到地上走时,只有一跛一跛的。大家奇怪了,脱下靴子,发现了小木鹿。父亲和他的许多朋友都笑了。——傻孩子!你怎么不会说?"

母亲笑了,我也伏在她的膝上羞愧的笑了。——回想起来,她的质问,和我的羞愧,都是一点理由没有的。十几年前事,提起当面前事说,真是无谓。然而那时我们中间弥漫了痴和爱!

"你最怕我凝神,我至今不知是什么缘故。每逢我凝望窗外,或是稍微的呆了一呆,你就过来呼唤我,摇撼我,说:'妈妈,你的眼睛怎么不动了?'我有时喜欢你来抱住我,便故意的凝神不动。"

我自己也不知道是什么缘故。也许母亲凝神,多是忧愁的时候,我要搅乱她的思路,也未可知。——无论如何,这是个隐谜!

"然而你自己却也喜凝神。天天吃着饭,呆呆的望着壁上的字画,桌上的钟和花瓶,一碗饭数米粒似的,吃了好几点钟。我急了,便把一切都挪移开。"

这件事我记得,而且很清楚,因为独坐沉思的脾气至今不改。

当她说这些事的时候,我总是脸上堆着笑,眼里满了泪,听完了用她的衣袖来印我的眼角,静静的伏在她的膝上。这时宇宙已经没有了,只母亲和我,最后我也没有了,只有母亲;因为我本是她的一部分!

这是如何可惊喜的事,从母亲口中,逐渐的发现了,完成了我自己!她从最初已知道我,认识我,喜爱我,在我不知道不承认世界上有个我的时候,她已爱了我了。我从三岁上,才慢慢的在宇宙中寻到了自己,爱了自己,认识了自己;然而我所知道的自己,不过是母亲意念中的百万分之一,千万分之一。

小朋友!当你寻见了世界上有一个人,认识你,知道你,爱你,都千百倍的胜过你自己的时候,你怎能不感激,不流泪,不死心塌地的爱她,而且死心塌地的容她爱你?

有一次,幼小的我,忽然走到母亲面前,仰着脸问说:"妈妈,你到底为什么爱我?"母亲放下针线,用她的面颊,抵住我的前额,温柔地,不迟疑地说:"不为什么,——只因你是我的女儿!"

小朋友!我不信世界上还有人能说这句话!"不为什么"这四个字,从她口里说出来,何等刚决,何等无回旋!她爱我,不是因为我是"冰心",或是其他人世间的一切虚伪的称呼和名字!她的爱是不附带任何条件的,唯一的理由,就是我是她的女儿。总之,她的爱,是屏除一切,拂拭一切,层层的麾开我前后左右所蒙罩的,使我成为"今我"的原素,而直接的来爱我的自身!

假使我走至幕后,将我二十年的历史和一切都更变了,再走出到她面前,世界上纵没有一个人认识我,只要我仍是她的女儿,她就仍用她坚强无尽的爱来包围我。她爱我的肉体,她爱我的灵魂,她爱我前后左右,过去,将来,现在的一切!

天上的星辰,骤雨般落在大海上,嗤嗤繁响。海波如山一般的汹涌,一切楼屋都在地上旋转,天如同一张蓝纸卷了起来。树叶子满空飞舞,鸟儿归巢,走兽躲到它的洞穴。万象纷乱中,只要我能寻到她,投到她的怀里……天地一切都信她!她对于我的爱,不因着万物毁灭而更变!

她的爱不但包围我,而且普遍的包围着一切爱我的人;而且因着爱我,她也爱了天下的儿女,她更爱了天下的母亲。小朋友!告诉你一句小孩子以为是极浅显,而大人们以为是极高深的话,"世界便是这样的建造起来的!"

世界上没有两件事物,是完全相同的,同在你头上的两根丝发,也不能一般长短。然而——请小朋友们和我同声赞美!只有普天下的母亲的爱,或隐或显,或出或没,不论你用斗量,用尺量,或是用心灵的度量衡来推测;我的母亲对于我,你的母亲对于你,她的和他的母亲对于她和他:她们的爱是一般的长阔高深,分毫都不差减。小朋友!我敢说,也敢信古往今来,没有一个敢来驳我这句话。当我发觉了这神圣的秘密的时候,我竟欢喜感动得伏案痛哭!

我的心潮,沸涌到最高度,我知道了我的病体是不相宜的,而且我更知道我所写的都不出乎你们的智慧范围之外。——窗外正是下着紧一阵慢一阵的秋雨，玫瑰花的香气，也正无声的赞美她们的"自然母亲"的爱！

我现在不在母亲的身畔，——但我知道她的爱没有一刻离开我，她自己也如此说！——暂时无从再打听关于我的幼年的消息；然而我会写信给我的母亲。我说："亲爱的母亲，请你将我所不知道的关于我的事，随时记下寄来给我。我现在正是考古家一般的，要从深知我的你口中，研究我神秘的自己。"

被上帝祝福的小朋友！你们正在母亲的怀里。——小朋友！我教给你，你看完了这一封信，放下报纸，就快快跑去找你的母亲——若是她出去了，就去坐在门槛上，静静的等她回来——不论在屋里或是院中，把她寻见了，你便上去攀住她，左右亲她的脸，你说："母亲！若是你有工夫，请你将我小时候的事情，说给我听！"等她坐下了，你便坐在她的膝上，倚在她的胸前，你听得见她心脉和缓的跳动，你仰着脸，会有无数关于你的，你所不知道的美妙的故事，从她口里天乐一般的唱将出来！

然后，——小朋友！我愿你告诉我，她对你所说的都是什么事。

我现在正病着，没有母亲坐在旁边，小朋友一定怜念我，然而我有说不尽的感谢！造物者将我交付给我母亲的时候，竟赋予了我以记忆的心才；现在又从忙碌的课程中替我匀出七日夜来，回想母亲的爱。我病中光阴，因着这回想，寸寸都是甜蜜的。

小朋友，再谈罢，致我的爱与你们的母亲！

你的朋友　冰　心

一九二三年十二月五日晨，圣卜生疗养院，威尔斯利

通讯十五

仁慈的小朋友：

若是在你们天大的爱心里，还有空隙，我愿介绍几个可爱的女孩子，愿你们加以怜念！

M住在我的隔屋，是个天真漫烂又是完全神经质的女孩子。稍大的惊和喜，都能使她受极大的激刺和扰乱。她卧病已经四年半了，至今不见十分差减，往往刚觉得好些，夜间热度就又高起来，看完体温表，就听得她伏枕呜咽。她有个完全美满的家庭，却因病隔离了。——我的童心，完全是她引起的。她往往坐在床上自己喃喃的说："我父亲爱我，我母亲爱我，我爱……"我就倾耳听她底下说什么，她却是说"我爱自己"。我不觉笑了，她也笑了。她的娇憨凄苦的样子，得了许多女伴的爱怜。

R又在M的隔屋，她被一切人所爱，她也爱了一切的人。又非常的技巧，用针用笔，能做许多奇巧好玩的东西。这些日子，正跟着我学中国文字。我第一天教给她"天"、"地"、"人"三字。她说："你们中国人太玄妙了，怎么初学就念这样高大的字，我们初学，只是'猫'、'狗'之类。"我笑了，又觉得她说的有理。她学得极快，口音清楚，写的字也很方正。此外医院中天气表是她测量，星期日礼拜是她弹琴，病人阅看的报纸，是她照管，图书室的钥匙，也在她手里。她短发齐颈，爱好天然，她住院已经六个月了。

E只有十八岁，昨天是她的生日。她没有父母，只有哥哥。十九个月前，她病得很重，送到此处。现在可谓好一点，但还是很瘦弱。她喜欢叫人"妈妈"或"姊姊"。她急切的想望人家的爱念和同情，却又能隐忍不露，常常在寂寞中竭力的使自己活泼欢悦。然而每次在医生注射之后，屋门开处，看见她埋首在高枕之中，宛转流涕——这样的华年！这样的人生！

D是个爱尔兰的女孩子，和我谈话之间常常问我的家庭状况，尤其常要提到我的父亲，我只是无心的问答。后来旁人告诉我，她的父亲纵酒狂放，醉后时时虐待他的儿女。她的家庭生活，非常的凄苦不幸。她因躲避父亲，和祖母住在一处，听到人家谈到亲爱时，往往流泪。昨天我得到家书，正好她在旁边，她似羡似叹的问道："这是你父亲写的么，多么厚的一封信呵！"幸而她不认得中国字，我连忙说："不是，这是我母亲写的，我父亲很忙，不常写信给我。"她脸红微笑，又似释然。其实每次我的家书，都是父母弟弟每人几张纸！我以为人生最大的不幸，就是失爱于父母。我不能闭目推想，也不敢闭目揣想。可怜的带病而又心灵负着重伤的孩子！

A住在院后一座小楼上，我先不常看见她。从那一次在餐室内偶然回首，无意中她顾我微微一笑，很长的睫毛之下，流着幽娴贞静的眼光，绝不是西方人的态度。出了餐室，我便访到她的名字和住处。那天晚上，在她的楼里，谈了半点钟的话，惊心于她的腼腆与温柔；谈到海景，她竟赠我一张灯塔的图画。她来院已将两年，据别人说没有什么起色。她终日卧在一角小廊上，廊前是曲径深林，廊后是小桥流水。她告诉我每遇狂风暴雨，看着凄清的环境，想到"人生"两字，辄惊动不怡。我安慰她，她也感谢，然而彼此各有泪痕！

痛苦的人，岂止这几个？限于精神，我不能多述了！

今早黎明即醒。晓星微光，万松淡雾之中，我披衣起坐。举眼望到廊的尽处，我凝注着短床相接，雪白的枕上，梦中转侧的女孩子。只觉得奇愁黯黯，横空而来。生命中何必有爱，爱正是为这些人而有！这些痛苦的心灵，需要无限的同情与怜念。我一人究竟太微小了，仰祷上天之外，只能求助于万里外的纯洁伟大的小朋友！

小朋友！为着跟你们通讯，受了许多友人严峻的责问，责我不宜只以悱恻的思想，贡献你们。小朋友不宜多看这种文字，我也不宜多写这种文字。为小朋友和我两方精神上的快乐与安平，我对于他们的忠告，只有惭愧感谢。然而人生不止欢乐滑稽一方面，病患与别离，只是带着酸汁的快乐之果。沉静的悲哀里，含有无限的庄严。伟大的人生中，是需要这种成分的。范仲淹说："先天下之忧而忧。"佛说："我不入地狱，谁入地狱？"何况这一切本是组成人生的原素，耳闻，眼见，身经，早晚都要了解知道的，何必要隐瞒着可爱的小朋友？我偶然这半年来先经历了这些事，和小朋友说说，想来也不是过分的不宜。

我比她们强多了，我有快乐美满的家庭，在第一步就没有摧伤思想的源路。我能自在游行，寻幽访胜，不似她们缠绵床褥，终日对着惓惓一角的青山。我横竖已是一身客寄，在校在山，都是一样；有人来看，自然欢喜，没有人来，也没有特别的失望与悲哀。她们乡关咫尺，却因病抛离父母，亲爱的人，每每因天风雨雪，山路难行，不能相见，于是怨嗟悲叹。整年整月，置身于怨望痛苦之中，这样的人生！

一而二，二而三的推想下去，世界上的幼弱病苦，又岂止沙穰一隅？小朋友，你们看见的，也许比我还多，扶持慰藉，是谁的责任？见此而不动心呵！空负了上天付与我们的一腔热烈的爱！

所以，小朋友，我们所能做到的，一朵鲜花，一张画片，一句温和的慰语，一回殷勤的访问，甚至于一瞥哀怜的眼光，在我们是不觉得用了多少心，而在单调的枯苦生活，度日如年的病者，已是受了如天之赐。访问已过，花朵已残，在我们久已忘却之后，他们在幽闲的病榻上，还有无限的感谢，回忆与低徊！

我无庸多说，我病中曾受过几个小朋友的赠与。在你们完全而浓烈的爱心中，投书馈送，都能锦上添花，做到好处。小朋友，我无有言说，我只合掌赞美你们的纯洁与伟大。

如今我请你们纪念的这些人，虽然都在海外，但你们忆起这许多苦孩子时，或能以意会意，以心会心的体恤到眼前的病者。小朋友，莫道万里外的怜悯牵萦，没有用处，"以伟大思想养汝精神"！日后帮助你们建立大事业的同情心，便是从这零碎的怜念中练达出来的。

风雪的廊上，写这封信，不但手冷，到此心思也冻凝了。无端拆阅了波士顿中国朋友的一封书，又使我生无穷的感慨。她提醒了我！今日何日，正是故国的岁除，红灯绿酒之间，不知有多少盈盈的笑语。这里却只有寂寂风雪的空山……不写了，你们的热情忠实的朋友，在此遥祝你们有个完全欢庆的新年！

冰　心
一九二四年二月四日，沙穰

通讯十九

小朋友：

离青山已将十日了，过了这些天湖海的生涯，但与青山别离之情，不容不告诉你。

美国的佳节，被我在病院中过尽了！七月四号的国庆日，我还想在山中来过。山中自然没有什么，只儿童院中的小朋友，于黄昏时节，曾插着红蓝白三色的花，戴着彩色的纸帽子，举着国旗，整队到山上游行，口里唱着国歌，从我们楼前走过的时候，我们曾鼓掌欢迎他们。

那夜大家都在我楼上话别，只是黯然中的欢笑。——睡下的时候，我忽然觉得上下的衾单上，满了石子似的多刺的东西，拿出一看，却是无数新生的松子，幸而针刺还软，未曾伤我，我不觉失笑。

我们平时，戏弄惯了，在我行前之末一夜，她们自然要尽量的使一下促狭。

大家笑着都奔散了。我已觉倦，也不追逐她们！只笑着将松子纷纷的都掠在地下。衾枕上有了松枝的香气！怪不得她们促我早歇，原来还有这一出喜剧！我卧下，只不曾睡，看着沙穰村中喷起一丛一丛的烟火，红光烛天。今天可听见鞭炮了，我为之怡然。

第二天早起，天气微阴。我绝早起来，悄然的在山中周行。每一棵树，每一丛花，每一个地方，有我埋存手泽之处，都予以极诚恳爱怜之一瞥。山亭及小桥流水之侧，和万松参天的林中，我曾在此流过乡愁之泪，曾在此有清晨之默坐与诵读，有夫人履——（Lady Slipper）和露之采撷，曾在此写过文章与书函。沙穰在我，只觉得弥漫了闲散天真的空气。

黄昏时之一走，又赚得许多眼泪。我自己虽然未曾十分悲惨，也不免黯然。女伴们雁行站在门边，一一握手，纷纷飞扬的白巾之中，听得她们摇铃送我，我看得见她们依稀的泪眼，人生奈何到处是离别？

车走到山顶，我攀窗回望，绿丛中白色的楼屋，我的雪宫，渐从斜阳中隐过。病因缘从今斩断，我倏忽的生了感谢与些些"来日大难"的悲哀！

我曾对朋友说，沙穰如有一片水，我对她的留恋，必不止此。而她是单纯真朴，她和我又结的是护持调理的因缘，仿佛说来，如同我的乳母。我对她之情，深不及母亲，柔不及朋友，但也有另一种自然的感念。

沙穰还彻底的予我以几种从前未有的经验如下：

第一是"弱"。绝对的静养之中，眠食稍一反常，心理上稍有刺激，就觉得精神全隳，温度和脉跃都起变化。我素来不十分信"健康之精神寓于健康之身体"，尤往往从心所欲，过度劳乏了我的身躯。如今理会得身心相关的密切，和病弱扰乱了心灵的安全，我便心诚悦服的听从了医士的指挥。结果我觉得心力之来复，如水徐升。小朋友中有偏重心灵方面之发展与快意的么？望你听我，不蹈此覆辙！

第二是"冷"。冷得真有趣！更有趣的是我自己毫不觉得，只看来访的朋友们的瑟缩寒战，和他们对于我们风雪中户外生活之惊奇，才知道自己的"冷"。冷到时只觉得一阵麻木，眼珠也似乎在冻着，双手互握，也似乎没有感觉。然而我愿小朋友听得见我们在风雪中的欢笑！冻凝的眼珠，还是看书，没有感觉的手，还在写字。此外雪中的拖雪橇，逆风的游行，松树都弯曲着俯在地下，我们的脸上也戴上一层雪面具；自膝以下埋在雪里。四望白茫茫之中，我要骄傲的说，"好的呀！三个月绝冷的风雪中的驱驰，我比你们温炉暖屋，'雪深三尺不知寒'的人，多练出一些勇敢！"

夜中月明，寒光浸骨，双颊如抵冰块。月下的景物都如凝住，不能转移。天上的冷月冻云，真冷得璀璨！重衾如铁，除自己骨和肉有暖意外，天上人间四围一切都是冷的。我何等的愿在这种光景之中呵，我以为惟有鱼在水里可以比拟。睡到天明，衾单近呼吸呵气处都凝成薄冰。掀衾起坐，雪纷纷坠，薄冰也迸折有声。真有趣呵，我了解"红泪成冰"的词句了。

第三是"闲"。闲得却有时无趣，但最难得的是永远不预想明日如何。我们的生活如印版文字，全然相同的一日一日的悠然过去。病前的苦处，是"预定"，往往半个月后的日程，早已安排就。生命中，岂容有这许多预定，乱人心曲？西方人都永远在预定中过生活，终日匆匆忙忙的，从容宴笑之间，往往有"心焉不属"的光景。我不幸也曾陷入这种旋涡！沙穰的半年，把"预定"两字，轻轻的从我的字典中删去，觉得有说不出的愉快。

"闲"又予我以写作的自由,想提笔就提笔,想搁笔就搁笔。这种流水行云的写作态度,是我一生所未经,沙穰最可纪念处也在此!

第四是"爱"与"同情"。我要以最庄肃的态度来叙述此段。同情和爱,在疾病忧苦之中,原来是这般的重大而慰藉!我从来以为同情是应得的,爱是必得的,便有一种轻藐与忽视。然而此应得与必得,只限于家人骨肉之间。因为家人骨肉之爱,是无条件的,换一句话说,是以血统为条件的。至于朋友同学之间,同情是难得的,爱是不可必得的,幸而得到,那是施者自己人格之伟大!此次久病客居,我的友人的馈送慰问,风雪中殷勤的来访,显然的看出不是敷衍,不是勉强。至于泛泛一面的老夫人们,手抱着花束,和我谈到病情,谈到离家万里,我还无言,她已坠泪。这是人类之所以为人类,世界之所以成世界呵!我一病何足惜?病中看到人所施于我,病后我知何以施于人。一病换得了"施于人"之道,我一病真何足惜!

"同病相怜"这一句话何等真切?院中女伴的互相怜惜,互相爱护的光景,都使人有无限之赞叹!一个女孩子体温之增高,或其他病情上之变化,都能使全院女伴起了吁嗟。病榻旁默默地握手,慰言已尽,而哀怜的眼里,盈盈的含着同情悲悯的泪光!来从四海,有何亲眷?只一缕病中爱人爱己,知人知己之哀情,将这些异国异族的女孩儿亲密的联在一起。谁道爱和同情,在生命中是可轻藐的呢?

爱在右,同情在左,走在生命路的两旁,随时撒种,随时开花,将这一径长途,点缀得香花弥漫,使穿枝拂叶的行人,踏着荆棘,不觉得痛苦,有泪可落,也不是悲凉。

初病时曾戏对友人说:"假如我的死能演出一出悲剧,那我的不死,我愿能演一出喜剧!"在众生的生命上,撒下爱和同情的种子,这是否演出喜剧呢,我将于此下深思了!

总之,生命路愈走愈远,所得的也愈多。我以为领略人生,要如滚针毡，用血肉之躯去遍挨遍尝，要它针针见血！离合悲欢，不尽其致时，觉不出生命的神秘和伟大。我所经历真不足道！且喜此关一过，来日方长，我所能告诉小朋友的，将来或不止此。

屋中有书三千卷，琴五六具，弹的拨的都有，但我至今未曾动它一动。与水久别，此十日中我自然尽量的过湖畔海边的生活。水上归来，只低头学绣，将在沙穰时淘气的精神，全部收起。我原说过，只有无人的山中，容得童心的再现呵！

大西洋之游，还有许多可纪。写的已多了，留着下次说罢。祝你们安乐！

冰　心

一九二四年七月十四日，默特佛

通讯二十九

最亲爱的小读者：

我回家了！这"回家"二字中我迸出了感谢与欢欣之泪！三年在外的光阴，回想起来，曾不如流波之一瞥。我写这信的时候，小弟冰季守在旁边。窗外，红的是夹竹桃，绿的是杨柳枝，衬以北京的蔚蓝透彻的天。故乡的景物，一一回到眼前来了！

小朋友！你若是不曾离开中国北方，不曾离开到三年之久，你不曾赞叹欣赏北方蔚蓝的天！清晨起来，揭帘外望，这一片海波似的青空，有一两堆洁白的云，疏疏的来往着，柳叶儿在晓风中摇曳，整个的送给你一丝丝凉意。你觉得一种"冷浓处"的幽幽的乡情，是异国他乡所万尝不到的！假如你是一个情感较重的人，你会兴起一种似欢喜非欢喜，似怅惘非怅惘的情绪。站着痴望了一会子，你也许会流下无主，皈依之泪！

在异国，我只遇见了两次这种的云影天光。一次是前年夏日在新汉寿（New Hampshire）白岭之巅。我午睡乍醒，得了英伦朋友的一封书，是一封充满了友情别意，并描写牛津景物写到引人入梦的书。我心中杂揉着怅惘与欢悦，带着这信走上山巅去，猛然见了那异国的蓝海似的天！四围山色之中，这油然一碧的天空，充满了一切。漫天匝地的斜阳，酿出西边天际一两抹的绛红深紫。这颜色须臾万变，而银灰，而鱼肚白，倏然间又转成灿然的黄金。万山沉寂，因着这奇丽的天末的变幻，似乎太空有声！如波涌，如鸟鸣，如风啸，我似乎听到了那夕阳下落的声音。这时我骤然间觉得弱小的心灵被这伟大的印象，升举到高空，又倏然间被压落在海底！我觉出了造化的庄严，一身之幼稚，病后的我，在这四周艳射的景象中，竟伏于纤草之上，呜咽不止！

还有一次是今年春天，在华京（Washington D. C.）之一晚。我从枯冷的纽约城南行，在华京把"春"寻到！在和风中我坐近窗户，那时已是傍晚，这国家妇女会（National Women's Party）舍，正对着国会的白楼。半日倦旅的眼睛，被这楼后的青天唤醒！海外的小朋友！请你们饶恕我，在我倏忽地惊叹了国会的白楼之前，两年半美国之寄居，我不曾觉出她是一个庄严的国度！

这白楼在半天矗立着，如同一座玲珑洞开的仙阁。被楼旁的强力灯逼射着，更显得出那楼后的青空。两旁也是伟大的白石楼舍。楼前是极宽阔的白石街道。雪白的球灯，整齐的映照着。路上行人，都在那伟大的景物中，寂然无声。这种天国似的静默，是我到美国以来第一次寻到的。我寻到了华京与北京相同之点了！

我突起的乡思，如同一个波澜怒翻的海！把椅子推开，走下这一座万静的高楼，直向大图书馆走去。路上我觉得有说不出的愉快与自由。杨柳的新绿，摇曳着初春的晚风。熟客似的，我走入大阅书室，在那里写着日记。写着忽然忆起陆放翁的"唤作主人原是客，知非吾土强登楼"的两句诗来。细细咀嚼这"唤"字和"强"字的意思,我的意兴渐渐的萧索了起来!

我合上书,又洋洋的走了出去。出门来一天星斗。我长吁一口气。——看见路旁一辆手推的篷车,一个黑人在叫卖炒花生栗子。我从病后是不吃零食的,那时忽然走上前去,买了两包。那灯下黝黑的脸,向我很和气的一笑,又把我强寻的乡梦搅断!我何尝要吃花生栗子?无非要强以华京作北京而已!

写到此我腕弱了,小朋友,我觉得不好意思告诉你们,我回来后又一病逾旬,今晨是第一次写长信。我行程中本已憔悴困顿,到家后心里一松,病魔便乘机而起。我原不算是十分多病的人,不知为何,自和你们通讯,我生涯中便病忙相杂,这是怎么说的呢!

故国的新秋来了。新愈的我,觉得有喜悦的萧瑟!还有许多话,留着以后说罢,好在如今我离着你们近了!

你热情忠实的朋友,在此祝你们的喜乐!

冰　心
一九二六年八月三十一日,圆恩寺

山中杂记

——遥寄小朋友

大夫说是养病，我自己说是休息，只觉得在拘管而又浪漫的禁令下，过了半年多。这半年中有许多在童心中可惊可笑的事，不足为大人道。只盼他们看到这几篇的时候，唇角下垂，鄙夷的一笑，随手的扔下。而有两三个孩子，拾起这一张纸，渐渐的感起兴味，看完又彼此嬉笑，讲说，传递；我就已经有说不出的喜欢！本来我这两天有无限的无聊。天下许多事都没有道理，比如今天早起那样的烈日，我出去散步的时候，热得头昏。此时近午，却又阴云密布，大风狂起。廊上独坐，除了胡写，还有什么事可做呢？

一九二四年六月二十三日，沙穰

一　我怯弱的心灵

我小的时候，也和别的孩子一样，非常的胆小。大人们又爱逗我，我的小舅舅说什么《聊斋》，什么《夜谈随录》，都是些僵尸、白面的女鬼等等。在他还说着的时候，我就不自然的惴惴的四顾，塞坐在大人中间，故意的咳嗽。睡觉的时候，看着帐门外，似乎出其不意的也许伸进一只鬼手来。我只这样想着，便用被将自己的头蒙得严严地，结果是睡得周身是汗！

十三四岁以后，什么都不怕了。在山上独自中夜走过丛冢，风吹草动，我只回头凝视。满立着狰狞的神像的大殿，也敢在阴暗中小立。母亲屡屡说我胆大，因为她像我这般年纪的时候，还是怯弱的很。

我白日里的心，总是很宁静，很坚强，不怕那些看不见的鬼怪。只是近来常常在梦中，或是在将醒未醒之顷，一阵悚然，从前所怕的牛头马面，都积压了来，都聚围了来。我呼唤不出，只觉得怕得很，手足都麻木，灵魂似乎蜷曲着。挣扎到醒来，只见满山的青松，一天的明月。洒然自笑，——这样怯弱的梦，十年来已绝不做了，做这梦时，又有些悲哀！童年的事都是有趣的，怯弱的心情，有时也极其可爱。

二　埋存与发掘

山中的生活，是没有人理的。只要不误了三餐和试验体温的时间，你爱做什么就做什么，医生和看护都不来拘管你。正是童心乘时再现的时候，从前的爱好，都拿来重温一遍。

美国不是我的国，沙穰不是我的家。偶以病因缘，在这里游戏半年，离此后也许此生不再来。不留些纪念，觉得有点过意不去，于是我几乎每日做埋存与发掘的事。

我小的时候，最爱做这些事：墨鱼脊骨雕成的小船，五色纸黏成的小人等等，无论什么东西，玩够了就埋起来。树叶上写上字，掩在土里。石头上刻上字，投在水里。想起来时就去发掘看看，想不起来，也就让它悄悄的永久埋存在那里。

病中不必装大人，自然不妨重做小孩子！游山多半是独行，于是随时随地留下许多纪念，名片，西湖风景画，用过的纱巾等等，几乎满山中星罗棋布。经过芍药花下，流泉边，山亭里，都使我微笑，这其中都有我的手泽！兴之所至，又往往去掘开看看。

有时也遇见人，我便扎煞着泥污的手，不好意思的站了起来。本来这些事很难解说。人家问时，说又不好，不说又不好，迫不得已只有一笑。因此女伴们更喜欢追问，我只有躲着她们。

那一次一位旧朋友来，她笑说我近来更孩子气，更爱脸红了。童心的再现，有时使我不好意思是真的，半年的休养，自然血气旺盛，脸红哪有什么爱不爱的可言呢？

三　古国的音乐

去冬多有风雪。风雪的时候，便都坐在广厅里，大家随便谈笑，开话匣子，弹琴，编绒织物等等，只是消磨时间。

荣是希腊的女孩子，年纪比我小一点，我们常在一处玩。她以古国国民自居，拉我作伴，常常和美国的女孩子戏笑口角。

我不会弹琴，她不会唱，但闷来无事，也就走到琴边胡闹。翻来覆去只是那几个简单的熟调子。于是大家都笑道："趁早停了罢，这是什么音乐？"她傲然的叉手站在琴旁说："你们懂得什么？这是东西两古国，合奏的古乐，你们哪里配领略！"琴声仍旧不断，歌声愈高，别人的对话，都不相闻。于是大家急了，将她的口掩住，推到屋角去，从后面连椅子连我，一齐拉开，屋里已笑成一团！

最妙的是连"印第阿那的月"等等的美国调子，一经我们用过，以后无论何时，一听得琴声起，大家都互相点头笑说："听古国的音乐呵！"

四　雨雪时候的星辰

寒暑表降到冰点下十八度①的时候，我们也是在廊下睡觉。每夜最熟识的就是天上的星辰了。也不过只是点点闪烁的光明，而相看惯了，偶然不见，也有些想望与无聊。

连夜雨雪，一点星光都看不见。荷和我拥衾对坐，在廊子的两角，遥遥谈话。

荷指着说："你看维纳司（Venus）升起了！"我抬头望时，却是山路转折处的路灯。我怡然一笑，也指着对山的一星灯火说："那边是周彼得（Jupiter）呢！"

愈指愈多，松林中射来零乱的风灯，都成了满天星宿。真的，雪花隙里，看不出天空和山林的界限，将繁灯当作繁星，简直是抵得过。

一念至诚的将假作真，灯光似乎都从地上飘起。这幻成的星光，都不移动，不必半夜梦醒时，再去追寻它们的位置。

于是雨雪寂寞之夜，也有了慰安了！

五　她得了刑罚了

休息的时间，是万事不许作的。每天午后的这两点钟，乏倦时觉得需要，睡不着的时候，觉得白天强卧在床上，真是无聊。

我常常偷着带书在床上看，等到看护妇来巡视的时候，就赶紧将书压在枕头底下，闭目装睡。——我无论如何淘气，也不敢大犯规矩，只到看书为止。而璧这个女孩子，往往悄悄的起来，抱膝坐在床上，逗引着别人谈笑。

这一天她又坐起来，看看无人，便指手画脚的学起医生来。大家

---

① 华氏温度。

正卧着看着她笑，看护妇已远远的来了。她的床正对着甬道，卧下已来不及，只得仍旧皱眉的坐着。

看护妇走到廊上。我们都默然，不敢言语。她问璧说："你怎么不躺下？"璧笑说："我胃不好，不住的打呃，躺下就难受。"看护妇道："你今天饭吃得怎样？"璧惴惴的忍笑的说："还好！"看护妇沉吟了一会便走出去。璧回首看着我们，抱头笑说："你们等着，这一下子我完了！"

果然看见看护妇端着一杯药进来，杯中泡泡作声。璧只得接过，皱眉四顾。我们都用毡子藏着脸，暗暗的笑得喘不过气来。

看护妇看着她一口气喝完了，才又慢慢的出去。璧颓然的两手捧着胸口卧了下去，似哭似笑的说："天呵！好酸！"

她以后不再胡说了，无病吃药是怎样难堪的事。大家谈起，都快意，拍手笑说："她得了刑罚了！"

六　Eskimo

沙穰的小朋友替我上的 Eskimo 的徽号，是我所喜爱的，觉得比以前的别的称呼都有趣！

Eskimo 是北美森林中的蛮族。黑发披裘，以雪为屋。过的是冰天雪地的渔猎生涯。我哪能像他们那样的勇敢？

只因去冬风雪无阻的林中游戏行走。林下冰湖正是沙穰村中小朋友的溜冰处。我经过，虽然我们屡次相逢，却没有说话。我只觉得他们往往停了游走，注视着我，互相耳语。

以后医生的甥女告诉我，沙穰的孩子传说林中来了一个 Eskimo。问他们是怎样说法，他们以黑发披裘为证。医生告诉他们说不是 Eskimo，是院中一个养病的人，他们才不再惊说了。

假如我是真的 Eskimo 呢，我的思想至少要简单了好些，这是第一件可羡的事。曾看过一本书上说："近代人五分钟的思想，够原始人或野蛮人想一年的。"人类在生理上，五十万年来没有进步，而劳心劳力的事，一年一年的增加，这是疾病的源泉，人生的不幸！

我愿终身在森林之中，我足踏枯枝，我静听树叶微语。清风从林外吹来，带着松枝的香气。白茫茫的雪中，除我外没有行人。我所见所闻，不出青松白雪之外，我就似可满意了！

出院之期不远，女伴戏对我说："出去到了车水马龙的波士顿街上，千万不要惊倒，这半年的闭居，足可使你成个痴子！"

不必说，我已自惊悚，一回到健康道上，世事已接踵而来……我倒愿做 Eskimo 呢。黑发披裘，只是外面的事！

七　说几句爱海的孩气的话

白发的老医生对我说："可喜你已大好了，城市与你不宜，今夏海滨之行，也是取消了为妙。"

这句话如同平地起了一个焦雷！

学问未必都在书本上。纽约、康桥、芝加哥这些人烟稠密的地方，终身不去也没有什么，只是说不许我到海边去，这却太使我伤心了。

我抬头张目的说："不，你没有阻止我到海边去的意思！"

他笑道："是的，我不愿意你到海边去，太潮湿了，于你新愈的身体没有好处。"

我们争执了半点钟，至终他说："那么你去一个礼拜罢！"他又笑说："其实秋后的湖上，也够你玩的了！"

我爱慰冰，无非也是海的关系。若完全的叫湖光代替了海色，我似乎不大甘心。

可怜，沙穰的六个多月，除了小小的流泉外，连慰冰都看不见！

山也是可爱的，但和海比，的确比不起，我有我的理由！

人常常说："海阔天空。"只有在海上的时候，才觉得天空阔远到了尽量处。在山上的时候，走到岩壁中间，有时只见一线天光。即或是到了山顶，而因着天末是山，天与地的界线便起伏不平，不如水平线的齐整。

海是蓝色灰色的。山是黄色绿色的。拿颜色来比，山也比海不过，蓝色灰色含着庄严淡远的意味，黄色绿色却未免浅显小方一些。固然我们常以黄色为至尊，皇帝的龙袍是黄色的，但皇帝称为"天子"，天比皇帝还尊贵，而天却是蓝色的。

海是动的，山是静的；海是活泼的，山是呆板的。昼长人静的时候，天气又热，凝神望着青山，一片黑郁郁的连绵不动，如同病牛一般。而海呢，你看她没有一刻静止！从天边微波粼粼的直卷到岸边，触着崖石，更欣然的溅跃了起来，开了灿然万朵的银花！

四围是大海，与四围是乱山，两者相较，是如何滋味，看古诗便可知道。比如说海上山上看月出，古诗说："南山塞天地，日月石上生。"细细咀嚼，这两句形容乱山，形容得极好，而光景何等臃肿，崎岖，僵冷，读了不使人生快感。而"海上生明月，天涯共此时"，也是月出，光景却何等妩媚，遥远，璀璨！

原也是的，海上没有红白紫黄的野花，没有蓝雀红襟等等美丽的小鸟。然而野花到秋冬之间，便都萎谢，反予人以凋落的凄凉。海上的朝霞晚霞，天上水里反映到不止红白紫黄这几个颜色。这一片花，却是四时不断的。说到飞鸟，蓝雀红襟自然也可爱，而海上的沙鸥，白胸翠羽，轻盈的飘浮在浪花之上，"凌波微步，罗袜生尘"。看见蓝雀红襟，只使我联忆到"山禽自唤名"，而见海鸥，却使我联忆到千古颂赞美人，颂赞到绝顶的句子，是"婉若游龙，翩若惊鸿"！

在海上又使人有透视的能力，这句话天然是真的！你倚阑俯视，

149

你不由自主的要想起这万顷碧琉璃之下，有什么明珠，什么珊瑚，什么龙女，什么鲛纱。在山上呢，很少使人想到山石黄泉以下，有什么金银铜铁。因为海水透明，天然的有引人们思想往深里去的趋向。

简直越说越没有完了，总而言之，统而言之，我以为海比山强得多。说句极端的话，假如我犯了天条，赐我自杀，我也愿投海，不愿坠崖！

争论真有意思！我对于山和海的品评，小朋友们愈和我辩驳愈好。"人心之不同，各如其面"，这样世界上才有个不同和变换。假如世界上的人都是一样的脸，我必不愿见人。假如天下人都是一样的嗜好，穿衣服的颜色式样都是一般的，则世界成了一个大学校，男女老幼都穿一样的制服。想至此不但好笑，而且无味！再一说，如大家都爱海呢，大家都搬到海上去，我又不得清静了！

八　他们说我幸运

山做了围墙，草场成了庭院，这一带山林是我游戏的地方。早晨朝露还颗颗闪烁的时候，我就出去奔走，鞋袜往往都被露水淋湿了。黄昏睡起，短裙卷袖，微风吹衣，晚霞中我又游云似的在山路上徘徊。

固然的，如词中所说："落日解鞍芳草岸，花无人戴，酒无人劝，醉也无人管！"不是什么好滋味；而"无人管"的情景，有时却真难得。你要以山中踯躅的态度，移在别处，可就不行。在学校中，在城市里，是不容你有行云流水的神意的。只因管你的人太多了！

我们楼后的儿童院，那天早晨我去参观了。正值院里的小朋友们在上课，有的在默写生字，有的在做算学。大家都有点事牵住精神，而忙中偷闲，还暗地传递小纸条，偷说偷玩，小手小脚，没有安静的时候。这些孩子我都认得，只因他们在上课，我只在后面悄悄的坐着，不敢和他们谈话。

不见黑板六个月了，这倒不觉得怎样。只是看见教员桌上那个又大又圆的地球仪，满屋里矮小的桌子椅子，字迹很大的卷角的书：倏时将我唤回到十五年前去。而黑板上写着的

$$35 - 15 \qquad 21 + 10 \qquad 18 - 9 \qquad 64 \times 69$$

方程式。以及站在黑板前扶头思索，将粉笔在手掌上乱画的小朋友，我看着更觉得有一种说不出的怅惘。窗外日影徐移，虽不是我在上课，而我呆呆的看着壁上的大钟，竟有急盼放学的意思！

放学了，我正和教员谈话，小朋友们围拢来将我拉开了。保罗笑问我说："你们那楼里也有功课么？"我说："没有，我们天天只是玩！"彼得笑叹道："你真是幸运！"

他们也是休养着，却每天仍有四点钟的功课。我出游的工夫，只在一定的时间里，才能见着他们。

唤起我十五年前的事，惭愧"三七二十一，四七二十八"的背乘数表等等，我已算熬过去，打过这一关来了！而回想半年前，厚而大的笔记本，满屋满架的参考书，教授们流水般的口讲……如今病好了，这生活还必须去过，又是怃然。

这生活还必须去过。不但人管，我也自管。"哀莫大于心死"，被人管的时候，传递小纸条偷说偷玩等事，还有工夫做。而自管的时候，这种动机竟绝然没有。十几年的训练，使人绝对的被书本征服了！

小朋友，"幸运"这两字又岂易言？

九　机器与人类幸福

小朋友一定知道机器的用处和好处，就是省人力，能在很短的时间内做很重大的工作。

在山中闲居，没有看见别的机器的机会，而山右附近的农园中的机器，已足使我赞叹。

他们用机器耕地，用机器撒种，以至于刈割等等，都是机器一手经理。那天我特地走到山前去，望见农人坐在汽机上，开足机力，在田地上突突爬走。很坚实的土地。汽机过处，都水浪似的，分开两边，不到半点钟工夫，很宽阔一片地，都已耕松了。

农人从衣袋里掏出表来一看，便缓缓的捩转汽机，回到园里去。我也自转身。不知为何，竟然微笑。农人运用大机器，而小机器的表，又指挥了农人。我觉得很滑稽！

我小的时候，家园墙外，一望都是麦地。耕种收割的事，是最熟见不过的了。农夫农妇，汗流浃背的蹲在田里，一锄一锄的掘，一镰刀一镰刀的割。我在旁边看着，往往替他们吃力，又觉得迟缓的可怜！

两下里比起来，我确信机器是增进人类幸福的工具，但昨天我对于此事又有点怀疑。

昨天一下午，楼上楼下几十个病人都没有睡好！休息的时间内，山前耕地的汽机，轧轧的声满天地。酷暑的檐下，蒸炉一般热的床上，听着这单调而枯燥，震耳欲聋的铁器声，连续不断，脑筋完全跟着它颠簸了。焦躁加上震动，真使人有疯狂的倾向！

楼上下一片喃喃怨望声，却无法使这机器止住。结果我自己头痛欲裂。楼下那几个日夜发烧到一百零三，一百零四度①的女孩子，我真替她们可怜，更不知她们烦恼到什么地步！农人所节省的一天半天的工夫，和这几十个病人，这半日精神上所受的痛苦和损失，比较起来，相差远了！机器又似乎未必能增益人类的幸福。

想起幼年我的书斋只和麦地隔一道墙。假如那时的农人也用机

---

① 华氏温度。

器，简直我的书不用念了！

这声音直到黄昏才止息。我因头痛，要出去走走，顺便也去看看那害我半日不得休息的汽机。——走到田边，看见三四个农人正站着踌躇，手臂都叉在腰上，摇头叹息。原来机器坏了。这座东西笨重的很，十个人也休想搬得动，只得明天再开一座汽机来拉它。

我一笑就回来了——

十　鸟兽不可与同群

女伴都笑茀玲是个傻子。而她并没有傻子的头脑，她的话有的我很喜欢。她说："和人谈话真拘束，不如同小鸟小猫去谈。它们不扰乱你，而且温柔的静默的听你说。"

我常常看见她坐在樱花下，对着小鸟，自说自笑。有时坐在廊上，抚着小猫，半天不动。这种行径，我并不觉得讨厌，也许就是因此，女伴才赠她以傻子的徽号，也未可知。

和人谈话未必真拘束，但如同生人，大人先生等等，正襟危坐的谈起来，却真不能说是乐事。十年来正襟危坐谈话的时候，一天比一天的多。我虽也做惯了，但偶有机会，我仍想释放我自己。这半年我就也常常做傻子了！

第一乐事，就是拔草喂马。看着这庞然大物，温驯的磨动它的松软的大口，和齐整的大牙，在你手中吃嚼青草的时候，你觉得它有说不尽的妩媚。

每日山后牛棚，拉着满车的牛乳罐的那匹斑白大马，我每日喂它。乳车停住了，驾车人往厨房里搬运牛乳，我便慢慢的过去。在我跪伏在樱花底下，拔那十样锦的叶子的时候，它便侧转那狭长而良善的脸来看我，表示它的欢迎与等待。我们渐渐熟识了，远远的看见我，它便抬起头来。我相信我离开之后，它虽不会说话，它必每日的怀念我。

还有就是小狗了。那只棕色的,在和我生分的时候,曾经吓过我。那一天雪中游山,出其不意在山顶遇见它,它追着我狂吠不止,我吓得走不动。它看我吓怔了,才住了吠,得了胜利似的,垂尾下山而去。我看它走了,一口气跑了回来。一夜没有睡好,心脉每分钟跳到一百十五下。

女伴告诉我,它是最可爱的狗,从来不咬人的。以后再遇见它,我先呼唤它的名字,它竟摇尾走了过来。自后每次我游山,它总是前前后后的跟着走。山林中雪深的时候,光景很冷静。它总算助了我不少的胆子。

此外还有一只小黑狗,尤其跳荡可爱。一只小白狗,也很驯良。

我从来不十分爱猫。因为小猫很带狡猾的样子,又喜欢抓人。医院中有一只小黑猫,在我进院的第二天早起刚开了门,它已从门隙塞进来,一跃到我床上,悄悄的便伏在我的怀前,眼睛慢慢地闭上,很安稳的便要睡着。我最怕小猫睡时呼吸的声音!我想推它,又怕它抓我。那几天我心里又难过,因此愈加焦躁。幸而看护妇不久便进来!我皱眉叫她抱出这小猫去。

以后我渐渐的也爱它了。它并不抓人。当它仰卧在草地上,用前面两只小爪,拨弄着玫瑰花叶,自惊自跳的时候,我觉得它充满了活泼和欢悦。

小鸟是怎样的玲珑娇小呵!在北京城里,我只看见老鸦和麻雀,有时也看见啄木鸟。在此却是雪未化尽,鸟儿已成群的来了。最先的便是青鸟。西方人以青鸟为快乐的象征,我看最恰当不过。因为青鸟的鸣声中,婉转的报着春的消息。

知更雀的红胸,在雪地上,草地上站着,都极其鲜明。小蜂雀更小到无可苗条,从花梢飞过的时候,竟要比花还小。我在山亭中有时抬头瞥见，只屏息静立，连眼珠都不敢动，我似乎恐怕将这弱不禁风的小仙子惊走了。

此外还有许多毛羽鲜丽的小鸟，我因找不出它们的中国名字，只得阙疑。早起朝日未出，已满山满谷的起了轻美的歌声。在朦胧的晓风之中，欹枕倾听，使人心魂俱静。春是鸟的世界，"以鸟鸣春"和"春眠不觉晓，处处闻啼鸟"，这两句话，我如今彻底的领略过了！

我们幕天席地的生涯之中，和小鸟最相亲爱。玫瑰和丁香丛中更有青鸟和知更雀的巢，那巢都是筑得极低，一伸手便可触到。我常常去探望小鸟的家庭，而我却从不做偷卵捉雏等等破坏它们家庭幸福的事。我想到我自己不过是暂时离家，我的母亲和父亲已这样的牵挂。假如我被人捉去，关在笼里，永远不得回来呢，我的父亲母亲岂不心碎？我爱自己，也爱雏鸟，我爱我的双亲，我也爱雏鸟的双亲！

而且是怎样有趣的事，你看小鸟破壳出来，很黄的小口，毛羽也很稀疏，觉得很丑。它们又极其贪吃，终日张口在巢里啾啾地叫！累得它母亲飞去飞回的忙碌。渐渐的长大了，它母亲领它们飞到地上。它们的毛羽很蓬松，两只小腿蹒跚的走，看去比它们的母亲还肥大。它们很傻的样子，茫然的跟着母亲乱跳。母亲偶然啄得了一条小虫，它们便纷然的过去，啾啾的争着吃。早起母亲教给它们歌唱，母亲的声音极婉转，它们的声音，却很憨涩。这几天来，它们已完全的会飞了，会唱了，也知道自己觅食，不再累它们的母亲了。前天我去探望它们时，这些雏鸟已不在巢里，它们已筑起新的巢了，在离它们的父母的巢不远的枝上，它们常常来看它们的父母的。

还有虫儿也是可爱的。藕合色的小蝴蝶，背着圆壳的蜗牛，嗡嗡的蜜蜂，甚至于水里每夜乱唱的青蛙，在花丛中闪烁的萤虫，都是极温柔，极其孩气的。你若爱它，它也爱你们。因为它们太喜爱小孩子。大人们太忙，没有工夫和它们玩。

问答词

树影儿覆在墙儿上,又是凉风如洗,月明如水。

她看着我,"为何望天无语,莫非是起了烦闷,生了感慨?"

我说:"我想什么是生命!人生一世,只是生老病死,便不生老病死,又怎样?浑浑噩噩,是无味的了,便流芳百世又怎样?百年之后,谁知道你?千年之后,又谁知道你?人类灭绝了,又谁知道你?便如你我月下共语,也只是电光般,瞥过无限的太空,这一会儿,已成了过去渺茫的事迹。"

她说:"这不对呵,你只管赞美'自然',讴歌着孩子,鼓吹着宇宙的爱,称世界是绵绵无尽。你自己岂不曾说过'世界上有的是快乐光明'?"

我说:"这只是闭着眼儿想着,低着头儿写着,自己证实,自己怀疑,开了眼儿,抬起头儿,幻像便走了!乐园在哪里?天国在哪里?依旧是社会污浊,人生烦闷!'自然'只永远是无意识的,不必说了。小孩子似乎很完满,只为他无知无识。然而难道他便永久是无知无识?便永久是无知无识,人生又岂能满足?世俗无可说,因此我便逗玄想,撇下人生,来赞美自然,讴歌孩子。一般是自欺,自慰,世界上哪里是快乐光明?我曾寻遍了天下,便有也只是相对的暂时的,世界上哪里是快乐光明?"

她说:"希望便是快乐,创造便是快乐。逗玄想,撇下人生,难道便可使社会不污浊,人生不烦闷?"

我说:"希望做不到,又该怎样?创造失败了,又该怎样?古往今来,创造的人又有多少?到如今他们又怎样?你只是恒河沙数中的一粒,要做也何从做起,要比也如何比得起?即或能登峰造极,也不过和他们一样。不希望还好,不想创造还好,倒不如愚夫庸妇,一生一世,永远是无烦恼!"

她微笑说:"你的感情起落无恒,你的思想没有系统。你没有你的人生哲学,没有你的世界观。只是任着思潮奔放,随着思潮说话。创造是烦恼,不创造只烦闷,又如何?希望是烦恼,不希望只烦闷,又如何?"

我说:"是呵!我已经入世了。不希望也须希望,不前进也须前进。车儿已上了轨道了,走是走,但不时的瞻望前途,只一片的无聊乏味!这轨道通到虚无缥缈里,走是走,俊彩星驰的走,但不时的觉着,走了一场,在这广漠的宇宙里,也只是无谓!"

她只微笑着,月光射着她清扬的眉宇,她从此便不言语。

"世界上的力量,永远没有枉废;你的一举手,这热力便催开了一朵花;你的一转身,也使万物颤动;你是大调和的生命里的一部分,你带着你独有的使命;你是站在智慧的门槛上,请更进一步!看呵,生命只在社会污浊,人生烦闷里。宇宙又何曾无情?人类是几时灭绝?不要看低了愚夫庸妇,他们是了解生命的真意义,知道人生的真价值。他们不曾感慨,不曾烦闷,只勤勤恳恳的为世人造福。回来罢！脚踏实地着想！"

这话不是她说的,她只微笑着。

"宛因呵！感谢你清扬的眉宇,从明月的光辉中,清清楚楚的告诉我。"

一九二一年七月二十二日

圈　儿

读《印度哲学概论》至:"太子作狮子吼:'我若不断生、老、病、死、忧悲、苦恼,不得阿耨多罗三藐三菩提,要不还此。'"有感而作。

我刚刚出了世,已经有了一个漆黑严密的圈儿,远远的罩定我,但是我不觉得。

渐渐的我往外发展,就觉得有它限制阻抑着,并且它似乎也往里收缩——好害怕啊!圈子里只有黑暗,苦恼悲伤。

它往里收缩一点,我便起来沿着边儿奔走呼号一回。结果呢?它依旧严严密密的罩定我,我也只有屏声静气的,站在当中,不能再动。

它又往里收缩一点,我又起来沿着边儿奔走呼号一回;回数多了,我也疲乏了,——

圈儿啊!难道我至终不能抵抗你?永远幽囚在这里面么?

起来！忍耐！努力！

呀！严密的圈儿，终竟裂了一缝。——往外看时，圈子外只有光明，快乐，自由。——只要我能跳出圈儿外！

前途有了希望了，我不是永远不能抵抗它，我不至于永远幽囚在这里面了。

努力！忍耐！看我劈开了这苦恼悲伤，跳出圈儿外！

旱灾纪念日募捐记事

九年十二月十八日的早晨,是救灾大会募捐员出发的日期。天气虽是很阴沉,我们女校同学里签名列队出发的却有七十多人。出发之先,有一个聚会,由诚冠怡教授主领,她说:"你们手里抱的扑满,是人平素所最不尊重的瓦器,然而它今日有它巨大的工作。"我们都深深的受了感动。

同学黄玉蓉女士,李淑香女士和我,是分在本京各女校去募捐的。我们先到的是华语学校。那几天恰巧是他们放假的日子,寥寥只几位在校的学员,居然捐了不少的钱。又有一位中国教员,可惜忘记了姓名,还要我们留下一个扑满,和几十个纪念章,要在下午他们校中集会的时候劝募。我们谢谢他,交付了扑满和纪念章,便和他们告别。

这时街上布满了学生,都挥着旗子,抱着罐子;走过北河沿一带,街上有许多的行人,都胸前挂着纪念章,随风飘展着,穿过天安门,看见有不少的学生,四下了望着,又追着车儿奔走。我心中不禁起了一种异样的感觉,这是可喜的现象呵!几十年或十几年前的中国,有几个丰衣足食的人,肯在朔风怒号的街上,替灾民奔走呢?

经过新华门,陆续的看见了几面燕京大学的旗子,又看见陈哲甫教授,刘次轩教授他们也站在学生中间。

又到了女子高师,我们进去见了学监,他便带我们到大礼堂门口。一会儿学员们唱完了歌,三三两两的出来,一面和我们谈着话,一面往扑满里投钱。那时真是手不暇给,差不多都捐过了,便又到女高师的幼稚园和附属小学,这些可爱的小孩子,蜂蚁似的,把我们都围住了,一片"给你们钱"的声音,颤动我们的耳鼓,这真是天使的歌声,天国的音乐。我的感想,泉水似的奔涌出来,间不容发之顷,竟没有沉思默昧的工夫,只得任它又奔泻了去。因为他们人数太多,纪念章分得不匀,我好几次从大群里抽身出来,要给那离我较远的孩子们,不过一二秒钟,我仍旧困在圈儿里。直到我们都妙手空空,他们都笑着跳着的走开了,才抱起那沉重的罐子来,谢谢他们,又出去了。

我们只得商议着请黄女士到女青年会去取纪念章并一个扑满。李淑香女士和我又到了培华女校,承他们学员的盛意捐了铜子几十枚,他们的校长却絮絮的问我们这款的用途,又说了许多别的话,我们略应了几句,便回身出来。

到了笃志女校,我们却没有向他们募捐,只在那里等着黄女士。那时已近午,狂风渐起,黄沙蔽日。一会儿黄女士来了,我们匆匆的包起纪念章,便又到女高师附中,可惜到得太晚,学生们都回家去了。我们在应接室等了半天,校役一定回说教员们都不在校,不便久坐,只得出来。

到了第一女子中学,正遇见他们学生,也拿着旗子出来,相逢一笑。他们便请我们到校内去坐,学监招待我们极其殷勤。谈了一会话，便又告辞。

那时候风越大了，街上又遇着好几面燕京大学的旗子，同学们风尘满面，站在街上，还是精神百倍。可敬呵！中国的将来，都在这些青年人身上。

走到东长安街，风推着我们走，对面说话都听不见，抱罐的手也僵了。"风呵，再大一点，我要请你试一试青年的精神；风呵，再大一点，我们要借着你，预备和万恶的社会奋斗！"我低低的说着，其实那时即或高声疾呼，除了我自己，也没有人能听见。

天色渐渐的昏了。我们又到了孔德学校，我们是第四五次的募捐员到他们那里的，那天又是他们放假的日子。只为第二天他们开展览会，还有少数的学员，在校里预备陈设，十几个孩子捐的却实在不少。当我们站着和他们谈话的时候，有一个女校役，提着茶壶走过，谁也没有注意她和她说什么劝捐的话，她忽然自己站住了，往里投了一个铜子，"大家都是苦人呵！"她说着叹了一口气，自己走了。我们连忙追上她恭恭敬敬的送她一个纪念章，我注目看着她半天。

又回到华语学校，将留在那里的扑满，取了来，又重新谢了他们一番。

回到学校，天色更昏暗了，风仍是刮着，同学陆陆续续的都回来了，都吹得不成样子，大家杂乱着相问答。以后便到科长的办公室，将每一组的扑满都砸开了。我们的四个扑满盛有三十几元零些铜子，数目记不清了，因我计数金钱时又起了感想。金钱的确是可爱的，这样得来的金钱，是有它的真价值。咳！孔德学校的一个铜子，女高附小的几百个铜子，这价值是自有金钱历史以来，未有的价值！

事实有一半是模糊记不清了，感想却又写不完。今天追记起来，无端又起了许多的感触，这工作有可记的价值么？人类不是应当互助相爱的么？这样，你们一天冒着风捐了几十块钱，便是做了一件有功德的事么？这其中岂不是也有你自己的名誉心，自利心么？果然要做功德事呵，就应该一个字都不写。我写到这里，呆了，放下笔，抬起头来，看见了大礼堂里对面壁匾额上的"见义勇为"四个大字。

辑三　窗外

笑

雨声渐渐的住了,窗帘后隐隐的透进清光来。推开窗户一看,呀!凉云散了,树叶上的残滴,映着月儿,好似萤光千点,闪闪烁烁的动着。——真没想到苦雨孤灯之后,会有这么一幅清美的图画!

凭窗站了一会儿,微微的觉得凉意侵人。转过身来,忽然眼花缭乱,屋子里的别的东西,都隐在光云里;一片幽辉,只浸着墙上画中的安琪儿。——这白衣的安琪儿,抱着花儿,扬着翅儿,向着我微微的笑。

"这笑容仿佛在哪儿看见过似的,什么时候,我曾……"我不知不觉的便坐在窗口下想,——默默的想。

严闭的心幕,慢慢的拉开了,涌出五年前的一个印象。——一条很长的古道。驴脚下的泥,兀自滑滑的。田沟里的水,潺潺的流着。近村的绿树,都笼在湿烟里。弓儿似的新月,挂在树梢。一边走着,似乎道旁有一个孩子,抱着一堆灿白的东西。驴儿过去了,无意中回头一看。——他抱着花儿,赤着脚儿,向着我微微的笑。

"这笑容又仿佛是哪儿看见过似的!"我仍是想——默默的想。

又现出一重心幕来,也慢慢的拉开了,涌出十年前的一个印象。——茅檐下的雨水,一滴一滴的落到衣上来。土阶边的水泡儿,泛来泛去的乱转。门前的麦垅和葡萄架子,都濯得新黄嫩绿的非常鲜丽。——一会儿好容易雨晴了,连忙走下坡儿去。迎头看见月儿从海面上来了,猛然记得有件东西忘下了,站住了,回过头来。这茅屋里的老妇人——她倚着门儿,抱着花儿,向着我微微的笑。

这同样微妙的神情,好似游丝一般,飘飘漾漾的合了拢来,绾在一起。

这时心下光明澄静,如登仙界,如归故乡。眼前浮现的三个笑容,一时融化在爱的调和里看不分明了。

一九二〇年

胰皂泡

小的时候，游戏的种类很多，其中我最爱玩的是吹胰皂泡。

下雨的时节，不能到山上海边去玩，母亲总教给我们在廊子上吹胰皂泡。她说是阴雨时节天气潮湿，胰皂泡不容易破裂。

法子是将用剩的碎胰皂，放在一只小木碗里，加上点水，和弄和弄，使它融化，然后用一支竹笔套管，沾上那粘稠的胰皂水，慢慢地吹起，吹成一个轻圆的网球大小的泡儿，再轻轻的一提，那轻圆的球儿，便从管上落了下来，软悠悠的在空中飘游。若用扇子在下边轻轻的扇送，有时能飞到很高很高。

这胰皂泡，吹起来很美丽，五色的浮光，在那轻清透明的球面上乱转。若是扇得好，一个大球，会分裂成两三个玲珑娇软的小球，四散分飞。有时吹得太大了，扇得太急了，这脆弱的球，会扯成长圆的形式，颤巍巍的，光影零乱，这时大家都悬着心，仰着头，停着呼吸，——不久这光丽的薄球，就无声的散裂了，胰皂水落了下来，洒到眼睛里，使大家都忽然低了头，揉出了眼泪。

静夜里为何想到了胰皂泡？——因为我觉得这一个个轻清脆丽的球儿，像一串美丽的昼梦！

像昼梦，是我们自己小心的轻轻吹起的，吹了起来，又轻轻的飞起，是那么圆满，那么自由，那么透明，那么美丽。目送着她，心里充满了快乐，骄傲，与希望，想到借着扇子的轻风，把她一个个送上天去送过海去。到天上，轻轻的挨着明月，渡过天河跟着夕阳西去。或者轻悠悠的飘过大海，飞越山巅，又低低的落下，落到一个美人的玉搔头边，落到一个浓睡中的婴儿的雏发上……

自然的，也像昼梦，一个一个的吹起，飞高，又一个一个的破裂。廊子是我们现实的世界，这些要她上天过海的光球，永远没有出过我们仄长的廊子！廊外是雨丝风片，这些使我快乐，骄傲，希望的光球，都一个个的在雨丝风片中消失了。

生来是个痴孩子，我从小就喜欢做昼梦，做惯了梦，常常从梦中得慰安，生希望，越做越觉得有道理，简直不知道自己是在做梦，最后简直把昼梦当做最高的理想，受过许多朋友的劝告讥嘲。而在我的精神上的胰皂泡没有破灭，胰皂水没有洒到我的心眼里使我落泪之先，我常常顽强的拒绝了朋友的劝告，漠视了朋友的讥嘲。

自小起做的昼梦，往少里说，也有十来个，这十几年来，渐渐的都快消灭完了。有几个大的光球，破灭的时候，都会重重的伤了我的心，破坏了我精神上的均衡，更不知牺牲了我多少的眼泪。

到现在仍有一两个光球存在着，软悠悠的挨着廊边飞。不过我似乎已超过了那悬心仰头的止境，只用镇静的冷眼，看她慢慢的往风雨中的消灭里走！

只因常做梦，我所了解的人，都是梦中人物，所知道的事，都是梦中的事情。梦儿破灭了当然有些悲哀，悲哀之余，又觉得这悲哀是冤枉的。若能早想起儿时吹胰皂泡的情景与事实，又能早觉悟到这美丽脆弱的光球，是和我的昼梦一样的容易破灭，则我早就是个达观而快乐的人！虽然这种快乐不是我所想望的！

今天从窗户里看见孩子们奔走游戏，忽然想起这一件事，夜静无事姑记之于此，以志吾过，且警后人。

一九三六年三月二十二日，北平

十字架的园里

她说:"不去了!那里只是冷阴阴的——"

那里是"只是冷阴阴的";然而我深深地觉得,在那里,我的思想,常常立刻的平静下来,超出日常生活之外。人生是不是应该有些思想,超出日常生活之外呢?

我相信,春天来了,枝头微绿了;在那平列的十字架丛中,幽绝静绝的树下,石块上独坐,读些自己心爱的诗文,也是一生最可记念的事呵!

相伴的,只是扫花的老人罢!只有树上的小鸟罢!他们也各有他们的感想么?城墙隔断了我向外的视线,只深深地将我的思想,关闭在这圈儿里了!

她说:"在这里,人生未免太悲惨了——"

是真的么?为何我们便想不透呢?纵然天下事都是可怀疑的,但表示我们生命终结的那十字架,是不容怀疑,不能怀疑的。在有生之前,它已经竖立在那里,等候着我们了。生前的友!死后永久的伴侣！我们为何以它为悲惨呢？

在这里，我只有静止不流的心泉，幽深缥缈的思想，和那微带着觉悟欢喜的"惆怅"。

这种思想，是天上的还是人间的呢？也许都不是罢，然而在我是超乎平常的境界了！

花也谢了，石块也剥落了，影片也模糊了；但这于长眠的人有什么影响呢？他们已将历史中的悲欢离合，交还了世界，自己微笑着享受他们最后的安息了！

寂静极了！幽深极了！沉思的石像旁边，长眠的异国异乡的人，在这里，什么界限都消灭了，我们只隔着一个神秘的十字架呵！

旧的文字，可以描写新的感想么？若是可以，我介绍你们相见罢：

　　　　一角的城墙，
　　　　蔚蓝的天，
　　　　极目的苍茫无际——
　　　　即此便是天上人间！

　　　　"死"呵！
　　　　起来颂扬它，
　　　　是沉默的终归，
　　　　是永久的安息。

　　　　人类呵！
　　　　相爱罢！
　　　　我们都是长行的旅客，

向着同一的归宿。

我的朋友！
未免太忧愁了么？
"死"的泉水，
是笔尖下最后的一滴。

　　　　　　　　　一九二二年二月十五日

一日的春光

去年冬末，我给一位远方的朋友写信，曾说："我要尽量的吞咽今年北平的春天。"

今年北平的春天来的特别的晚，而且在还不知春在哪里的时候，抬头忽见黄尘中绿叶成荫，柳絮乱飞，才晓得在厚厚的尘沙黄幕之后，春还未曾露面，已悄悄的远引了。

天下事都是如此——

去年冬天是特别的冷，也显得特别的长。每天夜里，灯下孤坐，听着扑窗怒号的朔风，小楼震动，觉得身上心里，都没有一丝暖气，一冬来，一切的快乐，活泼，力量，生命，似乎都冻得蜷伏在每一个细胞的深处。我无聊地慰安自己说，"等着罢，冬天来了，春天还能很远么？"

然而这狂风，大雪，冬天的行列，排得意外的长，似乎没有完尽的时候。有一天看见湖上冰软了，我的心顿然欢喜，说，"春天来了！"当天夜里，北风又卷起漫天匝地的黄沙，忿怒的扑着我的窗户，把我心中的春意，又吹得四散。有一天看见柳梢嫩黄了，那天的下午，又不住的下着不成雪的冷雨，黄昏时节，严冬的衣服，又披上了身。有一天看见院里的桃花开了，这天刚刚过午，从东南的天边，顷刻布满了惨暗的黄云，跟着干枝风动，这刚放蕊的春英，又都埋罩在漠漠的黄尘里……

九十天看看过尽——我不信了春天！

几位朋友说，"到大觉寺看杏花去罢。"虽然我的心中，始终未曾得到春的消息，却也跟着大家去了。到了管家岭，扑面的风尘里，几百棵杏树枝头，一望已尽是残花败蕊；转到大工，向阳的山谷之中，还有几株盛开的红杏，然而盛开中气力已尽，不是那满树浓红，花蕊相间的情态了。

我想，"春去了就去了罢！"归途中心里倒也坦然，这坦然中是三分悼惜，七分憎嫌，总之，我不信了春天。

四月三十日的下午，有位朋友约我到挂甲屯吴家花园去看海棠，"且喜天气晴明"——现在回想起来，那天是九十春光中唯一的春天——海棠花又是我所深爱的，就欣然的答应了。

东坡恨海棠无香，我却以为若是香得不妙，宁可无香。我的院里栽了几棵丁香和珍珠梅，夏天还有玉簪，秋天还有菊花，栽后都很后悔。因为这些花香，都使我头痛，不能折来养在屋里。所以有香的花中，我只爱兰花，桂花，香豆花和玫瑰，无香的花中，海棠要算我最喜欢的了。

海棠是浅浅的红，红得"乐而不淫"，淡淡的白，白得"哀而不伤"，又有满树的绿叶掩映着，秾纤适中，像一个天真，健美，欢悦的少女，同是造物者最得意的作品。

斜阳里，我正对着那几树繁花坐下。

春在眼前了！

这四棵海棠在怀馨堂前，北边的那两棵较大，高出堂檐约五六尺。花后是响晴蔚蓝的天，淡淡的半圆的月，遥俯树梢。这四棵树上，有千千万万玲珑娇艳的花朵，乱哄哄的在繁枝上挤着开……

看见过幼稚园放学没有？从小小的门里，挤着的跳出涌出使人眼花缭乱的一大群的快乐，活泼，力量，和生命；这一大群跳着涌着的分散在极大的周围，在生的季候里做成了永远的春天！

那在海棠枝上卖力的春，使我当时有同样的感觉。

一春来对于春的憎嫌，这时都消失了，喜悦的仰首，眼前是烂漫的春，骄奢的春，光艳的春，——似乎春在九十日来无数的徘徊瞻顾，百就千拦，只为的是今日在此树枝头，快意恣情的一放！

看得恰到好处，便辞谢了主人回来。这春天吞咽得口有余香！过了三四天，又有友人来约同去，我却回绝了。今年到处寻春，总是太晚，我知道那时若去，已是"落红万点愁如海"，春来萧索如斯，大不必去惹那如海的愁绪。

虽然九十天中，只有一日的春光，而对于春天，似乎已得了报复，不再怨恨憎嫌了。只是满意之余，还觉得有些遗憾，如同小孩子打架后相寻，大家忍不住回嗔作喜，却又不肯即时言归于好，只背着脸，低着头，撅着嘴说，"早知道你又来哄我找我，当初又何必把我冰在那里呢？"

一九三六年五月八日夜，北平

我喜爱小动物

我喜爱小动物。这个传统是从谢家来的,我的父亲就非常地喜爱马和狗,马当然不能算是小动物了,自从一九一三年我们迁居北京以后,住在一所三合院里,马是养不起的了,可是我们家里不断地养着各种的小狗——我的大弟弟为涵在他刚会写作文的年龄,大约是十二岁吧,就写了一本《家犬列传》,记下了我家历年来养过的几只小狗。狗是一种最有人情味的小动物,和主人亲密无间,忠诚不二,这都不必说了,而且每只狗的性格、能耐、嗜好也都不相同。比如"小黄",就是只"爱管闲事"的小狗,它专爱抓老鼠,夜里就蹲在屋角,侦伺老鼠的出动。而"哈奇"却喜欢泅水。每逢弟弟们到北海划船,它一定在船后泅水跟着。当弟弟们划完船从北海骑车回家,它总是浑身精湿地跟在车后飞跑。惹得我们胡同里倚门看街的老太太们喊:"学生!别让你的狗跑啦,看它跑得这一身大汗。"我的弟弟们都笑了。

我家还有一只很娇小又不大活动的"北京狗",那是一位旗人老太太珍重地送给我母亲的。这个"小花"有着黑白相间的长毛,脸上的长毛连眼睛都盖住了。母亲便用红头绳给它梳一根"朝天杵"式的辫子，十分娇憨可爱，它是唯一的被母亲许可走近她身边的小狗，因为母亲太爱干净了。当一九二七年我们家从北京搬到上海时，父亲买了两张半价车票把"哈奇"和"小花"都带到上海，可是到达的第二天，"小花"就不见了，一般"北京狗"十分金贵，一定是被人偷走了，我们一家人，尤其是母亲，难过了许多日子！

谢家从来没养过猫。人家都说"狗投穷，猫投富"。因为猫会上树、上房，看见哪家有好吃的便向哪家跑。狗就不是这样！我永远也忘不了，四十年代我们住在重庆郊外歌乐山时，我的小女儿吴青从山路上抱回一只没人要的小黄狗，那时我们人都吃不好，别说喂狗了。抗战胜利后我们离开重庆时，就将这只小黄狗送给山上在金城银行工作的一位朋友。后来听我的朋友说，它就是不肯吃食——金城银行的宿舍里有许多人养狗，他们的狗食，当然比我们家的丰富得多，然而那只小黄狗竟然绝粒而死在"潜庐"的廊上！写到此我不禁落下了眼泪。

一九四七年后，我们到了日本，我的在美国同学的日本朋友，有一位送了一只白狗，有一位送了一只黑猫，给我们的孩子们。这两只良种的狗和猫，不但十分活泼，而且互相友好，一同睡在一只大篮子里，猫若是出去了很晚不回来，狗也不肯睡觉。一九五一年我们回国来，便把这两只小动物送给了儿女们的小朋友。

现在我们住的是学院里的楼房，北京又不许养狗。我们有过养猫的经验，知道了猫和主人也有很深的感情，我的小吴青十分兴奋地从我们的朋友宋蜀华家里抱了三只新生的小白猫让我挑，我挑了"咪咪"，因为它有一只黑尾巴，身上有三处黑点，我说："这猫是有名堂的，叫'鞭打绣球'。就要它吧。"关于这段故事，我曾在小说《明子和咪子》中描写过了。咪咪不算是我养的，因为我不能亲自喂它，也不能替它洗澡，——它的毛很长又厚，洗澡完了要用大毛巾擦，还得用吹风机吹。吴青夫妇每天给它买小鱼和着米饭喂它，但是它除了三顿好饭之外，每天在我早、午休之后还要到我的书桌上来吃"点心"，那是广州精制的鱼片。只要我一起床，就看见它从我的窗台上跳下来，绕着我在地上打滚，直到我把一包鱼片撕碎喂完，它才乖乖地顺我的手势指向，跳到我的床上蜷卧下来，一直能睡到午间。

近来吴青的儿子陈钢，又从罗慎仪——我们的好友罗莘田的女儿——家里抱来一只纯白的蓝眼的波斯猫，因为它有个"奔儿头"，我们就叫它"奔儿奔儿"。它比"咪咪"小得多而且十分淘气，常常跳到蜷卧在我床上的咪咪身上，去逗它，咬它！咪咪是老实的，实在被咬急了，才弓起身来回咬一口，这一口当然也不轻！

我讨厌"奔儿奔儿"，因为它欺负咪咪，我从来不给它鱼片吃。吴青他们都笑说偏心！

一九八九年三月九日晨

天南地北的花

我从小爱花,因为院里、屋里、案头经常有花,但是我从来没有侍弄过花!对于花的美的享受,我从来就是一个"不劳而获"者。

我的父亲,业余只喜欢种花,无论住到哪里,庭院里一定要开辟一个花畦。我刚懂事时,记得父亲在烟台海军学校职工宿舍院里,就开辟几个花坛,花坛中间种的是果木树,有桃、李、杏、梨、苹果、花红等。春天来了,这些果树就一批一批地开起灿若云锦的花。在果树周围还种有江西腊,秋天就有各种颜色的菊花。到了冬天,就什么花也没有了。辛亥革命那年,全家回到福州去,季节已是初冬,却是绿意迎人,祖父的花园里,还开着海棠花!春天来到,我第一次看到了莲花和兰花。莲花是种在一口一口的大缸里,莲叶田田,莲花都是红色的,不但有并蒂的,还有三蒂和四蒂的,也不知道祖父是怎样侍弄出来的?兰花还最娇贵,一盆一盆地摆在一条长凳上,凳子的四条腿下各垫着一个盛满水的小盘子,为的是防止蚂蚁爬上去吃花露。兰花的肥料,是很臭的黑豆水,剪兰花必须用竹剪子,对于这些,祖父都不怕臭也很耐烦！祖父一辈子爱花，我看他一进花园，就卷起袖子，撩起长衫，拿起花铲或花锄，蹲下去松土、除虫、施肥，又站起拿起喷壶，来回浇灌。那动作神情，和父亲一模一样，应该说父亲的动作神情和祖父一模一样！我曾看见过他的老友送给他的一首回文诗，是：

最高华独美君家，
独美君家爱种花；
家爱种花都似画，
花都似画最高华。

画出来便是这样的：

```
        最  高
    画          华
    似          独
    都          美
    花          君
        种  家
        爱
```

我记得为了祖父汲水方便，父亲还请了打井师傅在花园里掘了一口井。打井时我们都在旁边看着。掘到深处，那位老师傅只和父亲坐在井边吸着水烟袋，一边闲谈。那个小伙子徒弟在井下一锄一锄地掘着，那口井不浅，井里面一定很凉，他却很高兴地不停唱着民间小调。我记得他唱"腊梅姐呵腊梅姐！落井凄凉呵，腊梅姐。"——

"落井"是福州方言"下井"的意思——那位老师傅似怜似惜地笑着摇头,对父亲说:"到底是后生仔,年轻呵!"

一年后到了北京,父亲又在很小的寓所院子里,挖了花坛,种了美人蕉、江西腊之类很一般的花。后来这个花的园地,一直延伸到大门外去。他在门外的大院里、我们的家门口种着蜀葵、野茉莉等等更是平凡的花,还立起一个秋千架。虽然也有一道篱笆,而到这大院里来放风筝、抖空竹、练自行车的小孩子们,还都来看花、打秋千,和我的弟弟们一块儿玩耍。

二十年代初,我入了协和女子大学,一进校门,便看见大礼堂门前两廊下开满了大红的玫瑰花,这是玫瑰花第一次打进了我的眼帘!我很奇怪我的祖父和父亲为什么都没有种过玫瑰?从那时起我觉得在百花之中,我最喜欢的是玫瑰花,她不但有清淡的香气,明艳的颜色,而且还有自卫的尖硬的刺!

三十年代初,我有自己的家了。我在院子里种上丁香、迎春和珍珠梅,搭了一个藤萝花架,又在廊前种上两行白玫瑰花。但是我还是没有去侍弄她们!因为文藻的母亲——我的婆母,她也十分爱花,又闲着没事,便把整天的光阴都消磨在这小院里,她还体谅我怕殢人的花香,如金银花、丁香花、夜来香、白玉兰之类,于是在剪花插花的时候,她也只挑些香气清淡的或有色无香的花,如玫瑰花、迎春花之类。这就使我想起从前我的父亲只在我的屋里放上一盆桂花或水仙,而给桂花浇水或替水仙洗根,还是他的工作——至于兰花,是离开福州之后,我就无福享受这"王者之香"了。

四十年代初,我住在四川的歌乐山。我的那座土房子,既没有围墙,周围也没有一块平地,那时只能在山坡上种上些佐餐的瓜菜。然而山上却有各种颜色的野杜鹃花,在山中散步时,随手摘了些来,我的案头仍旧是五彩缤纷。这是大自然的赐予,这是天公侍弄的花!

五十年代直到现在，我住的都是学校宿舍，又在楼上，没有属于我的园地；但幸运也因之而来！这座大楼里有几位年轻的朋友，都在自己屋前篱内种上我最喜爱的玫瑰花。他们看到我总在他们篱外流连忘返，便心领神会地在每天清早浇花之后，给我送几朵凝香带露的玫瑰花来，使得我的窗台和书桌上，经常有香花供养着。

八十年代初，我四次住进了医院，这些年轻人还把花送到医院里。如今呢，他们大展宏图，创办了"东方玫瑰花公司"，每星期一定给我送两次花来，虽然我要求他们公事公办，他们还只让我付出极少的象征性的买花钱。我看我这不劳而获的剥削者的帽子，是永远也摘不掉的了！

樱花赞

樱花是日本的骄傲。到日本去的人,未到之前,首先要想起樱花;到了之后,首先要谈到樱花。你若是在夏秋之间到达的,日本朋友们会很惋惜地说:"你错过了樱花季节了!"你若是冬天到达的,他们会挽留你说:"多呆些日子,等看过樱花再走吧!"总而言之,樱花和"瑞雪灵峰"的富士山一样,成了日本的象征。

我看樱花,往少里说,也有几十次了。在东京的青山墓地看,上野公园看,千鸟渊看……;在京都看,奈良看……;雨里看,雾中看,月下看……日本到处都有樱花,有的是几百棵花树拥在一起,有的是一两棵花树在路旁水边悄然独立。春天在日本就是沉浸在弥漫的樱花气息里!

我的日本朋友告诉我,樱花一共有三百多种,最多的是山樱、吉野樱和八重樱。山樱和吉野樱不像桃花那样地白中透红,也不像梨花那样地白中透绿,它是莲灰色的。八重樱就丰满红润一些,近乎北京城里春天的海棠。此外还有浅黄色的郁金樱,花枝低垂的枝垂樱,

"春分"时节最早开花的彼岸樱,花瓣多到三百余片的菊樱……掩映重叠、争妍斗艳。清代诗人黄遵宪的樱花歌中有:

> ………………
> 墨江泼绿水微波
> 万花掩映江之沱
> 倾城看花奈花何
> 人人同唱樱花歌
> ………………
> 花光照海影如潮
> 游侠聚作萃渊薮
> ………………
> 十日之游举国狂
> 岁岁欢虞朝复暮
> ………………

这首歌写尽了日本人春天看樱花的举国若狂的盛况。"十日之游"是短促的,连阴之后,春阳暴暖,樱花就漫山遍地的开了起来,一阵风雨,就又迅速地凋谢了,漫山遍地又是一片落英!日本的文人因此写出许多"人生短促"的凄凉感喟的诗歌,据说樱花的特点也在"早开早落"上面。

也许因为我是个中国人,对于樱花的联想,不是那么灰黯。虽然我在一九四七年的春天,在东京的青山墓地第一次看樱花的时候,墓地里尽是些阴郁的低头扫墓的人,间以喝多了酒引吭悲歌的醉客,当我穿过圆穹似的莲灰色的繁花覆盖的甬道的时候,也曾使我起了一阵低沉的感觉。

今年春天我到日本，正是樱花盛开的季节，我到处都看了樱花，在东京，大阪，京都，箱根，镰仓……但是四月十三日我在金泽萝香山上所看到的樱花，却是我所看过的最璀璨、最庄严的华光四射的樱花！

四月十二日，下着大雨，我们到离金泽市不远的内滩渔村去访问。路上偶然听说明天是金泽市出租汽车公司工人罢工的日子。金泽市有十二家出租汽车公司，有汽车二百五十辆，雇用着几百名的司机和工人。他们为了生活的压迫，要求增加工资，已经进行过五次罢工了，还没有达到目的，明天的罢工将是第六次。

那个下午，我们在大雨的海滩上和内滩农民的家里，听到了许多工农群众为反对美军侵占农田作打靶场，奋起斗争终于胜利的种种可泣可歌的事迹。晚上又参加了一个情况热烈的群众欢迎大会，大家都兴奋得睡不好觉，第二天早起，匆匆地整装出发，我根本就把今天汽车司机罢工的事情，忘在九霄云外了。

早晨八点四十分，我们从旅馆出来，十一辆汽车整整齐齐地摆在门口。我们分别上了车，徐徐地沿着山路，曲折而下。天气晴明，和煦的东风吹着，灿烂的阳光晃着我们的眼睛……

这时我才忽然想起，今天不是汽车司机们罢工的日子么？他们罢工的时间不是从早晨八时开始么？为着送我们上车，不是耽误了他们的罢工时刻么？我连忙向前面和司机同坐的日本朋友询问究竟。日本朋友回过头来微微地笑说："为着要送中国作家代表团上车站，他们昨夜开个紧急会议，决定把罢工时间改为从早晨九点开始了！"我正激动着要说一两句道谢的话的时候，那位端详稳静、目光注视着前面的司机，稍稍地侧着头，谦和地说："促进日中人民的友谊，也是斗争的一部分呵！"

我的心猛然地跳了一下，像点着的焰火一样，从心灵深处喷出了

187

感激的漫天灿烂的火花……

清晨的山路上，没有别的车辆，只有我们这十一辆汽车，沙沙地飞驰。这时我忽然看到，山路的两旁，簇拥着雨后盛开的几百树几千树的樱花！这樱花，一堆堆，一层层，好像云海似的，在朝阳下绯红万顷，溢彩流光。当曲折的山路被这无边的花云遮盖了的时候，我们就像坐在十一只首尾相接的轻舟之中，凌驾着骀荡的东风，两舷溅起哗哗的花浪，迅捷地向着初升的太阳前进！

下了山，到了市中心，街上仍没有看到其他的行驶的车辆，只看到街旁许多的汽车行里，大门敞开着，门内排列着大小的汽车，门口插着大面的红旗，汽车工人们整齐地站在门边，微笑着目送我们这一行车辆走过。

到了车站，我们下了车，以满腔沸腾的热情紧紧地握着司机们的手，感谢他们对我们的帮助，并祝他们斗争胜利。

热烈的惜别场面过去了，火车开了好久，窗前拂过的是连绵的雪山和奔流的春水，但是我的眼前仍旧辉映着这一片我所从未见过的奇丽的樱花！

我回过头来，问着同行的日本朋友："樱花不消说是美丽的，但是从日本人看来，到底樱花美在哪里？"他摇了摇头，笑着说："世界上没有不美的花朵……至于对某一种花的喜爱，却是由于各人心中的感触。日本文人从美而易落的樱花里，感到人生的短暂，武士们就联想到捐躯的壮烈。至于一般人民，他们喜欢樱花，就是因为它在凄厉的冬天之后，首先给人民带来了兴奋喜乐的春天的消息。在日本，樱花就是多！山上、水边、街旁、院里，到处都是。积雪还没有消融，冬服还没有去身，幽暗的房间里还是春寒料峭，只要远远地一丝东风吹来，天上露出了阳光，这樱花就漫山遍地的开起！不管是山樱也好，吉野樱也好，八重樱也好……向它旁边的日本三岛上的人民，报告了春天的振奋蓬勃的消息。"

　　这番话，给我讲明了两个道理。一个是：樱花开遍了蓬莱三岛，是日本人民自己的花，它永远给日本人民以春天的兴奋与鼓舞；一个是：看花人的心理活动，形成了对于某些花卉的特别喜爱。金泽的樱花，并不比别处的更加美丽。汽车司机的一句深切动人的，表达日本劳动人民对于中国人民的深厚友谊的话，使得我眼中的金泽的漫山遍地的樱花，幻成一片中日人民友谊的花的云海，让友谊的轻舟，激箭似的，向着灿烂的朝阳前进！

　　深夜回忆，暖意盈怀，欣然提笔作樱花赞。

一九六一年五月十八日夜

辑四 晚晴

我的童年

我生下来七个月,也就是一九〇一年的五月,就离开我的故乡福州,到了上海。

那时我的父亲是"海圻"巡洋舰的副舰长,舰长是萨镇冰先生。巡洋舰"海"字号的共有四艘,就是"海圻"、"海筹"、"海琛"、"海容",这几艘军舰我都跟着父亲上去过。听说还有一艘叫做"海天"的,因为舰长驾驶失误,触礁沉没了。

上海是个大港口,巡洋舰无论开到哪里,都要经过这里停泊几天,因此我们这一家便搬到上海来,住在上海的昌寿里。这昌寿里是在上海的哪一区,我就不知道了,但是母亲所讲的关于我很小时候的故事,例如我写在《寄小读者·通讯十》里面的一些,就都是以昌寿里为背景的。我关于上海的记忆,只有两张相片作为根据,一张是父亲自己照的:年轻的母亲穿着沿着阔边的衣裤,坐在一张有床架和帐楣的床边上,脚下还摆着一个脚炉,我就站在她的身旁,头上是一顶青绒的帽子,身上是一件深色的棉袍。父亲很喜欢玩些新鲜的东西,例如照相,我记得他的那个照相机,就有现在卫生员背的药箱那么大!他还有许多冲洗相片的器具,至今我还保存有一个玻璃的漏斗,就是洗相片用的器具之一。另一张相片是在照相馆照的,我的祖父和老姨太坐在茶几的两边,茶几上摆着花盆、盖碗茶杯和水烟筒,祖父穿着夏天的长衫,手里拿着扇子;老姨太穿着沿着阔边的上衣,下面是青纱裙子。我自己坐在他们中间茶几前面的一张小椅子上,头上梳着两个丫角,身上穿的是浅色衣裤,两手按在膝头,手腕和脚踝上都戴有银镯子,看样子不过有两三岁,至少是会走了吧。

父亲四岁丧母,祖父一直没有再续弦,这位老姨太大概是祖父老了以后才娶的。我在一九一一年回到福州时,也没有听见家里人谈到她的事,可见她在我们家里的时间是很短暂的,记得我们住在山东烟台的时期内,祖父来信中提到老姨太病故了。当我们后来拿起这张相片谈起她时,母亲就夸她的活计好,她说上海夏天很热,可是老姨太总不让我光着膀子,说我背上的那块蓝"记"是我的前生父母给涂上的,让他们看见了就来讨人了。她又知道我母亲不喜欢红红绿绿的,就给我做白洋纱的衣裤或背心,沿上黑色拷绸的边,看去既凉爽又醒目。母亲说她太费心了,她说费事倒没有什么,就是太素淡了。的确,我母亲不喜欢浓艳的颜色,我又因为从小男装,所以我从来没有扎过红头绳。现在,这两张相片也找不到了。

在上海那两三年中,父亲隔几个月就可以回来一次。母亲谈到夏天夜里,父亲有时和她坐马车到黄浦滩上去兜风,她认为那是她在福州时所想望不到的。但是父亲回到家来,很少在白天出去探亲访友,因为舰长萨镇冰先生说不定什么时候就会派水兵来叫他。萨镇冰先生是父亲在海军中最敬仰的上级,总是亲昵地称他为"萨统"。("统"就是"统领"的意思,我想这也和现在人称的"朱总"、"彭总"、"贺总"差不多。)我对萨统的印象也极深。记得有一次,我拉着一个来召唤我父亲的水手,不让他走,他笑说:"不行,不走要打屁股的!"我问:"谁叫打?用什么打?"他说:"军官叫打就打,用绳子打,打起来就是'一打','一打'就是十二下。"我说:"绳子打不疼吧?"他用手指比划着说:"喝!你试试看,我们船上用的绳索粗着呢,浸透了水,打起来比棒子还疼呢!"我着急地问:"我父亲若不回去,萨统会打他吧?"他摇头笑说:"不会的,当官的顶多也就记一个过。萨统很少很少打人,你父亲也不打人,打起来也只打'半打',还叫用干索子。"我问:"那就不疼了吧?"他说:"那就好多了……"这时父亲已换好军装出来,他就笑着跟在后面走了。

大概就在这时候,母亲生了一个妹妹,不几天就夭折了。头几天我还搬过一张凳子,爬上床去亲她的小脸,后来床上就没有她了。我问妹妹哪里去了,祖父说妹妹逛大马路去了,但她始终就没有回来!

一九〇三——九〇四年之间,父亲奉命到山东烟台去创办海军军官学校。我们搬到烟台,祖父和老姨太又回到福州去了。

我们到了烟台,先住在市内的海军采办所,所长叶茂蕃先生让出一间北屋给我们住。南屋是一排三间的客厅,就成了父亲会客和办公的地方。我记得这客厅里有一幅长联是:

此地有崇山峻岭茂林修竹
是能读三坟五典八索九丘

我提到这一幅对联,因为这是我开始识字的一本课文!父亲那时正忙于拟定筹建海军学校的方案,而我却时刻缠在他的身边,说这问那,他就停下笔指着那幅墙上的对联说:"你也学着认认字好不好?你看那对子上的山、竹、三、五、八、九这几个字不都很容易认的吗?"于是我就也拿起一枝笔,坐在父亲的身旁一边学认一边学写,就这样,我把对联上的二十二个字都会念会写了,虽然直到现在我还不知道这"三坟五典八索九丘"究竟是哪几本古书。

不久,我们又搬到烟台东山北坡上的一所海军医院去寄居。这时来帮我父亲做文书工作的,我的舅舅杨子敬先生,也把家从福州搬来了,我们两家就住在这所医院的三间正房里。

这所医院是在陡坡上坐南朝北盖的,正房比较阴冷,但是从廊上东望就看见了大海!从这一天起,大海就在我的思想感情上占了一个极其重要的位置。我常常心里想着它,嘴里谈着它,笔下写着它;尤其是三年前的十几年里,当我忧从中来,无可告语的时候,我一想到大海,我的心胸就开阔了起来,宁静了下去!一九二四年我在美国养病的时候,曾写信到国内请人写一幅"集龚"的对联,是:

世事沧桑心事定
胸中海岳梦中飞

谢天谢地,因为这幅很短小的对联,当时是卷起压在一只大书箱的箱底的,"四人帮"横行,我家被抄的时候,它竟没有和我的其他珍藏的字画一起被抄走!

现在再回来说这所海军医院。它的东厢房是病房,西厢房是诊室,有一位姓李的老大夫,病人不多。门房里还住着一位修理枪支的师傅,大概是退伍军人吧!我常常去蹲在他的炭炉旁边,和他攀谈。西厢房的后面有个大院子,有许多花果树,还种着满地的花,还养着好几箱的蜜蜂,花放时热闹得很。我就因为常去摘花,被蜜蜂螫了好几次,每次都是那位老大夫给上的药,他还告诫我:花是蜜蜂的粮食,好孩子是不抢人的粮食的。

这时,认字读书已成了我的日课,母亲和舅舅都是我的老师,母亲教我认"字片",舅舅教我的课本,是商务印书馆的国文教科书第一册,从"天地日月"学起。有了海和山作我的活动场地,我对于认字,就没有了兴趣,我在一九三二年写的《冰心选集》自序中,曾有过这一段,就是以海军医院为背景的:

……有一次母亲关我在屋里,叫我认字,我却挣扎着要出去。父亲便在外面,用马鞭子重重地敲着堂屋的桌子,吓唬我,可是从未打到我的头上的马鞭子,也从未把我爱跑的癖气吓唬回去……

不久,我们又翻过山坡,搬到东山东边的海军练营旁边新盖好的房子里。这所房子盖在山坡挖出来的一块平地上,是个四合院,住着筹备海军学校的职员们。这座练营里已住进了一批新招来的海军学生,但也住有一营(?)的练勇。(大概那时父亲也兼任练营的营长。)我常常跑到营门口去和站岗的练勇谈话。他们不像兵舰上的水兵那样穿白色军装。他们的军装是蓝布包头,身上穿的也是蓝色衣裤,胸前有白线绣的"海军练勇"字样。当我跟着父亲走到营门口,他们举枪立正之后,父亲进去了就挥手叫我回去。我等父亲走远了,却拉那位练勇蹲了下来,一面摸他的枪,一面问:"你也打过海战吧?"他摇头说:"没有"。我说:"我父亲就打过,可是他打输了!"他站了起来,扛起枪,用手拍着枪托子,说:"我知道,你父亲打仗的时候,我还没当兵呢。你等着,总有一天你的父亲还会带我们去打仗,我们一定要打个胜仗,你信不信?"这几句带着很浓厚山东口音的誓言,一直在我的耳边回响着!

回想起来,住在海军练营旁边的时候,是我在烟台八年之中,离海最近的一段。这房子北面的山坡上,有一座旗台,是和海上军舰通旗语的地方。旗台的西边有一条山坡路通到海边的炮台，炮台上装有三门大炮，炮台下面的地下室里还有几个鱼雷，说是"海天"舰沉后捞上来的。这里还驻有一支穿白衣军装的军乐队，我常常跟父亲去听他们演习，我非常尊敬而且羡慕那位乐队指挥！炮台的西边有一个小码头。父亲的舰长朋友们来接送他的小汽艇，就是停泊在这码头边上的。

写到这里，我觉得我渐渐地进入了角色！这营房、旗台、炮台、码头，和周围的海边山上，是我童年初期活动的舞台。我在一九六二年九月十八日夜曾写过一篇叫做《海恋》的散文，里面有：

> ……我童年活动的舞台上，从不更换布景……在清晨我看见金盆似的朝日，从深黑色、浅灰色、鱼肚白色的云层里，忽然涌了上来，这时太空轰鸣，浓金泼满了海面，染透了诸天……在黄昏我看见银盘似的月亮颤巍巍地捧出了水平，海面变成一层层一道道的由浓黑而银灰渐渐地漾成光明闪烁的一片……这个舞台，绝顶静寂，无边辽阔，我既是演员，又是剧作者。我虽然单身独自，我却感到无限的欢畅与自由。

就在这个期间，一九〇六年，我的大弟谢为涵出世了。他比我小得多，在家塾里的表哥哥和堂哥哥们又比我大得多，他们和我玩不到一块儿，这就造成了我在山巅水涯独往独来的性格。这时我和父亲同在的时间特别多。白天我开始在家塾里附学，念一点书，学作一些短句子，放了学父亲也从营里回来，他就教我打枪、骑马、划船，夜里就指点我看星星。逢年过节，他也带我到烟台市上去，参加天后宫里海军军人的聚会演戏，或到玉皇顶去看梨花，到张裕酿酒公司的葡萄园里去吃葡萄，更多的时候，就是带我到进港的军舰上去看朋友。

一九〇八年，我的二弟谢为杰出世了，我们又搬到海军学校后面的新房子里来。

这所房子有东西两个院子，西院一排五间是我们和舅舅一家合住的。我们住的一边，父亲又在尽东头面海的一间屋子上添盖了一间楼房，上楼就望见大海。我在《海恋》中有过这么一段描写，就是在这楼上所望见的一切：

右边是一座屏幛似的连绵不断的南山，左边是一带围抱过来的丘陵，土坡上是一层一层的麦地，前面是平坦无际的淡黄的沙滩。在沙滩与我之间，有一簇依山上下高低不齐的农舍，亲热地偎倚成一个小小的村落。在广阔的沙滩前面，就是那片大海！这大海横亘南北，布满东方的天边，天边有几笔淡墨画成的海岛，那就是芝罘岛，岛上有一座灯塔……

在这时期，我上学的时间长了，看书的时间也多了，主要的还是因为离海远些了，父亲也忙些了，我好些日子才到海滩上去一次，我记得这海滩上有一座小小的龙王庙，庙门上的对联是：

群生被泽
四海安澜

因为少到海滩上去，那间望海的楼房就成了我常去的地方。这房间算是客房，但是客人很少来往，父亲和母亲想要习静的时候就到那里去。我最喜欢在风雨之夜，倚栏凝望那灯塔上的一停一射的强光，它永远给我以无限的温暖快慰的感觉！

这时，我们家塾里来了一位女同学，也是我的第一个女伴，她是父亲同事李毓丞先生的女儿名叫李梅修的，她比我只大两岁，母亲说她比我稳静得多。她的书桌和我的摆在一起，我们十分要好。这时，我开始学会了"过家家"，我们轮流在自己"家"里"做饭"，互相邀请，吃些小糖小饼之类。一九一一年，我们在福州的时候，父亲得到李伯伯从上海的来信，说是李梅修病故了，我们都很难过，我还写了一篇"祭亡友李梅修文"寄到上海去。

我和李梅修谈话或做游戏的地方，就在楼房的廊上，一来可以免受表哥哥和堂哥哥们的干扰，二来可以赏玩海景和园景。从楼廊上往前看是大海，往下看就是东院那个客厅和书斋的五彩缤纷的大院子。父亲公余喜欢栽树种花，这院子里种有许多果树和各种的花。花畦是父亲自己画的种种几何形的图案，花径是从海滩上挑来的大卵石铺成的，我们清晨起来，常常在这里活动。我记得我的小舅舅杨子玉先生，他是我的外叔祖父杨颂岩老先生的儿子，那时正在唐山路矿学堂肄业，夏天就到我们这里来度假。他从烟台回校后，曾寄来一首长诗，头几句我忘了，后几句是：

　　．．．．．．．．．．．．
　　．．．．．．．．．．．．
　　忆昔夏日来芝罘
　　照眼繁花簇小楼
　　清晨微步惬情赏
　　向晚琼筵勤劝酬
　　欢娱苦短不逾月
　　别来倏忽惊残秋
　　花自凋零吾不见
　　共怜福份几生修

小舅舅是我们这一代最欢迎的人，他最会讲故事，讲得有声有色。他有时讲吊死鬼的故事来吓唬我们，但是他讲得更多的是民族意识很浓厚的故事，什么洪承畴卖国啦，林则徐烧鸦片啦等等，都讲得慷慨淋漓，我们听过了往往兴奋得睡不着觉！他还拉我的父亲和父亲的同事们组织赛诗会，就是：在开会时大家议定了题目，限了韵，各人分头做诗，传观后评定等次，也预备了一些奖品，如扇子、笺纸之类。赛诗会总是晚上在我们书斋里举行，我们都坐在一边旁听。现在我只记得父亲做的《咏蟋蟀》一首，还不完全：

　　　　庭前……正花黄
　　　　床下高吟际小阳
　　　　笑尔专寻同种斗
　　　　争来名誉亦何香

还有《咏茅屋》一首，也只记得两句：

　　　　…………
　　　　…………
　　　　久处不须忧瓦解
　　　　雨余还得草根香

我记住了这些句子，还是因为小舅舅和我父亲开玩笑，说他做诗也解脱不了军人的本色。父亲也笑说："诗言志嘛，我想到什么就写什么，当然用词赶不上你们那么文雅了。"但是我体会到小舅舅的确很喜欢父亲的"军人本色"，我的舅舅们和父亲以及父亲的同事们在赛诗会后，往往还谈到深夜，那时我们都睡觉去了，也不知道他们都谈些什么。

小舅舅每次来过暑假，都带来一些书，有些书是不让我们看的，越是不让看，我们就越想看，哥哥们就怂恿我去偷，偷来看时，原来都是"天讨"之类的"同盟会"的宣传册子。我们偷偷地看了之后，又偷偷地赶紧送回原处。

一九一〇年我的三弟谢为楫出世了。就在这之后不久，海军学校发生了风潮！

大概在这一年之前，那时的海军大臣载洵，到烟台海军学校视察过一次，回到北京，便从北京贵胄学堂派来了二十名满族学生，到海军学校学习。在一九一一年的春季运动会上，为着争夺一项锦标，一两年中蕴积的满汉学生之间的矛盾表面化了！这一场风潮闹得很凶，北京就派来了一个调查员郑汝成，来查办这个案件。他也是父亲的同学。他背地里告诉父亲，说是这几年来一直有人在北京告我父亲是"乱党"，并举海校学生中有许多同盟会员——其中就有萨镇冰老先生的侄子（？）萨福昌……而且学校图书室订阅的，都是《民呼报》之类，替同盟会宣传的报纸为证等等，他劝我父亲立即辞职，免得落个"撤职查办"。父亲同意了，他的几位同事也和他一起递了辞呈。就在这一年的秋天，父亲恋恋不舍地告别了他所创办的海军学校，和来送他的朋友、同事和学生，我也告别了我的耳鬓厮磨的大海，离开烟台，回到我的故乡福州去了！

这里，应该写上一段至今回忆起来仍使我心潮澎湃的插曲。振奋人心的辛亥革命在这年的十月十日发生了！我们在回到福州的中途，在上海虹口住了一个多月。我们每天都在抢着等着看报。报上以黎元洪将军（他也是父亲的同班同学，不过父亲学的是驾驶，他学的是管轮）署名从湖北武昌拍出的起义的电报（据说是饶汉祥先生的手笔），写得慷慨激昂，篇末都是以"黎元洪泣血叩"收尾。这时大家都纷纷捐款劳军，我记得我也把攒下的十块压岁钱，送到申报馆去捐献，收条的上款还写有"幼女谢婉莹君"字样，我把这张小小的收条，珍藏了好多年，现在，它当然也和如水的年光一同消逝了！

一九七九年七月四日晨

我的奶娘

我的奶娘也是我常常怀念的一个女人，一想到她，我童年时代最亲切的琐事，都活跃到眼前来了。

奶娘是我们故乡的乡下人，大脚，圆脸，一对笑眼（一笑眼睛便闭成两道缝），皮肤微黑，鼻子很扁。记得我小的时候很胖，人家说我长的像奶娘，我已觉得那不是句恭维的话。母亲生我之后，病了一场，没有乳水，祖父很着急的四处寻找奶妈，试了几个，都不合适，最后她来了，据说是和她的婆婆怄气出来的，她新死了一个三个月的女儿，乳汁很好。祖父说我一到她的怀里就笑，吃了奶便安稳睡着。祖父很欢喜说："胡嫂，你住下吧，荣官和你有缘。"她也就很高兴的住下了。

世上叫我"荣官"的只有两个人，一个是我的祖父，一个便是我的奶娘。我总记得她说："荣官呀，你要好好读书，大了中举人，中进士，做大官，挣大钱，娶个好媳妇，儿孙满堂，那时你别忘了你是吃了谁的奶长大的！"她说这话的时候，我总是在玩着，觉得她粗糙的手，摸在我脖子上，怪解痒的，她一双笑眼看着我，我便满口答允了。如今回想，除了我还没有忘记"是吃了谁的奶长大的"之外，既未作大官，又未挣大钱，至于"娶个好媳妇"这一段，更恐怕是下辈子的事了！

我们一家人，除了佣人之外，都欢喜她，祖父因为宠我，更是宠她。奶娘一定要吃好的，为的是使乳水充足；要穿新的，为的是要干净。父亲不常回来，回来时看见我肥胖有趣，也觉得这奶妈不错。母亲对谁都好，对她更是格外的宽厚。奶娘常和我说："你妈妈是个菩萨，做好人没有错处，修了个好丈夫，好儿子。就是一样，这班下人都让她惯坏了，个个作恶营私，这些没良心的人，老天爷总有一天睁天眼！"

那时我母亲主持一个大家庭，上下有三十多口，奶娘既以半主自居，又非常的爱护我母亲，便成了一般婢仆所憎畏的人。她常常拿着秤，到厨房里去称厨师父买的菜和肉，夜里拍我睡了以后，新出去巡视灯火，察看门户。母亲常常婉告她说："你只看管荣官好了，这些事用不着你操心，何苦来叫人家讨厌你。"她起先也只笑笑，说多了就发急。记得有一次，她哭了，说："这些还不是都为你！你是一位菩萨，连高声说话都没说过，眼看这一场家私都让人搬空了，我看不过，才来帮你一点忙，你还怪我。"她一边数落，一边擦眼泪。母亲反而笑了，不说什么。父亲忍着笑，正色说："我们知道你是好心，不过你和太太说话，不必这样发急，'你'呀'我'的，没了规矩！"我只以为她是同我母亲拌嘴，便在后面使劲地捶她的腿，她回头看看，一把拉起我来，背着就走。

说也奇怪，我的抗日思想，还是我的奶娘给培养起来的。大约是在八九岁的时候，有一位堂哥哥带我出去逛街，看见一家日本的料理，他说要请我吃"鸡素烧"，我欣然答应。脱鞋进门，地板光滑，我们两人拉着手溜走，我已是很高兴。等到吃饭的时候，我和堂哥对跪在矮几的两边，上下首跪着两个日本侍女，搽着满脸满脖子的怪粉，梳着高高的髻，油香逼人。她们手忙脚乱，烧鸡调味，殷勤劝进，还不住地和我们说笑。吃完饭回来，我觉得印象很深，一进门便一五一十的告诉我的奶娘。她素来是爱听我的游玩报告的，这次却睁大了眼睛，沉着脸，说："你哥哥就不是好人，单拉你往那些地方跑！下次再去，我就告诉你的父亲打你！"我吓得不敢再说。过了许多日子，偶然同母亲提起，母亲倒不觉得这是一件坏事，还向奶娘解释说："侄少爷不是一个荒唐人，他带荣官去的地方是日本饭馆子；日本的规矩，是侍女和客人坐在一起的。"奶娘扭过头去说："这班不要脸的东西！太太，您大门不出，二门不迈的，哪里知道这些事呀！告诉您听吧，东洋人就没有一个好的；开馆子的、开洋行的、卖仁丹的，没有一个安着好心，连他们的领事都是他们一伙，而且就是贼头。他们的饭馆侍女，就是窑姐，客人去吃一次，下次还要去。洋行里卖胃药，一吃就上瘾。卖仁丹的，就是眼线，往常到我们村里，一次、两次、三次，头一次画下了图，第二次再来察看，第三次就竖起了仁丹的大板牌子。他们画图的时候，有人在后面偷偷看过，哪地方有树，哪地方有井……都记得清清楚楚。您记着我的话，将来我们这里，要没有东洋人造反，您怎样罚我都行！"父亲在旁边听着，连连点头，说："她这话有道理，我们将来一定还要吃日本人的亏。"奶娘因为父亲赞成她，更加高兴了，说："是不是？老爷也知道，我们那几亩地，那一间杂货铺，还不是让日本人强占去的？到东洋领事那里打了一场官司，我们孩子的爸爸回来就气死了，临死还叫了一夜：'打死日本人，打死东洋鬼。'您看，若不是……我还不至于……"她兴奋得脸也红了，嘴唇哆嗦着，眼里也充满了泪光。母亲眼眶也红了。父亲站了起来，说："荣官，你带奶娘回屋歇一歇吧。"我那时只觉得又愤激又抱愧,听见父亲的话,连忙拉她回到屋里。这一段话,从来没听见她说过,等她安静下来,我又问她一番。她叹口气抚摩着我说:"你看我的命多苦,只生了一个女儿,还长不大。只因我没有儿子,我的婆婆整天哭她的儿子,还诅咒我,说她儿子的仇,一辈子没人报了。我一赌气,便出来当奶娘。我想奶一个大人家的少爷,将来像薛仁贵似的跨海征东,堵了我婆婆的嘴,出了我那死鬼男人的气。你大了……"我赶紧搂着她的脖子说:"你放心,我大了一定去跨海征东,打死日本人,打死东洋鬼!"眼泪滚下了她的笑脸,她也紧紧的搂着我,轻轻的摇晃着,说:"这才是我的好宝贝!"

　　从此我恨了日本人,每次奶娘带我到街上去,遇见日本人,或经过日本人的铺子,我们互挽着的手,都不由的捏紧了起来。我从来不肯买日本玩具,也不肯接受日货的礼物。朋友们送给我的日俄战争图画,我把上面的日本旗帜,都用小刀刺穿。稍大以后,我很用心的读日本地理,看东洋地图,因为我知道奶娘所厚望于我的,除了"作大官,挣大钱,娶个好媳妇"以外,还有"跨海征东"这一件事。

　　我的奶娘,有气喘的病,不服北方的水土,所以我们搬到北平的时候,她没有跟去。不过从祖父的信里,常常听到她的消息,她常来看祖父,也有时在祖父那里做些短工。她自己也常常请人写信来,每信都问荣官功课如何,定婚了没有。也问北方的佣人勤谨否。又劝我母亲驭下要恩威并济,不要太容纵了他们。母亲常常对我笑说:"你奶娘到如今还管着我,比你祖父还仔细。"

　　母亲按月寄钱给她零用,到了我经济独立以后,便由我来供给她。我们在家里,常常要想到她,提到她,尤其是在国难期间,她的恨声和眼泪,总悬在我的眼前。在日本提出二十一条和"五四"那年,学生游行示威的时候,同学们在高呼"打倒日本帝国主义",我却在心里喊"打死东洋鬼"。仿佛我的奶娘在牵着我的手,和我一同走,和我一同喊似的。

　　抗战的前两年,我有一个学生到故乡去做调查工作,我托他带一笔款子送给我的奶娘,并托他去访问,替她照一张相片。学生回来时,带来一封书信,一张相片,和一只九成金的戒指。相片上的奶娘是老得多了,那一双老眼却还是笑成两道缝。信上是些不满意于我的话,她觉得弟弟们都结婚了,而我将近四十岁还是单身,不是一个孝顺的长子。因此她寄来一只戒指,是预备送给我将来的太太的。这只戒指和一只母亲送给我的手表,是我仅有的贵重物品,我有时也戴上它,希望可以做一个"娶媳妇"的灵感!

　　抗战后,死生流转,奶娘的消息便隔绝了。也许是已死去了吧,我辗转都得不到一点信息。我的故乡在两月以前沦陷了,听说焚杀得很惨,不知那许多牺牲者之中,有没有我那良善的奶娘?我倒希望她在故乡沦陷以前死去。否则她没有看得见她的荣官"跨海征东",却赶上了"东洋人造反",我不能想象我的亲爱的奶娘那种深悲狂怒的神情……

　　安息吧,这良善的灵魂。抗战已进入了胜利阶段,能执干戈的中华民族的青年,都是你的儿子,跨海征东之期,不在远了!

我的教师

第二个女人,我永远忘不掉的,是 T 女士,我的教师。

我从小住在偏僻的乡村里,没有机会进小学,所以只在家塾里读书,国文读得很多,历史地理也还将就得过,吟诗作文都学会了,且还能写一两千字的文章。只是算术很落后,翻来覆去,只做到加减乘除,因为塾师自己的算学程度,也只到此为止。

十二岁到了北平,我居然考上了一个中学,因为考试的时候,校长只出一个"学然后知不足"的论说题目。这题目是我在家塾里做过的,当时下笔千言,一挥而就,校长先生大为惊奇赞赏,一下子便让我和中学一年生同班上课。上课两星期以后,别的功课我都能应付裕如,作文还升了一班,只是算术把我难坏了。中学的算术是从代数做起的,我的算学底子太坏,脚跟站不牢,昏头眩脑,踏着云雾似的上课,T 女士便在这云雾之中,飘进了我的生命中来。

她是我们的代数和历史教员,那时也不过二十多岁吧。"蝤首蛾眉,齿如编贝"这八个字,就恰恰的可以形容她。她是北方人,皮肤很白嫩，身材很窈窕，又很容易红脸，难为情或是生气，就立刻连耳带颈都红了起来，我最怕的是她红脸的时候。

同学中敬爱她的，当然不止我一人，因为她是我们的女教师中间最美丽，最和平，最善诱的一位。她的态度，严肃而又和蔼，讲述时简单而又清晰。她善用譬喻；我们每每因着譬喻的有趣，而连带的牢记了原理。

第一个月考，我的历史得九十九分，而代数却只得了五十二分，不及格！当我下堂自己躲在屋角流泪的时候，觉得有只温暖的手，抚着我的肩膀，抬头却见T女士挟着课本，站在我的身旁。我赶紧擦了眼泪，站了起来。她温和的问我道："你为什么哭？难道是我的分数打错了？"我说："不是的，我是气我自己的数学底子太差。你出的十道题目，我只明白一半。"她就软款温柔的坐下，仔细问我的过去。知道了我的家塾教育以后，她就恳切地对我说："这不能怪你。你中间跳过了一大段！我看你还聪明，补习一定不难，以后你每天晚一点回家，我替你补习算术吧。"

这当然是她对我格外的爱护，因为算术不曾学过的，很有退班的可能；而且她很忙，每天匀出一个钟头给我，是额外的恩惠。我当时连忙答允，又再三的道谢。回家去同母亲一说，母亲尤其感激，又仔细的询问T女士的一切，她觉得T女士是一位很好的教师。

从此我每天下课后，就到她的办公室，补习一个钟头的算术，把高小三年的课本，在半年以内赶完了。T女士逢人便称道我的神速聪明。但她不知道我每天回家以后，用功直到半夜，因着习题的烦难，我曾流过许多焦急的眼泪，在泪眼模糊之中，灯影下往往涌现着T女士美丽慈和的脸，我就仿佛得了灵感似的，擦去眼泪，又赶紧往下做。那时我住在母亲的套间里，冬天的夜里，烧热了砖炕，点起一盏煤油灯，盘着两腿坐在炕桌边上，读书习算。到了夜深，母亲往往叫人送冰糖葫芦，或是赛梨的萝卜，来给我消夜。直到现在，每逢看见孩子做算术，我就会看见T女士的笑脸，脚下觉得热烘烘的，嘴里也充满了萝卜的清甜气味！

算术补习完毕，一切难题，迎刃而解，代数同几何，我全是不费功夫的做着；我成了同学们崇拜的中心，有什么难题，他们都来请教我。因着T女士的关系，我对于算学真是心神贯注，竟有几个困难的习题，是在夜中苦想，梦里做出来的。我补完算术以后，母亲觉得对于T女士应有一点表示，她自己跑到福隆公司，买了一件很贵重的衣料，叫我送去。T女士却把礼物退了回来，她对我母亲说："我不是常替学生补习的，我不能要报酬。我因为觉得令郎别样功课都很好，只有算学差些，退一班未免太委屈他。他这样的赶，没有赶出毛病来，我已经是很高兴的了。"母亲不敢勉强她，只得作罢。有一天我在东安市场，碰见T女士也在那里买东西。看见摊上挂着的挖空的红萝卜里面种着新麦秧，她不住地夸赞那东西的巧雅，颜色的鲜明，可是因为手里东西太多，不能再拿，割爱下。等她走后，我不曾还价，赶紧买了一只萝卜，挑在手里回家。第二天一早又挑着那只红萝卜，按着狂跳的心，到她办公室去叩门。她正预备上课，开门看见了我和我的礼物，不觉嫣然的笑了，立刻接了过去，挂在灯上，一面说："谢谢你，你真是细心。"我红着脸出来，三步两跳跑到课室里，嘴里不自觉的唱着歌，那一整天我颇觉得有些飘飘然之感。

因着补习算术，我和她对面坐的时候很多，我做着算题，她也低头改卷子。在我抬头凝思的时候，往往注意到她的如云的头发，雪白的脖子，很长的低垂的睫毛，和穿在她身上稳称大方的灰布衫，青裙子，心里渐渐生了说不出的敬慕和爱恋。在我偷看她的时候，有时她的眼光正和我的相接，出神的露着润白的牙齿向我一笑，我就要红起脸来，低下头，心里乱半天，又喜欢，又难过，自己莫名其妙。

从校长到同学，没有一个愿意听到有人向 T 女士求婚的消息。校长固不愿意失去一位好同事，我们也不愿意失去一位好教师，同时我们还有一种私意，以为世界上根本就没有一个男子，配作 T 女士的丈夫，然而向 T 女士求婚的男子，那时总在十个以上，有的是我们的男教师，有的是校外的人士。我们对于 T 女士的追求者，一律的取一种讥笑鄙夷的态度。对于男教师们，我们不敢怎么样，只在背地里替他们起上种种的绰号，如"癞蛤蟆"、"双料癞蛤蟆"之类。对于校外的人士，我们的胆子就大一些，看见他们坐在会议室里或是在校门口徘徊，我们总是大声咳嗽，或是从他们背后投些很小的石子，他们回头看时，我们就三五成群的哄哄笑着，昂然走过。

T 女士自己对于追求者的态度，总是很庄重很大方。对于讨厌一点的人，就在他们的情书上，打红叉子退了回去。对于不大讨厌的，她也不取积极的态度，仿佛对于婚姻问题不感着兴趣。她很孝，因为没有弟兄，她便和她的父亲守在一起，下课后常常看见她扶着老人，出来散步，白发红颜，相映如画。

在这里，我要供招一件很可笑的事实，虽然在当时并不可笑。那时我们在圣经班里，正读着"所罗门雅歌"，我便模仿雅歌的格调，写了些赞美 T 女士的句子，在英文练习簿的后面，一页一页的写下叠起。积了有十几篇，既不敢给人看，又不忍毁去。那时我们都用很厚的牛皮纸包书面，我便把这十几篇尊贵的作品，折存在两层书皮之间。有一天被一位同学翻了出来，当众诵读，大家都以为我是对于隔壁女校的女生，发生了恋爱，大家哄笑。我又不便说出实话，只好涨红着脸，赶过去抢来撕掉。从此连雅歌也不敢写了，那年我是十五岁。

我从中学毕业的那一年，T 女士也离开了那学校，到别地方做事去了，但我们仍常有见面的机会。每次看见我，她总有勉励安慰的话,也常有些事要我帮忙,如翻译些短篇文字之类,我总是谨慎做事,宁可将大学里功课挪后,不肯耽误她的事情。

她做着很好的事业,很大的事业,至死未结婚。六年以前,以牙疾死于上海,追悼哀殓她的,有几万人。我是在从波士顿到纽约的火车上,得到了这个消息,车窗外飞掠过去的一大片的枫林秋叶,尽消失了艳红的颜色,我忽然流下泪来,这是母亲死后第一次的流泪。

我的学生

S是在澳洲长大的——她的父亲是驻澳的外交官——十七岁那年才回到祖国来。她的祖父和我的父亲同学,在她考上大学的第二天,她祖父就带她来看我,托我照应。她考的很好,只国文一科是援海外学生之例,要入学以后另行补习的。

那时正是一个初秋的下午,我留她的祖父和她,在我们家里吃茶点。我陪着她的祖父谈天,她也一点不拘束的,和我们随便谈笑。我觉得她除了黑发黑睛之外,她的衣着,表情,完全像一个欧洲的少女。她用极其流利的英语,和我谈到国文,她说:"我曾经读过国文,但是一位广东教师教的,口音不正确……"说到这里,她极其淘气的挤着眼睛笑了,"比如说,他说:'系的,系的,萨天常常萨雨。'你猜是什么意思?他是说:'是的,是的,夏天常常下雨'你看!"她说着大笑起来,她的祖父也笑了。

我说:"大学里的国文又不比国语,学国语容易,只要你不怕说话就行。至于国文,要能直接听讲,最好你的国文教授,能用英语替你解说国文,你在班里再一用心,就行了。"她的祖父就说:"在国文系里,恐怕只有你能用英语解说国文,就把她分在你的组里吧,一切拜托了!"我只得答应了。

上了一星期的课,她来看我,说别的功课都非常容易,同学们也都和她好,只是国文仍是听不懂。我说:"当然我不能为你的缘故,特别的慢说慢讲,但你下课以后,不妨到我的办公室里,我再替你细讲一遍。"她也答应了。从此她每星期来四次,要我替她讲解。真没看见过这样聪明的孩子,进步像风一样的快。一个月以后,她每星期只消来两次,而且每次都是用纯粹的流利的官话,和我交谈。等到第二学期,她竟能以中文写文章,她在我班里写的"自传"长至九千字,不但字句通顺,而且描写得非常生动。这时她已成了全校师生嘴里所常提到的人物了。

她学的是理科,第二年就没有我的功课,但因为世交的关系,她还常常来看我。现在她已完全换了中服,一句英语不说,但还是同欧美的小女孩儿一样的活泼淘气。她常常对我学她们化学教授的湖南腔,物理教授的山东话,常常使全客厅的人们,笑得喘不过气来。她有时忽然说:"×叔叔,我祖父说你在美国一定有位女朋友,否则为什么在北平总不看见你同女友出去?"或说:"众位教授听着!我的×叔叔昨天黄昏在校园里,同某女教授散步,你们猜那位女教授是谁?"她的笑话,起初还有人肯信,后来大家都知道她的淘气,也就不理她。同时,她的朋友越来越多,课余忙于开会,赛球,骑车,散步,溜冰,演讲,排戏,也没有工夫来吃茶点了。

以后的三年里,她如同狮子滚绣球一般,无一时不活动,无一时不是使出浑身解数的在活动。在她,工作就是游戏,游戏就是工作。早晨看见她穿着蓝布衫,平底皮鞋,夹着书去上课;忽然又在球场上,看见她用红丝巾包起头,穿着白衬衣,黑短裤,同三个男同学打网球；一转眼，又看见她骑着车，飞也似的掠过去，身上已换了短袖的浅蓝绒衣和蓝布长裤；下午她又穿着实验白衣服，在化学楼前出现；到了晚上，更摸不定了，只要大礼堂灯火辉煌，进去一看，台上总有她，不是唱歌，就是演戏；在周末的晚上，会遇见她在城里北京饭店或六国饭店，穿起曳地的长衣，踏着高跟鞋，戴着长耳坠，画眉，涂指甲，和外交界或使馆界的人们，吃饭，跳舞。

她的一切活动，似乎没有影响到她的功课，她以很高的荣誉毕了业。她的祖父非常高兴，并邀了我的父亲来赴毕业会，会后就在我们楼里午餐。他们祖孙走后，我的父亲笑着说："你看S像不像一只小猫，没有一刻消停安静！她也像猫一样的机警聪明，虽然跳荡，却一点不讨厌。我想她将来一定嫁给外交人员，你知道她在校里有爱人吧？"我说："她的男朋友很多，却没听说过有哪一个特别好的，您说的对，她不会在同学中选对象，她一定会嫁给外交人员。但无论如何，不会嫁给一个书虫子！"

出乎意外的，在暑期中，她和一位P先生宣布订婚，P就是她的同班，学地质土壤的。我根本没听说过这个人！问起P的业师们，他们都称他是个绝好的学生，很用功，性情也沉静，除读书外很少活动。但如何会同S恋爱订婚，大家都没看出，也绝对想不到。

一年以后，他们结了婚，住在S祖父的隔壁，我的父亲有时带我们几个弟兄，去拜访他们。他们家里简直是"全盘西化"，家人仆妇都会听英语，饮食服用，更不必说。S是地道的欧美主妇，忙里偷闲，花枝招展。我的父亲常常笑对S说："到了你家，就如同到澳洲中国公使馆一般！"

但是住在"澳洲中国公使馆"的P先生，却如同古寺里的老僧似的，外面狂舞酣歌，他却是不闻不问，下了班就躲在他自己的书室里，到了吃饭时候才出来，同客人略一招呼，就低头举箸。倒是S常来招他说话，欢笑承迎。饭后我常常同他进入书室，在那里，他的话就比较的多。虽然我是外行，他也不惮烦的告诉许多关于地质土壤的最近发现，给我看了许多图画、照片和标本。父亲也有时捧了烟袋，踱了进来，参加我们的谈话。他对P的印象非常之好，常常对我说："P就是地质本身，他是一块最坚固的磐石。S和一般爱玩漂亮的人玩腻了，她知道终身之托，只有这块磐石最好，她究竟是一个聪明人！"

我离开北平的时候，到她祖父那里辞行，顺便也到P家走走。那时S已是三个孩子的母亲，院子里又添上了沙土池子，秋千架之类。家里人口添了不少，有保姆，浆洗缝做的女仆，厨子，园丁，司机，以及打杂的工人等等。所以当S笑着说"后方见"的时候，我也只笑着说："我这单身汉是拿起脚来就走，你这一个'公使馆'如何搬法？"P也只笑了笑，说："×先生，你到那边若见有地质方面新奇的材料，在可能的范围内，寄一点来我看看。"

从此又是三年——

忽然有一天，我在云南一个偏僻的县治旅行，骑马迷路。那时已近黄昏，左右皆山，顺着一道溪水行来，逢人便问，一个牧童指给我说："水边山后有一个人家，也是你们下江人，你到那边问问看，也许可以找个住处。"我牵着马走了过去，斜阳里一个女人低着头，在溪边洗着衣裳，我叫了一声，她猛然抬起头来，我几乎不能相信我的眼睛，那用圆润的手腕，遮着太阳，一对黑大的眼睛，向我注视的，不是S是谁？

我赶了过去，她喜欢的跳了起来，把洗的衣服也扔在水里，嘴里说："你不嫌我手湿，就同我拉手！你一直走上去，山边茅屋，就是我们的家。P在家里，他会给你一杯水喝，我把衣裳洗好就来。"

三个孩子在门口草地上玩，P在一边挤着羊奶，看见我，呆了会，才欢呼了起来。四个人把我围拥到屋里，推我坐下，递烟献茶，问长问短。那最大的九岁的孩子，却溜了出去，替我喂马。

S提着一桶湿衣服回来，有一个小脚的女工，从厨房里出来，接过，晾在绳子上。S一边擦着手笑着走了进来，我们就开始了兴奋而杂乱的谈话，彼此互说着近况，从谈话里知道他们是两年前来的，我问起她的祖父，她也问起我的父亲。S是一刻不停的做这个那个，她走到哪里，我们就跟到哪里谈着。直到吃过晚饭，孩子们都睡下了，大家才安静的，在一盏菜油灯周围坐了下来。S补着袜子，P同我抽着柳州烟，喝着胜利红茶谈话。

S笑着说："这是'公使馆'的'山站'，我们做什么就是得像什么！×叔叔！这座茅屋，就是P指点着工人盖的，门都向外开，窗户一扇都关不上！拆了又安，安了又拆，折腾了几十回。这书桌，书架，'沙发'椅子都是P同我自己钉的，我们用了七十八个装煤油桶的木箱。还有我们的床，那是杰作，床下还有放鞋的矮柜子。好玩的很，就同我们小时玩'过家家'似的，盖房子，造家具，抱娃娃，做饭，洗衣服，养鸡，种菜，一天忙个不停，但是，真好玩，孩子们都长了能耐，连P也会做些家务事。我们一家子过着露营的生活，笑话甚多，但是，我们也时常赞谈自己的聪明，凡事都能应付得开。明天再带你去看我们的鸡棚，羊圈，蜂房，还有厕所……总而言之，真好玩！"

我凝视着她，"真好玩"三字就是她的人生观，她的处世态度，别的女人觉得痛苦冤抑的工作，她以"真好玩"的精神，"举重若轻"的应付了过去。她忙忙的自己工作，自己试验，自己赞叹，真好玩！她不觉得她是在做着大后方抗战的工作，她就是萧伯纳所说的："在抗战时代，除了抗战工作之外，什么都可以做"的大艺术家！

当夜他们支了一张行军床——也是他们自己用牛皮钉的——把我安放在P的书室里，这是三间屋子里最大的一间，兼做了客室，储藏室等等。墙上仍是满钉着照片图画，书架上垒着满满的书，墙角还立着许多锄头，铁铲，锯子，扁担之类。灭灯后月色满窗，我许久睡不着，我想起北平的"澳洲中国公使馆"，想起我的父亲，不知父亲若看了这个山站，要如何想法！

阳光射在我的脸上，一阵煎茶香味，侵入鼻管。我一睁眼，窗外是典型的云南的海蓝的天，门外悄无声息。我轻轻地穿起衣服，走了出来，看见S蹑手蹑脚的在摆着早饭，抬头看见我，便笑说："睡得好吧？你骑了一天马，一定累了，我们没有叫你。P上班去了，孩子们也都上学了，我等着你一块儿吃粥。"说着忙忙的又到厨房里去了。

我在外间屋里，一面漱洗，一面在充满阳光的屋子里，四周审视。"公使馆"的物质方面，都已降低，而"公使馆"的整洁美观的精神，尽还存在，还添上一些野趣。饭桌上蒙着一块白底红花土布，一只大肚的陶罐里，乱插着红白的野花。桌上是一盘黄果，——四川人叫做广柑——对面摆着两只白盘子，旁边是两把红柄的刀子，两双红筷子，两个红的电木的洗手碗，两块白底红花的饭巾……正看着，S端了一盘鸡蛋炸馒头片进来，让我坐下，她自己坐在对面。我们一面剥黄果，一面谈话。

白天看S，觉得她比三年前瘦了许多，但精神仍旧是很好，身上穿着蓝底印白花的土布衫子，短袜子，布鞋；脸上薄施脂粉，指甲也染得很红。我笑说："你的化妆品都带来了吧？"她也笑说："都带来了，可是我现在用的是鹅蛋粉，和胭脂棉。凤仙花瓣和白矾捣了也可以染指甲。"

我们吃着S自制的咸鸭蛋和泡菜，吃过稀饭，又喝了煎茶。坐了一会，S就邀我去参观她的环境。出到门外，菜园里红的是辣椒，西红柿，绿的是豆子，黄的是黄瓜，紫的是茄子，周围是一片一片的花畦，阳光下光艳夺目，蜂喧蝶闹。菜园的后面，简直像个动物园！十几只意大利的大白鸡,在沙地上吃食,三只黑羊,两只狼犬——我的那匹马也拴在旁边——还有小孩子养的松鼠和白兔。一只极胖的蓝睛的暹罗猫,在篱隙出入跳跃。

转到山后,便看见许多人家,S说这便是市中心,有菜场,有邮政代办所,有中心小学校。P的"地质调查所"是全市最漂亮高大的房子,砖墙瓦顶;警察岗亭就设在门边。我们穿过这条"大街"的时候,男女老幼,村的俏的,都向S招呼,说长道短。有个妇人还把一个病孩子,从门洞里抱出来给S看。当我们离开这人家的时候,我笑说:"S,如今你不是公使夫人,而是牧师太太了!"她笑了一笑。

大街尽头,便是五六幢和S的相似的房子,那是地质调查所同人的住宅。S也带我进去访问。那些太太们大都是外省人,看见我去都很亲热,让座让茶。她们的房间和S的一样,而陈设就很乱很俗,自己是乱头粗服,孩子们也啼哭喧闹。这些太太们不住的向我道歉,说是房间又小,佣人又笨,什么都不趁手,哪能像北平,上海那样的可以待客呢?我无聊的坐了一会,也就告辞了出来。

回来的路上,S请我先走,说她还要到小学里去教一堂课。我也便不回来,却走到"地质调查所"去找P,参观了他们的工作。等到P下班,我们一同走出来,三个孩子十分高兴的在门口等着,说是"妈妈炖了鸡,烤了肉,蒸了蛋羹,请客人回去吃大馒头去!"

午后我睡了一大觉,醒起便要走路,S和P一定不肯,说今晚要约几个朋友来和我谈谈。S笑说还有几位漂亮的太太。我说:"假如你们可怜我,就免了这一套吧,我实在怕见生人;还有,你也扮演不出'公使馆'那一出!"P说:"也好,你再住一天,我们不请客人好了。"S想了一会,笑了,说:"晚饭以前,我还有事,你们带这几个孩子到对山去玩去,六时左右,带些红杜鹃花回来。"我们答应了,孩子们欢呼着都跑在前面去了。

我和P对躺在山头草地上,晒着太阳。我说:"你们这一对儿真好,你从前是那样稳静,现在也是那样稳静。S从前是那样活泼,现在也是那样活泼,不过比从前更老练能干了,真是难得。"P沉默了一会,说:"×先生,你只知道S活泼的一方面,还没有看她严肃的一方面。她处处求全,事事好胜,这一二年来,身体也大不如从前了!她一个人做着六七个人的事,却从不肯承认自己的软弱。你知道她欢喜引用中文成语——英文究竟是她的方言,她睡梦中常说英语——有时文不对题的使人发笑。有一天,我下班回来,发现她躺在床上,看见我就要起来。我按住她,问她怎么了,她说没有什么。只觉得有一点头晕。我在床边坐了一会,她忽然说:'P,我这个人真是"心比天高,命比纸薄"。'我心里忽然一阵难过,勉强笑说:'别胡说了,你知道"薄命"这两个字,是什么意思。'她却流下泪来,转身向里躺着去了。×先生,你觉得……"

P说不下去了,我也不觉愣住,便说:"我自然看出S严肃的一方面,她如果不严肃,她不会认得你,她如果不严肃,她不会到内地来,她的身体是不如从前了,你要时时防护着她!至于她所说的那两句话你倒不必存在心里,她对于汉文是半懂不懂的。"P不言语,眼圈却红了。

这时候孩子们已抱着满怀的红杜鹃花,跑了上来,说:"我们该回去了,晚饭以前,我们还要换衣服呢。"

一进家门,那"帮工"的李嫂,穿着一身黑绸的衣裤,系着雪白的围裙,迎了出来,嘴里笑着说:"客人们请客厅坐。"我们进到中间屋里,看着餐桌上铺着雪白的桌布,点着辉煌的四支红烛,中间一大盘的红杜鹃花,桌上一色的银盘银箸,雪白的饭巾。我们正在诧愕,李嫂笑着打起卧房的布帘子,说:"太太!客人来了。"S从屋里笑盈盈地走了出来,身上穿着红丝绒的长衣,大红宝石的耳坠子,脚上是丝袜，金色高跟鞋，画着长长的眉，涂上红红的嘴唇，眼圈边也抹上淡淡的黄粉，更显得那一双水汪汪的俊眼———这一双俊眼里充满着得意的淘气的笑——她伸出手来，和我把握，笑说："×先生晚安！到敝地多久了？对于敝处一切还看得惯吧？"我们都大笑了起来，孩子们却跑过去抱着S的腿，欢呼着说："妈妈，真好看！"回头又拍手笑说："看！李嫂也打扮起来了！"李嫂忍着笑，走到厨房里去了。

我们连忙洗手就座。因为没有别的客人，孩子们便也上席，大家都兴高采烈。饭后，孩子们吃过果点，陆续的都去睡了。S又煮起咖啡，我们就在廊上看月闲谈。看着S的高跟鞋在月下闪闪发光，我就说："你现在没有机会跳舞玩牌了吧？"S笑说："才怪！P的跳舞和玩牌都是到了这里以后才学会的。晚饭后没事，我就教给P打'蜜月'纸牌，也拉他跳舞。他一天工作怪累的，应当换一换脑筋。"P笑说："我倒不在乎这些个，我在北平的时候，就不换脑筋。我宁可你在一天忙累之后，早点休息睡觉，我自己再看一点轻松的书。"我说："S，你会开汽车吧？"S说："会的，但到这里以后，没有机会开了。"我笑说："你既会开车，就知道无论多好多结实的车子，也不能一天开到二十四小时，尤其在这个崎岖的山路上。物力还应当爱惜，何况人力？你如今不是过着'电气冰箱，抽水马桶'的生活了，一切以保存元气为主，不能一天到晚的把自己当做一架机器，不停地开着……"S连忙说："正是这话！人家以为我只会过'电气冰箱，抽水马桶'的生活……"我拦住她，"你又来，总是好胜要强的脾气！你如果把我当做叔叔，就应当听我的话。"S笑了一笑，抬头向月，再不言语。

第二天一早，我就骑着马离开这小小的镇市。P和S，和三个小孩子都送我到大路上，我回望这一群可爱的影子，心中忽然感激，难过。

回到我住处的第三天,忽然决定到重庆来。在上飞机之前,匆匆的给他们写一封短信,谢谢他们的招待,报告了我的行踪。并说等我到了重庆以后,安定下来,再给他们写信——谁知我一到陪都,就患了一个月的重伤风,此后东迁西移,没有一定的住址。直到两月以后,才给他们写了一封很长的信,许久没有得到回音。又在两月以后,我在一个大学里,单身教授的宿舍窗前,拆开了P的一封信:

×先生:

我何等的不幸,S已于昨天早晨弃我而逝!原因是一位同事出差去了,他的太太忽然得了急性盲肠炎。S发现了,立刻借了一部车子,自己开着,送她到省城。等到我下班,看见了她的字条,立刻也骑马赶了去……那位太太已入了医院,患处已经溃烂,幸而开刀经过良好,只是失血太多,需要输血。那时买血很贵,那位太太因经济关系,坚持不肯。S又发现她们的血是同一类型,她就输给那太太二百CC的血。……我要她同我回来,她说那太太需要人照料,而又请不起特别护士,她必须留在那里,等到她的先生来了再走。我拗她不过,所中公务又忙,只得自己先走……三星期之后,S回来了,瘦得不成样子!原来在三星期之内,她输给那太太四百CC的血。从此便躺了下去,有时还挣扎着起来,以后就走不动了。医生发现她是得了黍形结核症,那是周身血管,都有了结核细菌,是结核症中最猛烈最无可救药的一种!病原是失血太多,操劳过度,营养不足,……这三个月中,急坏了S,苦坏了孩子,累坏了我,然而这一切苦痛,都不曾挽回我们悲惨的命运!……她生在上海,长在澳洲,嫁在北平,死在云南,享年三十二岁……

如同雷轰电掣一般，我呆住了，眼前涌现了 S 的冷静而含着悲哀的，抬头望月的脸！想到她那美丽整洁的家，她的安详静默的丈夫，她的聪明活泼的孩子……

　　忽然广场上一声降旗的号角，我不由自主的，扔了手里的信，笔直的站了起来。我垂着两臂，凝望着那一幅光彩飘扬的国旗，从高杆上慢慢的降落了下来，在号角的余音里，我无力的坐了下去，我的眼泪，不知从哪里来的，流满了我的脸上了！

我的邻居

M 太太是我的同事的女儿，也做过我的学生，现在又是我的邻居。

我头一次看见她，是在她父亲的家里——那年我初到某大学任教，照例拜访了几位本系里的前辈同事——她父亲很骄傲的将她介绍给我，说："×先生，这是我的大女儿，今年十五岁了。资质还好，也肯看书，她最喜欢外国文学，请你指教指教她。"

那时 M 太太还是个小姑娘，身材瘦小，面色苍白，两条很粗的短发辫，垂在脑后。说起话来很腼腆，笑的时候却很"甜"，不时的用手指去托她的眼镜。

我同她略谈了几句，提起她所已看过的英国文学，使我大大的吃惊！例如：哈代的全部小说集，她已看了大半；她还会背诵好几首英国十九世纪的长诗……她父亲又很高兴的去取了一个小纸本来，递给我看，上面题着"露珠"，是她写的仿冰心《繁星》体的短篇诗集，大约有二百多首。我略翻了翻，念了一两首，觉得词句很清新，很莹洁,很像一颗颗春晨的露珠。

我称赞了几句,她父亲笑说:"她还写小说呢——你去把那本小说拿来给×先生看!"她脸红了说:"爸爸总是这样!我还没写完呢。"一面掀开帘子,跑了出去,再不进来。她父亲笑对我说:"你看她惯的一点规矩都没有了!我的这几个孩子,也就是她还聪明一点,可惜的是她身体不大好。"

一年以后,她又做了我的学生。大学一年级的班很大,我同她接触的机会不多,但从她做的文课里,看出她对于文学创作,极有前途;她思想缜密,描写细腻,比其他的同学,高出许多。

此后因为我做了学生会出版组的顾问,她是出版组的重要负责人员,倒是常有机会谈话。几年来的一切进步都很快,她的文章也常常在校外的文学刊物上出现,技术和思想又都比较成熟,在文学界上渐渐的露了头角。

大学毕业后,她便同一位 M 先生结了婚。M 先生也是一位作家——他们婚后就到南京去,有七八年我没有得到直接的消息。

抗战后一年,我到了昆明。朋友们替我找房子,说是有一位 M 教授的楼上,有一间房子可以分租,地点也好,离学校很近。我们同去一看,那位 M 太太原来就是那位我的同事的女儿;相见之下,十分欢喜。那房子很小,光线也不大好,只是从高高的窗口,可以望见青翠的西山。M 家还有一位老太太,四个孩子,一个挨一个的,最小的不过有两岁左右。M 太太比从前更苍白了,一瘦就显得老,她仿佛是三十以外的人了。

说定了以后,我拿了简单的行李,一小箱书,便住到 M 家的楼上。那天晚上,便见着 M 先生,他也比从前瘦了,性情更显得急躁,仿佛对于一切都觉得不顺眼。他带着三个大点的孩子,在一盏阴暗的煤油灯下,吃着晚饭。老太太在厨房里不知忙些什么。M 太太抱着最小的孩子,出出进进,替他们端菜盛饭,大家都不大说话。我在饭桌旁边。勉强坐了一会,就上楼去了。

住了不到半个月,我便想搬家,这家庭实在太不安静了,而且阴沉得可怕!这几个孩子,不知道是因为营养不足,还是其他的缘故,常常哭闹。老太太总是叨叨唠唠的,常对我抱怨 M 太太什么都不会。M 先生晚上回来,才把那些哭声怨声压低了下去,但顿时楼下又震荡着他的骂孩子,怪太太,以及愤时忧世的怨怒的声音。他们的卧室,正在我的底下,地板坏了,斗不上榫来。我一个人,总是静悄悄的,而楼下的声音,却是隐约上腾,半夜总听见喳喳喊喊的。"如哭如诉",有时忽然听见 M 先生使劲的摔了一件东西,生气的嚷着,小孩子忽然都哭了起来,我就半天睡不着觉!

正在我想搬家的那一天早晨,走到楼下,发现屋里静悄悄的,没有一个人。我叫了一声,看见 M 太太扎煞着手,从厨房里出来。她一面用手背掠开了垂拂在脸上的乱发,一面问:"×先生有事吗?他们都出去了。"我知道这"他们"就是老太太同 M 先生了,我就问:"孩子们呢?"她说:"也出去了,早饭没弄得好,小菜又没有了,他们说是出去吃点东西。"她嘴唇颤动着惨笑了一下,说:"我这个人真不中用,从小就没学过这些事情。母亲总是说:'几毛钱一件的衣工,一两块钱一双皮鞋,这年头女孩子真不必学做活了,还是念书要紧,念出书来好挣钱,我那时候想念书,还没有学校呢。'父亲更是由着我,我在家里简直没有进过厨房……您看我生火总是生不着,反弄了一厨房的烟!"说着又用乌黑的手背去擦眼睛。我来了这么几天,她也没有跟我说过这么多的话。我看她的眼睛又红又肿,声音也哑着,我知道她一定又哭过,便说:"他们既然出去吃了,你就别生火吧。你赶紧洗了手,我楼上有些点心,还有罐头牛奶,用暖壶里的水冲了就可吃,等我去取了来。"我不等她回答便向楼上走,她含着泪站在楼梯边呆望着我。

M太太一声不言语的,呆呆的低头调着牛奶,吃着点心。过了半天,我就说:"昆明就是这样好,天空总是海一样的青!你记得卜朗宁夫人的诗吧……"正说着,忽然一声悠长的汽笛,惨厉的叫了起来,接着四方八面似乎都有汽笛在叫,门外便听见人跑。M太太倏的站了起来,颤声说:"这是警报!孩子们不知都在哪里?"我也连忙站起来,说:"你不要怕,他们一定就在附近,等我去找。"我们正往门外走,老太太已经带着四个孩子,连爬带跌的到了门前,原来M先生说是学校办公室里还有文稿,他去抢救稿子去了,却把老的小的打发回家来!

我帮着M太太把小的两个抱起,M太太看着我,惊慌的说:"×先生,我们要躲一躲吧?"我说:"也好,省得小孩子们害怕。"我们胡乱收拾点东西,拉起孩子,向外就走。忽然老太太从屋里抱着一个大蓝布包袱,气急败坏的一步一跌的出来,嘴里说:"别走,等等我!"这时头上已来了一阵极沉重的隆隆飞机声音。我抬头一看,蔚蓝的天空里,白光闪烁,九架银灰色的飞机,排列着极整齐的队伍,稳稳的飞过。一阵机关枪响之后,紧接着就是天塌地陷似的几阵大声,门窗震动。小孩子哇的一声,哭了起来,老太太已瘫倒在门边。这时我们都挤在门洞里,M太太面色惨白,紧紧的抱着几个孩子,低声说:"莫怕莫怕。×先生在这里!"我一面扶起老太太,说:"不要紧了,飞机已经过去了。"正说着街上已有了人声,家家门口有人涌了出来,纷纷的惊惶的说话。M太太站起拍拍衣服,拉着孩子也出到门口。我们站着听了一会,天上已经没有一点声息。我说:"我们进去歇歇吧,敌机已经去了。"M太太点了点头,我又帮她把孩子抱回屋去,自己上得楼来;刚刚坐定,便听见M先生回来;他一进门就大声嚷着:"好,没有一片干净土了,还会追到昆明来!我刚抱出书包来,那边就炸了,这班鬼东西!"

　　从那天起,差不多就天天有警报。M先生却总是警报前出去,解除后才回来,还抱怨家里没有早预备饭。M太太一声儿不言语,肿着眼泡,低头出入。有时早晨她在厨房里,看见我下楼打脸水,就怯怯的苦笑问:"×先生今天不出去吧?"我总说:"不到上课的时候,我是不会走的,你有事叫我好了。"

　　老太太不肯到野外去,怕露天不安全,她总躲在城墙边一个防空洞里。我同M太太就带着孩子跑到城外去。我们选定了一片大树下,壕沟式的一块地方,三面还有破土墙挡着。孩子们逃警报也逃惯了,他们就在那壕沟里盖起小泥瓦房子,插起树枝,天天继续着工作。最小的一个,往往就睡在母亲的手臂上,我有时也带着书去看。午时警报若未解除,我们就在野地里吃些干点充饥。

　　坐在壕沟里无聊,就闲谈。从M太太零碎的谈话里,我猜出她的许多委屈。她从来不曾抱怨过任何人,连对那几个不甚讨人喜欢的孩子,她也不曾表示过不满。她很少提起家里的事,可是从她们的衣服饮食上,我知道她们是很穷困的。眼看着她一天一天的憔悴下去,我就想帮她一点忙。有一次我就问她愿不愿去教书,或是写几篇文章,拿点稿费。家务事有老太太照管,再雇个佣人,也就可以做得开了,她本来不喜欢做那些杂务,何必不就"用其所长"?

　　M太太盘着腿坐在地上,抱着孩子,轻轻的摇动,静静的听着,过了半天才抬起头来,说:"×先生,谢谢你的关怀,这些事我都早已想过了,我刚来的时候,也教过书,学校里对于我,比对我的先生还满意。"说到这里,她微笑了,这是我近来第一次见到的笑容!她停了一会说:"后来不知如何,他就反对我出去教书⋯⋯老太太也说那几个孩子,她弄不了,我就又回到家里来。以后就有几个朋友同事,来叫我写稿子。×先生,你知道我从小喜欢写文章,尤其是现在，我一拿起笔，一肚子的……一肚子的事，就奔涌了出来。眼前一切就都模糊恍惚，在写作里真可以逃避了许多现实……"她低头玩弄着孩子襟上的纽扣，微微的叹了一口气，说："但是现实还是现实，一声孩子哭，一个客人来，老太太说东说西，老妈子问长问短，把我的文思常常忽然惊断，许久许久不能再拿起笔来。而且——写文章实在要心境平静，虽然不一定要快乐，而我现在呢？不用说快乐，要平静也就很难很难的了！

"写了两篇文章，我的先生最先发现写文章卖钱，是得不偿失！稿费增加和工资增加的速度，几乎是一与百之比，衣工，鞋价，更不必说。靠稿费来添置孩子衣服，固然是梦想，写五千字的小说，来换一双小鞋子，也是不可能。没有了鼓励，没有了希望，而写文章只引起自己伤心，家人责难的时候，我便把女工辞退了。其实她早就要走——我们家钱少，孩子多，上人脾气又不大好，没有什么事使她留恋的，不像我……我是走不脱的！

"我生着火，拣着米，洗着菜，缝着鞋子，补着袜子，心里就像枯树一般的空洞，麻木。本来，抗战时代，有谁安逸？能安逸的就不是人；我不求安逸，我相信我虽没有学过家务，我也能将就的做，而且我也不怕做，劳作有劳作的快乐，只要心里能得到一点慰安，温暖……

"我没有对任何人说过任何言语，自己苦够了，这万方多难的年头，何必又增加别人的痛苦？对我的父母，我是更不说的。父亲从北方来信，总是说：'南国浓郁明艳的风光，不知又添了你多少诗料，为何不寄点短诗给爸爸看？'最近不知是谁，向他们报告了这里的实况，母亲很忧苦的写了信来，说：'我不知道你们那里竟是这个样子！老太太总该可以帮帮忙吧？早知如此，我当初不该由着你读书写字，把身体弄坏了，家事也一点不会。'她把自己抱怨了一顿，我看了信，真是心如刀割。我自己痛苦不要紧，还害得父亲为我失望，母亲为我伤心，×先生，这真是《琵琶记》里蔡中郎听说的'文章误我，我误爹娘'了！"她说着忍不住把孩子推在一边，用衣襟掩着脸大哭了起来。孩子们也许看惯了妈妈的啼哭，呆立了一会，便慢慢走开，仍去玩耍。我呢，不知道怎样劝她，也想她在家里整天的凄凉掩抑，在这朗阔的野外，让她恣情的一恸，倒也是一种发泄，我也便悄悄的走向一边……

我真不想再住下去了，那时学校里已放了暑假。城墙边的防空洞曾震塌了一次，压伤了许多人，M老太太幸而无恙。我便撺掇他们疏散到乡下去。我自己也远远的搬到另一乡村里的祠堂里住下——在那里，我又遇到了一个女人！

张　嫂

可怜，在"张嫂"上面，我竟不能冠以"我的"两个字，因为她不是我的任何人！她既不是我的邻居，也不算我的佣人，她更不承认她是我的朋友，她只是看祠堂的老张的媳妇儿。

我住在这祠堂的楼上，楼下住着李老先生夫妇，老张他们就住在大门边的一间小屋里。

祠堂的小主人，是我的学生，他很殷勤的带着我周视祠堂前后，说："这里很静，×先生正好多写文章。山上不大方便，好在有老张他们在，重活叫他做。"老张听见说到他，便从门槛上站了起来，露着一口黄牙向我笑。他大约四十上下年纪，个子很矮，很老实的样子。我的学生问："张嫂呢？"他说："挑水去了。"那学生又陪我上了楼，一边说："张嫂是个能干人，比她老板伶俐得多，力气也大，有话宁可同她讲。"

为着方便，我就把伙食包在李老太太那里，风雨时节，省得下山，而且村店里苍蝇太多，夏天尤其难受。李老夫妇是山西人，为人极其慈祥和蔼。老太太自己烹调，饭菜十分可口。我早晨起来，自己下厨房打水洗脸，收拾房间，不到饭时，也少和他们见面。这一对老人，早起早睡，白天也没有一点声音，院子里总是静悄悄的，同城内M家比起来，真有天渊之别，我觉得十分舒适。

住到第三天，我便去找张嫂，请她替我洗衣服。张嫂从黑暗的小屋里钻了出来，阳光下我看得清楚；稀疏焦黄的头发，高高的在脑后挽一个小髻，面色很黑，眉目间布满了风吹日晒的裂纹；嘴唇又大又薄，眼光很锐利；个子不高，身材也瘦，却有一种短小精悍之气。她迎着我，笑嘻嘻的问："你家有事吗？"我说："烦你洗几件衣服，这是白的，请你仔细一点。"她说："是了，你们的衣服是讲究的——给我一块洋碱！"

李老太太倚在门边看，招手叫我进去，悄悄地说："有衣服宁可到山下找人洗，这个女人厉害得很，每洗一次衣服，必要一块胰皂，使剩的她都收起来卖——我们衣服都是自己洗。"我想了一想，笑说："这次算了，下次再说吧。"

第二天清早，张嫂已把洗好的衣服被单，送了上来——洗的很洁白，叠的也很平整——一摞的都放在我的床上，说："×先生，衣服在这里，还有剩下的洋碱。"我谢了她，很觉得"喜出望外"，因此我对她的印象很好。

熟了以后，她常常上楼来扫地，送信，取衣服，倒纸篓。我的东西本来简单，什么东西放在哪里她都知道。我出去从不锁门，却不曾丢失过任何物件，如银钱，衣服，书籍等等。至于火柴，点心，毛巾，胰皂，我素来不知数目，虽然李老太太说过几次，叫我小心，我想谁耐烦看守那些东西呢？拿去也不值什么，张嫂收拾屋子，干净得使我喜欢，别的也无所谓了。

张嫂对我很好，对李家两老，就不大客气。比方说挑水，过了三

233

天两天就要涨价,她并不明说,只以怠工方式处之。有一两天忽然看不见张嫂,水缸里空了,老太太就着急,问老张:"你家里呢?"他笑说:"田里帮工去了。"叫老张,"帮忙挑一下水吧。"他答应着总不动身。我从楼上下来,催促了几遍,他才慢腾腾的挑起桶儿出去。在楼栏边,我望见张嫂从田里上来,和老张在山脚下站着说了一会话。老张挑了两桶水,便躺了下去,说是肚子痛。第二天他就不出来。老先生气了,说:"他们真会拿捏人,他以为这里就没有人挑水了!我自己下山去找!"老先生在茶馆里坐了半天,同乡下人一说起来,听说是在山上,都摇头笑说:"山上呢,好大的坡儿,你家多出几个钱吧!"等他们一说出价钱,老先生又气得摇着头,走上山来,原来比张嫂的价目还大。

我悄悄的走下山去,在田里找到了张嫂,我说:"你回去挑桶水吧,喝的水都没有了。"她笑说:"我没有空。"我也笑说:"你别胡说!我懂得你的意思,以后挑水工钱跟我要好了,反正我也要喝要用的。"她笑着背起筐子,就跟我上山——从此,就是她真农忙,我们也没有缺过水,——除了她生产那几天,是老张挑的。

我从不觉得张嫂有什么异样,她穿的衣服本来宽大,更显不出什么。只有一天,李老太太说:"张嫂的身子重了,关于挑水的事,您倒是早和老张说一声,省得他临时不干。"我也不知道应当如何开口,刚才还看见张嫂背着一大筐的豆子上山,我想一时不见得会分娩,也就没提。

第二天早起,张嫂没有上来扫地。我们吃早饭的时候,看见老张提着一小篮鸡蛋进门。我问张嫂如何不见?他笑嘻嘻地说:"昨晚上养了一个娃儿!"我们连忙给他道贺,又问他是男是女。李老太太就说:"他们这些人真本事,自己会拾孩子。这还是头一胎呢,不声不响地就生下来了,比下个蛋还容易!"我连忙上楼去,用红纸包了五十块钱的票子,交给老张,说:"给张嫂买点红糖吃。"李老太太也从屋里拿了一个红纸包出去,老张笑嘻嘻地都接了,嘴里说:"谢谢你家了——老太太去看看娃儿吗?"李老太太很高兴地就进到那间黑屋里去。

我同李老先生坐在堂屋里闲谈。老太太一边摇着头,一边笑着,进门就说:"好大的一个男孩子,傻大黑粗的!你们猜张嫂在那里做什么?她坐在床板上织渔网呢,今早五更天生的,这么一会儿的工夫,她又做起活来了。她也不乏不累,你说这女人是铁打的不是!"因此就提到张嫂从十二岁,就到张家来做童养媳,十五岁圆的房。她婆婆在的时候,常常把她打得躲在山洞里去哭。去年婆婆死了,才同她良懦的丈夫,过了一年安静的日子,算起来,她今年才廿五岁。

这又是一件出乎我意外的事,我以为她已是三四十岁的人,"劳作"竟把她的青春,洗刷得不留一丝痕迹!但她永远不发问,不怀疑,不怨望。日出而作,日入而息——挑水,砍柴,洗衣,种地,一天里风车儿似的,山上山下的跑——只要有光明照在她的身上,总是看见她在光影里做点什么。有月亮的夜里,她还打了一夜的豆子!

从那天起,一连下了五六天的雨。第七天,天晴了,我们又看见张嫂背着筐子,拿着镰刀出去。从此我们常常看见老张抱着孩子,哼哼唧唧地坐在门洞里。有时张嫂回来晚了,孩子饿得不住的哭,老张就急得在门口转磨。我们都笑说:"不如你下地去,叫她抱着孩子,多省事。她回来又得现做饭,奶孩子,不要累死人。"老张摇着头笑说:"她做得好,人家要她,我不中用!"老张倒很坦然,我却常常觉得惭愧。每逢我拿着一本闲书,悠然地坐在楼前,看见张嫂匆匆的进来,忙忙的出去,背上,肩上,手里,腰里,总不空着,她不知道她正在做着最实在,最艰巨的后方生产的工作。我呢,每逢给朋友写信,字里行间,总要流露出劳乏,流露出困穷,流露出萎靡,而实际的我,却悠然的坐在山光松影之间,无病而呻!看着张嫂高兴勤恳的,鞠躬尽瘁的样儿,我常常猛然的扔下书站了起来——

那一天,我的学生和他一班宣传队的同学,来到祠堂门口贴些标语,上面有"前方努力杀敌,后方努力生产"等字样。张嫂站在人群后面,也在呆呆望着。回头看见我,便笑嘻嘻地问:"这上面说的是谁?"我说:"上半段说的是你们在前线打仗的老乡,下半段说的是你。"她惊讶地问:"×先生,你呢?"我不觉低下头去,惭愧地说:"我吗?这上面没有我的地位!"

南 归

——贡献给母亲在天之灵

去年秋天,楫自海外归来,住了一个多月又走了。他从上海十月三十日来信说:"……今天下午到母亲墓上去了,下着大雨。可是一到墓上,阳光立刻出来。母亲有灵!我照了六张相片。照完相,雨又下起来了。姊姊!上次离国时,母亲在床上送我,嘱咐我,不想现在是这样的了!……"

我的最小偏怜的海上飘泊的弟弟!我这篇《南归》,早就在我心头,在我笔尖上。只因为要瞒着你,怕你在海外孤身独自,无人劝解时,得到这震惊的消息,读到这一切刺心刺骨的经过。我挽住了如澜的狂泪,直待到你归来,又从我怀中走去。在你重过飘泊的生涯之先,第一次参拜了慈亲的坟墓之后,我才来动笔!你心下一切都已雪亮了。大家颤栗相顾,都已做了无母之儿,海枯石烂,世界上慈怜温柔的恩福,是没有我们的份了!我纵然尽写出这深悲极恸的往事,我还能在你们心中,加上多少痛楚?我还能在你们心中,加上多少痛楚?!

现在我不妨解开血肉模糊的结束,重理我心上的创痕。把心血呕尽,眼泪倾尽,和你们恣情开怀的一恸,然后大家饮泣收泪,奔向母亲要我们奔向的艰苦的前途!

我依据着回忆所及,并参阅藻的日记,和我们的通信,将最鲜明,最灵活,最酸楚的几页,一直写记了下来。我的握笔的手,我的笔儿,怎想到有这样运用的一天!怎想到有这样运用的一天!

前冬十二月十四日午,藻和我从城中归来,客厅桌上放着一封从上海来的电报,我的心立刻震颤了。急忙的将封套拆开,上面是"……母亲云,如决回,提前更好",我念完了,抬起头来,知道眼前一片是沉黑的了!

藻安慰我说:"这无非是母亲想你,要你早些回去,决不会怎样的。"我点点头。上楼来脱去大衣,只觉得全身战栗,如冒严寒。下楼用饭之先,我打电话到中国旅行社买船票。据说这几天船只非常拥挤,须等到十九日顺天船上,才有舱位,而且还不好。我说无论如何,我是走定了。即使是猪圈,是狗窦,只要能把我渡过海去,我也要蜷伏几宵——就这样的定下了船票。

夜里如同睡在冰穴中,我时时惊跃。我知道假如不是母亲病的危险,父亲决不会在火车断绝,年假未到的时候,催我南归。他拟这电稿的时候,虽然有万千的斟酌使语气缓和,而背后隐隐的着急与悲哀是掩不住的——藻用了无尽的言语来温慰我;说身体要紧,无论怎样,在路上,在家里,过度的悲哀与着急,都与自己母亲是无益有害的。这一切我也知道,便饮泪收心的睡了一夜。

以后的几天,便消磨在收拾行装,清理剩余手续之中。那几天又特别的冷。朔风怒号,楼中没有一丝暖气。晚上藻和我总是强笑相对,而心中的怔忡,孤悬,恐怖,依恋,在不语无言之中,只有钟和灯知道了!

　　杰还在学校里,正预备大考。南归的消息,纵不能瞒他,而提到母亲病的推测,我们在他面前,总是很乐观的,因此他也还坦然。天晓得,弟弟们都是出乎常情的信赖我。他以为姊姊一去,母亲的病是不会成问题的。可怜的孩子,可祝福的无知的信赖!

　　十八日的下午四时二十五分的快车,藻送我到天津。这是我们蜜月后的第一次同车,虽然仍是默默地相挨坐着,而心中的甜酸苦乐,大不相同了!窗外是凝结的薄雪,窗隙吹进砭骨的冷风,斜日黯然,我已经觉得腹痛。怕藻着急,不肯说出,又知道说了也没用,只不住的喝热茶。七点多钟到天津,下了月台,我已痛得走不动了。好容易挣出站来,坐上汽车,径到国民饭店,开了房间,我一直便躺在床上。藻站在床前,眼光中露出无限的惊惶:"你又病了?"我呻吟着点一点头。——我以后才发现这病是慢性的盲肠炎。这病根有十年了,一年要发作一两次。每次都痛彻心腑,痛得有时延长至十二小时。行前为预防途中复发起见,曾在协和医院仔细验过,还看不出来。直到以后从上海归来,又患了一次,医生才绝对的肯定,在协和开了刀,这已是第二年三月中的事了。

　　这夜的痛苦,是逐秒逐分的加紧,直到夜中三点。我神志模糊之中,只觉得自己在床上起伏坐卧,呕吐,呻吟,连藻的存在都不知道了。中夜以后,才渐渐的缓和,转过身来对坐在床边拍抚着我的藻,作颓乏的惨笑。他也强笑着对我摇头不叫我言语。慢慢的替我卸下大衣,严严的盖上被。我觉得刚一闭上眼,精魂便飞走了!

　　醒来眼里便满了泪;病后的疲乏,临别的依恋,眼前旅行的辛苦,到家后可能的恐怖的事实,都到心上来了。对床的藻,正做着可怜的倦梦。一夜的劳瘁,我不忍唤醒他,望着窗外天津的黎明,依旧是冷酷的阴天!我思前想后,除了将一切交给上天之外,没有别的方

239

法了!

这一早晨,我们又相倚的坐着。船是夜里十时开,藻不能也不敢说出不让我走的话,流着泪告诉我:"你病得这样!我是个穷孩子,忍心的丈夫。我不能陪你去,又不能替你预备下好舱位,我让你自己在这时单身走!……"他说着哽咽了。我心中更是甜酸苦辣,不知怎么好,又没有安慰他的精神与力量,只有无言的对泣。

还是藻先振起精神来,提议到梁任公家里,去访他的女儿周夫人,我无力的赞成了。到那里蒙他们夫妇邀去午饭。席上我喝了一杯白兰地酒,觉得精神较好。周夫人对我提到她去年的回国,任公先生的病以及他的死。悲痛沉挚之言,句句使我闻之心惊胆跃,最后实在坐不住,挣扎着起来谢了主人。发了一封报告动身的电报到上海,两点半钟便同藻上了顺天船。

房间是特别官舱,出乎意外的小!又有大烟囱从屋角穿过。上铺已有一位广东太太占住,箱儿篓子,堆满了一屋。幸而我行李简单,只一副卧具,一个手提箱。藻替我铺好了床,我便蜷曲着躺下。他也蜷伏着坐在床边。门外是笑骂声,叫卖声,喧哝声,争竞声;杂着油味,垢腻味,烟味,咸味,阴天味;一片的拥挤,窒塞,纷扰,叫嚣!我忍住呼吸,闭着眼。藻的眼泪落在我的脸上:"爱,我恨不能跟了你去!这种地方岂是你受得了的!"我睁开眼,握住他的手:"不妨事,我原也是人类中之一!"

直挨到夜中九时,烟囱旁边的横床上,又来了一位女客,还带着一个小女儿。屋里更加紧张拥挤了,我坐了起来,拢一拢头发,告诉藻:"你走罢,我也要睡一歇,这屋里实在没有转身之地了!"因着早晨他说要坐三等车回北平去,又再三的嘱咐他:"天气冷,三等车上没有汽炉,还是不坐好。和我同甘苦,并不在于这情感用事上面!"他答应了我,便从万声杂沓之中挤出去了。

——到沪后，得他的来信说："对不起你，我毕竟是坐了三等车。试想我看着你那样走的，我还有什么心肠求舒适？即此，我还觉得未曾分你的辛苦于万一！更有一件可喜的事，我将剩下的车费在市场的旧书摊上，买了几本书了……"——

　　这几天的海行，窗外只看见塘沽的碎裂的冰块，和大海的洪涛。人气蒸得模糊的窗眼之内，只听得人们的呕吐。饭厅上，茶房连迭声叫"吃饭咧！"以及海客的谈时事声，涕唾声。这一百多钟头之中，我已置心身于度外，不饮不食，只求能睡，并不敢想到母亲的病状。睡不着的时候，只瞑目遐思夏日蜜月旅行中之西湖莫干山的微蓝的水，深翠的竹，以求超过眼前的地狱景况于万一！

　　二十二日下午，船缓缓的开进吴淞口，我赶忙起来梳头著衣，早早的把行装收拾好。上海仍是阴天！我推测着数小时到家后可能的景况，心灵上只有战栗，只有祈祷！江上的风吹得萧萧的，寒星般的万船楼头的灯火，照映在黄昏的深黑的水上，画出弯颤的长纹。晚六时，船才缓缓的停在浦东。我又失望，又害怕，孤身旅行，这还是第一次。这些脚夫和接水，我连和他们说话的胆量都没有，只把门紧紧的关住，等候家里的人来接。直等到七时半，客人们都已散尽，连茶房都要下船去了。无可奈何，才开门叫住了一个中国旅行社的接客，请他照应我过江。

　　我坐在颠簸的摆渡上，在水影灯光中，只觉得不时摇过了黑而高大的船舷下，又越过了几只横渡的白篷带号码的小船。在料峭的寒风之中，淋漓精湿的石阶上，踏上了外滩。大街楼顶广告上的电灯联成的字，仍旧追逐闪烁着，电车仍旧是隆隆不绝的往来的走着。我又已到了上海！万分昏乱的登上旅行社运箱子的汽车，连人带箱子从几个又似迅速又似疲缓的转弯中，便到了家门口。

　　按了铃，元来开门。我头一句话，是"太太好了么？"他说："好一点了。"我顾不得说别的，便一直往楼上走。父亲站在楼梯的旁边接我。走进母亲屋里，华坐在母亲床边，看见我站了起来。小菊倚在华的膝旁，含羞的水汪汪的眼睛直望着我。我也顾不得抱她，我俯下身去，叫了一声"妈！"看母亲时，真病得不成样子了！所谓"骨瘦如柴"者，我今天才理会得！比较两月之前，她仿佛又老了二十岁。额上似乎也黑了。气息微弱到连话也不能说一句，只用悲喜的无主的眼光看着我……

父亲告诉我电报早接到了。涵带着苑从下午五时便到码头去了，不知为何没有接着。这时小菊在华的推挽里，扑到我怀中来，叫了一声"姑姑"。小脸比从前丰满多了，我抱起她来，一同伏到母亲的被上。这时我的眼泪再也止不住了，赶紧回头走到饭厅去。

涵不久也回来了，脸冻得通红——我这时方觉得自己的腿脚，也是冰块一般的僵冷。——据说是在外滩等到七时。急得不耐烦，进到船公司去问，公司中人待答不理地说："不知船停在哪里，也许是没有到罢！"他只得转了回来。

饭桌上大家都默然。我略述这次旅行的经过，父亲凝神看着我，似乎有无限的过意不去。华对我说发电叫我以后，才告诉母亲的，只说是我自己要来。母亲不言语，过一会子说："可怜的，她在船上也许时刻提心吊胆的想到自己已是没娘的孩子了！"

饭后涵华夫妇回到自己的屋里去。我同父亲坐在母亲的床前。母亲半闭着眼，我轻轻的替她拍抚着。父亲悄声的问："你看母亲怎样？"我不言语，父亲也默然，片晌，叹口气说："我也看着不好，所以打电报叫你，我真觉得四无依傍——我的心都碎了……"

此后的半个月，都是侍疾的光阴了。不但日子不记得，连昼夜都分不清楚了！一片相连的是母亲仰卧的瘦极的睡容，清醒时低弱的语声和憔悴的微笑，窗外的阴郁的天，壁炉中发爆的煤火，凄绝静绝的半夜炉台上滴答的钟声,黎明时四壁黯然的灰色,早晨开窗小立时濛濛的朝雾!在这些和泪的事实之中,我如同一个无告的孤儿,独自赤足拖踏过这万重的火焰!

在这一片昏乱迷糊之中,我只记得侍疾的头几天,我是每天晚上八点就睡,十二点起来,直至天明。起来的时候,总是很冷。涵和华摩挚着忧愁的倦眼,和我交替。我站在壁炉边穿衣裳,母亲慢慢的侧过头来说:"你的衣服太单薄了,不如穿上我的黑骆驼绒袍子,省得冻着!"我答应了,她又说:"我去年头一次见藻,还是穿那件袍子呢。"

她每夜四时左右,总要出一次冷汗,出了汗就额上冰冷。在那时候,总要喝南枣北麦汤,据说是止汗滋补的。我恐她受凉,又替她缝了一块长方的白绒布,轻轻地围在额上。母亲闭着眼微微的笑说:"我像观世音了。"我也笑说:"也像圣母呢!"

因着骨痛的关系,她躺在床上,总是不能转侧。她瘦得只剩一把骨了,褥子嫌太薄,被又嫌太重。所以褥子底下,垫着许多棉花枕头,鸭绒被等,上面只盖着一层薄薄的丝绵被头。她只仰着脸在半靠半卧的姿势之下,过了我和她相亲的半个月。可怜的病弱的母亲!

夜深人静,我偎卧在她的枕旁。若是她精神较好,就和我款款的谈话,语音轻得似天半飘来,在半朦胧半追忆的神态之中,我看她的石像似的脸,我的心绪和眼泪都如潮涌上。她谈着她婚后的暌离和甜蜜的生活,谈到幼年失母的苦况,最后便提到她的病。她说:"我自小千灾百病的,你父亲常说:'你自幼至今吃的药,总集起来,够开一间药房的了。'真是我万想不到,我会活到六十岁!男婚女嫁,大事都完了。人家说,'久病床前无孝子,我这次病了五个月,你们真是心力交瘁!我对于我的女儿,儿子,媳妇,没有一毫的不满意。我只求我快快的好了,再享两年你们的福……"我们心力交瘁,能报母亲的恩慈于万一么？母亲这种过分爱怜的话语，使听者伤心得骨髓都碎了！

如天之福，母亲临终的病，并不是两月前的骨疯。可是她的老病"胃痛"和"咳嗽"又回来了。在每半小时一吃东西之外，还不住的要服药，如"胃活""止咳丸"之类，而且服量要每次加多。我们知道这些药品都含有多量的麻醉性的，起先总是竭力阻止她多用。几天以后，为着她的不能支持的痛苦，又渐渐的知道她的病是没有痊愈的希望，只得咬着牙，忍着心肠，顺着她的意思，狂下这种猛剂，节节的暂时解除她突然袭击的苦恼。

此后她的精神愈加昏弱了，日夜在半醒不醒之间。却因着咳嗽和胃痛，不能睡得沉稳，总得由涵用手用力的替她揉着，并且用半催眠的方法，使她入睡。十二月二十四夜，是基督降生之夜。我伏在母亲的床前，终夜在祈祷的状态之中！在人力穷尽的时候，宗教的倚天祈命的高潮，淹没了我的全意识。我觉得我的心香一缕勃勃上腾，似乎是哀求圣母，体恤到婴儿爱母的深情，而赐予我以相当的安慰。那夜街上的欢呼声，爆竹声不停。隔窗看见我们外国邻人的灯彩辉煌的圣诞树，孩子们快乐的歌唱跳跃，在我眼泪模糊之中，这些都是针针的痛刺！

半夜里父亲低声和我说："我看你母亲的身后一切该预备了。旧式的种种规矩，我都不懂。而且我看也没有盲从的必要。关于安葬呢——你想还回到故乡去么？山遥水隔的，你们轻易回不去，年深月久，倒荒凉了，是不是？不过这须探问你母亲的意思。"我说："父亲说出这话来，是最好不过的了。本来这些迷信禁忌的办法，我们所以有时曲从，都是不忍过拂老人家的意思。如今父亲既不在乎这些，母亲又是个最新不过的人。纵使一切犯忌都有后验，只要母亲身后的事能舒舒服服的办过去，千灾五毒，都临到我们四个姊弟身上，我们也是甘心情愿的！"

——第二天我们便托了一位亲戚到万国殡仪馆接洽一切。钢棺也是父亲和我亲自选定的。这些以后在我寄藻和杰的信中，都说得很详细。

这样又过了几天。母亲有时稍好，微笑的躺着。小菊爬到枕边，捧着母亲的脸叫"奶奶"。华和我坐在床前，谈到秋天母亲骨痛的时候，有时躺在床上休息，有时坐在廊前大椅上晒太阳，旁边几上总是供着一大瓶菊花。母亲说："是的，花朵儿是越看越鲜，永远不使人厌倦的。病中阳光从窗外进来，照在花上，我心里便非常的欢畅！"母亲这种爱好天然的性情，在最深的病苦中，仍是不改。她的骨痛，是由指而臂，而肩背，而膝骨，渐渐下降，全身僵痛，日夜如在桎梏之中，偶一转侧，都痛彻心腑。假如我是她，我要痛哭，我要狂呼，我要咒诅一切，弃掷一切。而我的最可敬爱的母亲，对于病中的种种，仍是一样的接受，一样的温存。对于儿女，没有一句性急的话语；对于奴仆，却更加一倍的体恤慈怜。对于这些无情的自然，如阳光，如花卉，在她的病的静息中，也加倍的温煦馨香。这是上天赐予，惟有她配接受享用的一段恩福！

我们知道母亲决不能过旧历的新年了，便想把阳历的新年，大大的点缀一下。一清早起来，先把小菊打扮了，穿上大红缎子棉袍，抱到床前，说给奶奶拜年。桌上摆上两盘大福橘，炉台窗台上的水仙花箐，都用红纸条束起。又买了十几盏小红纱灯，挂在床角上，炉台旁，电灯下。我们自己也略略的妆扮了——我那时已经有十天没有对镜梳拢了！我觉得平常过年，我们还没有这样的起劲！到了黄昏我将十几盏纱灯点起挂好之后，我的眼泪，便不知是从哪里来的，一直流个不断了！

有谁经过这种的痛苦？你的最爱的人，抱着最苦恼的病，要在最短的时间内从你的腕上臂中消逝；同时你要伴欢诡笑的在旁边伴着，守着，听着，看着，一分一秒的爱惜恐惧着这同在的光阴！这样的生活，能使青年人老，老年人死，在天堂上的人，下了地狱！世间有这样痛苦的人呵，你们都有了我的最深极厚的同情！

裁缝来了，要裁做母亲装裹的衣裳。我悄悄的把他带到三层楼上。母亲平时对于穿着，是一点不肯含糊的。好的时候遇有出门，总是把要穿的衣服，比了又比，看了又看，熨了又熨。所以这次我对于母亲寿衣的材料，颜色，式样，尺寸，都不厌其详的叮咛嘱咐了。告诉他都要和好人的衣裳一样的做法，若含糊了要重做。至于外面的袍料，帽子，袜子，手套等，都是我偷出睡觉的时间来，自己去买的。那天上海冷极，全市如冰。而我的心灵，更有万倍的僵冻！

回来脱了外衣，走到母亲跟前。她今天又略好了些，问我："睡足了么？"我笑说："睡足了。"因又谈起父亲的生日——阳历一月三日，阴历十二月四日——快到了。父亲是在自己生日那天结婚的。因着母亲病了，父亲曾说过不做生日，而父母亲结婚四十年的纪念，我们却不能不庆祝。这时父亲，涵，华等都在床前，大家凑趣谈笑，我们便故作娇痴的伴问母亲做新娘时的光景。母亲也笑着，眼里似乎闪烁着青春的光辉。她告诉我们结婚的仪式，赠嫁的妆奁，以及佳礼那天怎样的被花冠压得头痛。我们都笑了。爬在枕边的小菊看见大家笑，也莫名其妙的大声娇笑。这时，眼前一切的悲怀，似乎都忘却了。

第二天晚上为父亲暖寿。这天母亲又不好，她自己对我说："我这病恐怕不能好了。我从前看弹词，每到人临危的时候总是说'一日轻来一日重，一日添症八九分'。便是我此时的景象了。"我们都忙笑着解释，说是天气的关系，今天又冷了些。母亲不言语。但她的咳嗽，愈见艰难了，吐一口痰，都得有人使劲的替她按住胸口。胃痛也更剧烈了，每次痛起，面色惨变。——晚上，给父亲拜寿的子侄辈都来了。涵和华忙着在楼下张罗。我仍旧守在母亲旁边。母亲不住的催我，快拢拢头，换换衣服，下楼去给父亲拜寿。我含着泪答应了。草草的收拾毕，下得楼来，只看见寿堂上红烛辉煌，父亲坐在上面，右边并排放着一张空椅子。我一跪下，眼泪突然的止不住了，一翻身赶紧就上楼去，大家都默然相视无语。

夜里母亲忽然对我提起她自己儿时侍疾的事了："你比我有福多了，我十四岁便没了母亲！你外祖母是痨病，那年从九月九卧床，就没有起来。到了腊八就去世了。病中都是你舅舅和我轮流伺候着。我那时还小，只记得你外祖母半夜咽了气，你外祖父便叫老妈子把我背到前院你叔祖母那边去了。从那时起，我便是没娘的孩子了。"她叹了一口气："腊八又快到了。"我那时真不知说什么好。母亲又说："杰还不回来——算命的说我只有两孩子送终，有你和涵在这里，我也满意了。"

父亲也坐在一边，慢慢的引她谈到生死，谈到故乡的茔地。父亲说："平常我们所说的'狐死首丘'，其实也不是……"母亲便接着说："其实人死了，只剩一个躯壳，丢在哪里都是一样。何必一定要千山万水的运回去，将来糊口四方的子孙们也照应不着。"

现在回想，那时母亲对于自己的病势，似乎还模糊，而我们则已经默晓了，在轮替休息的时间内，背着母亲，总是以眼泪洗面。我知道我的枕头永远是湿的。到了时候，走到母亲面前，却又强笑着，谈些不要紧的宽慰的话。涵从小是个浑化的人，往常母亲病着，他并不会怎样的小心伏侍。这次他却使我有无限的惊奇！他静默得像医生，体贴得像保姆。我在旁静守着，看他喂橘汁，按摩，那样子不像儿子伏侍母亲，竟像父亲调护女儿！他常对我说："病人最可怜，像小孩子,有话说不出来。"他说着眼眶便红了。

这使我如何想到其余的两个弟弟!杰是夏天便到塘沽工厂实习去了。母亲的病态,他算是一点没有看见。楫是十一月中旬走的。海上漂流,明年此日,也不见得会回来。母亲对于楫,似乎知道是见不着了,并没有怎样的念道他。却常常的问起杰:"年假快到了,他该回来了罢?"一天总问起三四次,到了末几天,她说:"他知道我病,不该不早回!做母亲的一生一世的事……"我默然,母亲哪里知道可怜的杰,对于母亲的病还一切蒙在鼓里呢!

十二月三十一夜,除夕。母亲自己知道不好,心里似乎很着急,一天对我说了好几次:"到底请个大医生来看一看,是好是坏,也叫大家定定心。"其实那时隔一两天,总有医生来诊。照样的打补针,开止咳的药,母亲似乎腻烦了。我们立刻商量去请V大夫,他是上海最有名的德国医生,秋天也替她看过的。到了黄昏,大夫来了。我接了进来,他还认得我们,点首微笑。替母亲听听肺部,又慢慢的扶她躺下,便走到桌前。我颤声的问:"怎么样?"他回头看了看母亲:"病人懂得英文么?"我摇一摇头,那时心胆已裂!他低声说:"没有希望了,现时只图她平静的度过最后的几天罢了!"

本来是我们意识中极明了的事,却经大夫一说破,便似乎全幕揭开了。一场悲惨的现象,都跳跃了出来!送出大夫,在甬道上,华和我都哭了,却又赶紧的彼此解劝说:"别把眼睛哭红了,回头母亲看出,又惹她害怕伤心。"我们拭了眼泪,整顿起笑容,走进屋里,到母亲床前说:"医生说不妨事的,只要能安心静息,多吃东西,精神健朗起来,就慢慢的会好了。"母亲点一点头。我们又说:"今夜是除夕,明天过新历年了,大家守岁罢。"

领略人生,可是一件容易事?我曾说过种种无知,痴愚,狂妄的话语,我说:"我愿遍尝人生中的各趣,人生中的各趣,我都愿遍尝。"又说:"领略人生,要如滚针毡,用血肉之躯,去遍挨遍尝,要它针针见血。"又说:"哀乐悲欢,不尽其致时,看不出生命之神秘与伟大。"其实所谓之"神秘""伟大",都是未经者理想企望的言词,过来人自欺解嘲的话语!我宁可做一个麻木,白痴,浑噩的人,一生在安乐,卑怯,依赖的环境中过活。我不愿知神秘,也不必求伟大!

话虽如此,而人生之逼临,如狂风骤雨。除了低头闭目战栗承受之外,没有半分方法。待到雨过天青,已只是一个世界。地上只有衰草,只有落叶,只有曾经风雨的凋零的躯壳与心灵。霎时前的浓郁的春光,已成隔世!那时你反要自诧!你曾有何福德,能享受了从前种种怡然畅然,无识无忧的生活!

我再不要领略人生,也更不要领略如十九年一月一日之后的人生!那种心灵上惨痛,脸上含笑的生活,曾碾我成微尘,绞我为液汁。假如我能为力,当自此斩情绝爱,以求免重过这种的生活,重受这种的苦恼!但这又有谁知道!

一月三日,是父亲的正寿日。早上便由我自到市上,买了些零吃的东西,如果品,点心,熏鱼,烧鸭之类。因为我们知道今晚的筵席,只为的是母亲一人。吃起整桌的菜来,是要使她劳乏的。到了晚上,我们将红灯一齐点起;在她床前,摆下一个小圆桌;桌上满满的分布着小碟小盘;一家子团团的坐下。把父亲推坐在母亲的旁边,笑说:"新郎来了。"父亲笑着,母亲也笑了!她只尝了一点菜,便摇头叫"撤去罢,你们到前屋去痛快的吃,让我歇一歇"。我们便把父亲留下,自己到前头匆匆的胡乱的用了饭。到我回来,看见父亲倚在枕边,母亲蒙蒙眬眬的似乎睡着了。父亲眼里满了泪!我知道他觉得四十年的春光,不堪回首了!

249

如此过了两夜。母亲的痛苦，又无限量的增加了。肺部狂热，无论多冷，被总是褪在胸下；炉火的火焰，也隔绝不使照在脸上（这总使我想到《小青传》中之"痰灼肺然，见粒而呕"两语）。每一转动，都喘息得接不过气来。大家的恐怖心理，也无限量的紧张了。我只记得我日夜口里只诵祝着一句祈祷的话，是："上帝接引这纯洁的灵魂！"这时我反不愿看母亲多延日月了，只求她能恬静平安的解脱了去！到了夜半，我仍半跪半坐的伏在她床前，她看着我喘息着说："辛苦你了……等我的事情过去了，你好好的睡几夜，便回到北平去，那时什么事都完了。"母亲把这件大事说得如此平凡，如此稳静！我每次回想，只有这几句话最动我心！那时候我也不敢答应，喉头已被哽咽塞住了！

张妈在旁边，抚慰着我。母亲似乎又入睡了。张妈坐在小凳上，悄声的和我谈话，她说："太太永远是这样疼人的！秋天养病的时候，夜里总是看通宵的书，叫我只管睡去。半夜起来，也不肯叫我。我说：'您可别这样自己挣扎，回头摔着不是玩的。'她也不听。她到天亮才能睡着。到了少奶奶抱着菊姑娘过来，才又醒起。"

谈到母亲看的书，真是比我们家里什么人看的都多。从小说，弹词，到杂志，报纸，新的，旧的，创作的，译述的，她都爱看。平常好的时候，天天夜里，不是做活计，就是看书，总到十一二点才睡。晨兴绝早，梳洗完毕，刀尺和书，又上手了。她的针线匣里，总是有书的。她看完又喜欢和我们谈论，新颖的见解，总使我们惊奇。有许多新名词，我们还是先从她口中听到的，如"普罗文学"之类。我常默然自惭，觉得我们在新思想上反像个遗少，做了落伍者！

一月五夜，父亲在母亲床前。我困倦已极，侧卧在父亲床上打盹,被母亲呻吟声惊醒,似乎母亲和父亲大声争执。我赶紧起来,只听见母亲说:"你行行好罢,把安眠药递给我,我实在不愿意再俄延了!"那时母亲辗转呻吟,面红气喘。我知道她的痛苦已达极点!她早就告诉过我,当她骨痛的时候,曾私自写下安眠药名,藏在袋里,想到了痛苦至极的时候,悄悄的叫人买了,全行服下,以求解脱——这时我急忙走到她面前,万般的劝说哀求。她摇头不理我,只看着父亲。父亲呆站了一会,回身取了药瓶来,倒了两丸,放在她嘴里。她连连使劲摇头,喘息着说:"你也真是……又不是今后就见不着了!"这句话如同兴奋剂似的,父亲眉头一皱,那惨肃的神宇,使我起栗。他猛然转身,又放了几粒药丸在她嘴里。我神魂俱失,飞也似的过去攀住父亲的臂儿,已来不及了!母亲已经吞下药,闭上口,垂目低头,仿佛要睡。父亲颓然坐下,头枕在她肩旁,泪下如雨。我跪在床边,欲呼无声,只紧紧的牵着父亲的手,凝望着母亲的睡脸。四周惨默,只有时钟滴答的声音。那时是夜中三点,我和父亲战栗着相倚至晨四时。母亲睡容惨淡,呼吸渐渐急促,不时的干咳,仍似日间那种咳不出来的光景,两臂向空抱捉。我急忙悄悄地去唤醒华和涵,他们一齐惊起,睡眼蒙眬的走到床前,看见这景象,都急得哭了。华便立刻要去请大夫,要解药,父亲含泪摇头。涵过去抱着母亲,替她抚着胸口。我和华各抱着她一只手,不住地在她耳边轻轻的唤着。母亲如同失了知觉似的,垂头不答。在这种状态之下,延至早晨九时。直到小菊醒了,我们抱她过来坐在母亲床上,教她抱着母亲的头,摇撼着频频的唤着"奶奶"。她唤了有几十声,在她将要急哭了的时候,母亲的眼皮,微微一动。我们都跃然惊喜,围拢了来,将母亲轻轻的扶起。母亲仍是蒙蒙眬眬的,只眼皮不时的动着。在这种状态之下,又延至下午四时。这一天的工夫,我们也没有梳洗,也不饮食,只围在床前,悬空挂着恐怖希望的心!这一天比十年还要长,一家里连雀鸟都住了声息!

四时以后母亲才半睁开眼,长呻了一声,说:"我要死了!"她如同从浓睡中醒来一般,抬眼四下里望着。对于她服安眠药一事,似乎全不知道。我上前抱着母亲,说:"母亲睡得好罢?"母亲点点头,说:"饿了!"大家赶紧将久炖在炉上的鸡露端来,一匙一匙的送在她嘴里。她喝完了又闭上眼休息着。我们才欢喜的放下心来,那时才觉得饥饿,便轮流去吃饭。

那夜我倚在母亲枕边,同母亲谈了一夜的话。这便是三十年来末一次的谈话了!我说的话多,母亲大半是听着。那时母亲已经记起了服药的事,我款款的说:"以后无论怎样,不能再起这个服药的念头了!母亲那种咳不出来,两手抓空的光景,别人看着,难过不忍得肝肠都断了。涵弟直哭着说:'可怜母亲不知是要谁?有多少话说不出来!'连小菊也都急哭了。母亲看……"母亲听着,半晌说:"我自己一点不觉得痛苦,只如同睡了一场大觉。"

那夜,轻柔得像湖水,隐约得像烟雾。红灯放着温暖的光。父亲倦乏之余,睡得十分甜美。母亲精神似乎又好,又是微笑的圣母般的瘦白的脸。如同母亲死去复生一般,喜乐充满了我的四肢。我说了无数的憨痴的话;我说着我们欢乐的过去,完全的现在,繁衍的将来,在母亲迷糊的想象之中,我建起了七宝庄严之楼阁。母亲喜悦的听着,不时的参加两句。……到此我要时光倒流,我要诅咒一切,一逝不返的天色已渐渐的大明了!

一月七晨,母亲的痛苦已到了终极了!她厉声的拒绝一切饮食。我们从来不曾看见过母亲这样的声色,觉得又害怕,又胆怯,只好慢慢轻轻的劝说。她总是闭目摇头不理,只说:"放我去罢,叫我多挨这几天痛苦做什么!"父亲惊醒了,起来劝说也无效。大家只能围站在床前,看着她苦痛的颜色,听着她悲惨的呻吟!到了下午,她神志渐渐昏迷，呻吟的声音也渐渐微弱。医生来看过，打了一次安眠止痛的针。又拨开她的眼睑，用手电灯照了照，她的眼光已似乎散了！

这时我如同痴了似的，一下午只两手抱头，坐在炉前，不言不动，也不到母亲跟前去。只涵和华两个互相依傍的，战栗的，在床边坐着。涵不住的剥着橘子，放在母亲嘴里，母亲闭着眼都吸咽了下去。到了夜九时，母亲脸色更惨白了。头摇了几摇，呼吸渐渐急促。涵连忙唤着父亲。父亲跪在床前，抱着母亲在腕上。这时我才从炉旁慢慢的回过头来，泪眼模糊里，看见母亲鼻子两边的肌肉，重重的抽缩了几下，便不动了。我突然站起过去，抱住母亲的脸，觉得她鼻尖已经冰凉。涵俯身将他的银表，轻轻的放在母亲鼻上，战兢的拿起一看，表壳上已没有了水汽。母亲呼吸已经停止了。他突然回身，两臂抱着头大哭起来。那时正是一月七夜九时四十五分。我们从此是无母之人了，呜呼痛哉！

关于这以后的事，我在一月十一晨寄给藻和杰的信中，说的很详细，照录如下：

亲爱的杰和藻：

我在再四思维之后，才来和你们报告这极不幸极悲痛的消息。就是我们亲爱的母亲，已于正月七夜与这苦恼的世界长辞了！她并没有多大的痛苦，只如同一架极玲珑的机器，走的日子多了，渐渐停止。她死去时是那样的柔和，那样的安静。那快乐的笑容，使我们竟不敢大声的哭泣，仿佛恐怕惊醒她一般。那时候是夜中九时四十五分。那日是阴历腊八，也正是我们的外祖母，她自己亲爱的母亲，四十六年前离世之日！

至于身后的事呢，是你们所想不到的那样庄严，清贵，简单。当母亲病重的时候，我们已和上海万国殡仪馆接洽清楚，在那里预备了一具美国的钢棺。外面是银色凸花的，内层有整块的玻璃盖子，白绫捏花的里子。至于衣衾鞋帽一切，都是我去备办的，件数不多，却和生人一般的齐整讲究……

经过是这样：在母亲辞世的第二天早晨，万国殡仪馆便来一辆汽车，如同接送病人的卧车一般，将遗体运到馆中。我们一家子也跟了去。当我们在休息室中等候的时候，他们在楼下用药水灌洗母亲的身体。下午二时已收拾清楚，安放在一间紫色的屋子里，用花圈绕上，旁边点上一对白烛。我们进去时，肃然的连眼泪都没有了！堂中庄严，如入寺殿。母亲安稳地仰卧在矮长榻之上，深棕色的锦被之下，脸上似乎由他们略用些美容术，觉得比寻常还好看。我们俯下去偎着母亲的脸，只觉冷彻心腑，如同石膏制成的慈像一般！我们开了门，亲友们上前行礼之后，便轻轻将母亲举起，又安稳装入棺内，放在白绫簇花的枕头上，齐肩罩上一床红缎绣花的被，盖上玻璃盖子。棺前仍旧点着一对高高的白烛。紫绒的桌罩下立着一个银十字架。母亲慈爱纯洁的灵魂，长久依傍在上帝的旁边了！

五点多钟诸事已毕。计自逝世至入殓，才用十七点钟。一切都静默，都庄严，正合母亲的身分。客人散尽，我们回家来，家里已洒扫清楚。我们穿上灰衫，系上白带，为母亲守孝。家里也没有灵位。只等母亲放大的相片送来后，便供上鲜花和母亲爱吃的果子，有时也焚上香。此外每天早晨合家都到殡仪馆，围立在棺外，隔着玻璃盖子，瞻仰母亲如睡的慈颜！

这次办的事，大家亲友都赞成，都艳美，以为是没有半分糜费。我们想母亲在天之灵一定会喜欢的。异地各戚友都已用电报通知。楫弟那里，因为他远在海外，环境不知怎样，万一他若悲伤过度，无人劝解，可以暂缓告诉。至于杰弟，因为你病，大考又在即，我们想来想去，终以为恐怕这消息是终久瞒不住的，倘然等你回家以后，再突然告诉，恐怕那时突然的悲痛和失望，更是难堪。杰弟又是极懂事极明白的人。你是母亲一块肉，爱惜自己，就是爱母亲。在考试的时候，要镇定，就凡事就序，把书考完再回来，你别忘了你仍旧是能看见母亲的！

我们因为等你，定二月二日开吊，三日出殡。那万国公墓是在虹桥路。草树葱茏，地方清旷，同公园一般。上海又是中途，无论我们下南上北，或是到国外去，都是必经之路，可以随时参拜，比回老家去好多了。

藻呢，父亲和我都十二分希望你还能来。母亲病时曾说："我的女婿，不知我还能见着他否？"你如能来，还可以见一见母亲。父亲又爱你，在悲痛中有你在，是个慰安。不过我顾念到你的经济问题，一切由你自己斟酌。

这事的始末是如此了。涵仍在家里，等出殡后再上南京。我们大概是都上北平去，为的是父亲离我们近些，可以照应。杰弟要办的事很多，千万要爱惜精神，遏抑感情，储蓄力量。这方是孝。你看我写这信时何等安静，稳定？杰弟是极有主见的人，也当如此，是不是？

此信请留下，将来寄桴！

永远爱你们的冰心　正月十一晨

我这封信虽然写的很镇定，而实际上感情的掀动，并不是如此！一月七夜九时四十五分以后，在茫然昏然之中，涵，华和我都很早就寝，似乎积劳成倦，睡得都很熟。只有父亲和几个表兄弟在守着母亲的遗体。第二天早起，大家乱哄哄的从三层楼上，取下预备好了的白衫，穿罢相顾，不禁失声！下得楼来，又看见饭厅桌上，摆着厨师父从早市带来的一筐蜜橘——是我们昨天黄昏,在厨师父回家时,吩咐他买回给母亲吃的。才有多少时候?蜜橘买来,母亲已经去了!

小菊穿着白衣,系着白带,白鞋白袜,戴着小蓝呢白边帽子,有说不出的飘逸和可爱。在殡仪馆大家没有工夫顾到她,她自在母亲榻旁,摘着花圈上的花朵玩耍。等到黄昏事毕回来,上了楼,尽了梯级,正在大家彷徨无主,不知往哪里走,不知说什么好的时候,她忽然大哭说:"找奶奶,找奶奶,奶奶哪里去了?怎么不回来了!"抱着她的张妈,忍不住先哭了,我们都不由自主的号啕大哭起来。

吃过晚饭,父亲很早就睡下了。涵,华和我在父亲床前炉边,默然的对坐。只见炉台上时钟的长针,在凄清的滴答声中,徐徐移动。在这针徐徐的将指到九点四十分的时候,涵突然站起,将钟摆停了,说:"姊姊,我们睡罢!"他头也不回,便走了出去。华和我望着他的背影,又不禁滚下泪来。九时四十五分!又岂只是他一个人,不忍再看见这炉台上的钟,再走到九时四十五分!

天未明我就忽然醒了,听见父亲在床上转侧。从前窗下母亲的床位,今天从那里透进微明来,那个床没有了,这屋里是无边的空虚,空虚,千愁万绪,都从晓枕上提起。思前想后,似乎世界上一切都临到尽头了!

在那几天内,除了几封报丧的信之外,关于母亲,我并没有写下半个字。虽然有人劝我写哀启,我以为不但是"语无伦次"之中,不能写出什么来,而且"先慈体素弱"一类的文字,又岂能表现母亲的人格于万一?母亲的聪明正直,慈爱温柔,从她做孙女儿起,至做祖母止,在她四围的人对她的疼怜,眷恋,爱戴,这些情感,在我知识内外的,在人人心中都是篇篇不同的文字了。受过母亲调理,栽培的兄姊弟侄,个个都能写出一篇最真挚最沉痛的哀启。我又何必来敷衍一段,使他们看了觉得不完全不满意的东西?

虽然没有写哀启,我却在父亲下泪搁笔之后,替他凑成一副挽联。我觉得那却是字字真诚,能表现那时一家的情感!联语是:

教养全赖卿贤,五个月病榻呻吟,最可怜娇儿爱婿,死别生离,儿辈伤心失慈母。

晚近方知我老,四十载春光顿歇,那忍看稚孙弱媳,承欢强笑,举家和泪过新年。

在那几天内,除了每天清晨,一家子从寓所走到殡仪馆参谒母亲的遗容之外,我们都不出门。从殡仪馆归来,照例是阴天。进了屋子,刚擦过的地板,刚旺上来的炉火——脱了外面的衣服,在炉边一坐,大家都觉得此心茫茫然无处安放!我那几天的日课,是早晨看书,做活计。下午多有戚友来看,谈些时事,一天也就过去。到了夜里,不是呆坐,就是写信。夜中的心情,现在追忆已模糊了,为写这篇文章,检出旧信,觉得还可以寻迹:

藻:

真想不到现在才能给你写这封长信。藻,我从此是没有娘的孩子了!这十几天的辛苦,失眠,落到这么一个结果。我的悲痛,我的伤心,岂是千言万语所说得尽?前日打起精神,给你和杰弟写那一封慰函,也算是肝肠寸断。……这两天家中倒是很安静,可是更显出无边的空虚,孤寂。我在父亲屋中,和他做伴。白天也不敢睡,怕他因寂寞而伤心,其实我躺下也睡不着。中夜惊醒,尤为难过……

——摘录一月十三信

母亲死后的光阴真非人过的!就拿今晚来说,父亲出门访友去了;涵和华在他们屋里;我自己孤零零地坐在母亲屋内。四周只有悲哀,只有寂寞,只有凄凉。连炉炭爆发的声音,都予我以辛酸的联忆。这种一人独在的时光,我已过了好几次了,我真怕,彻骨的怕,怎么好?

因着母亲之死,我始惊觉于人生之极短。生前如不把温柔尝尽,死后就无从追讨了。我对于生命的前途,并没有一点别的愿望,只愿我能在一切的爱中陶醉,沉没。这情爱之杯,我要满满的斟,满满的饮。人生何等的短促,何等的无定,何等的虚空呵!

千言万语仍回到一句话来,人生本质是痛苦,痛苦之源,乃是爱情之重。但是我们仍不能不饮鸩止渴,仍从生痛苦之爱情中求慰安。何等的痴愚呵,何等的矛盾呵!

写信的地方,正是母亲生前安床之处。我愈写愈难过了,愈写愈糊涂了。若再写下去,我连气息也要窒住了!

——摘录一月十八夜信

一月二十六夜,因为杰弟明天到家,我时时惊跃,终夜不寐,想到这可怜的孩子,在风雪中归来,这一路哀思痛哭的光景,使我在想象中,心胆俱碎!二十七日下午,报告船到。涵驱车往接,我们提心吊胆的坐候着,将近黄昏,听得门外车响,大家都突然失色。华一转身便走回她屋里。接着楼梯也响着。涵先上来,一低头连忙走入他屋里去了。后面是杰,笑容满面,脱下帽子在手里,奔了进来。一声叫"妈",我迎着他,忍不住哭了起来,他突然站住呆住了!那时惊痛骇疾的惨状,我这时追思,一支秃笔,真不能描写于万一!雷掣电掣一般,他垂下头便倒在地上,双手抱住父亲的腿,猛咽得闭过气去。缓了一缓,他才哭喊了出来,说:"你们为什么不早告诉我!你们为什么不早告诉我!"这时一片哭声之中涵和华也从他们屋里哭着过来。父亲拉着杰,泪流满面。婢仆们渐渐进来,慢慢的劝住,大家停了泪。杰立刻便要到殡仪馆去,看看母亲的遗容。父亲和涵便带了他去。回来问起母亲病中情状,又重新哭泣。在这几天内,杰从满怀的希望与快乐中,骤然下堕。他失魂落魄似的,一天哭好几次。我们只有勉强劝慰。幸而他有主见,在昏迷之中,还能支拄,我才放下了心。

二月二日开吊。礼毕,涵因有紧急的公事,当晚就回到南京去了。母亲曾说命里只有两个孩子送她,如今送葬又只剩我和杰了。在涵未走之前,我们大家聚议,说下葬之后,我们再看不见母亲了,应该有些东西殉葬,只当是我们自己永远随侍一般。我们随各剪下一缕头发,连父亲和小菊的,都装在一个小白信封里。此外我自己还放入我头一次剃下来的胎发(是母亲珍重的用红线束起收存起来的)以及一把"斐托斐"(Phi Tau Phi)名誉学位的金钥匙。这钥匙是我在大学毕业时得到的,上面刻有年月和姓名。我平时不大带它,而在我得到之时,却曾与母亲以很大的喜悦。这是我觉得我的一切珍饰,都是母亲所赐与,只有这个,是我自己以母亲栽培我的学力得来的。我愿意以此寄托我的坚逾金石的爱感的心,在我未死之前,先随侍母亲于九泉之下!

二月三日,下午二时,我们一家收拾了都到殡仪馆。送葬的亲朋,也陆续的来了。我将昨夜封好了的白信封儿,用别针别在棺盖里子的白绫花上。父亲俯在玻璃盖上,又痛痛的哭了一场。我们扶起父亲,拭去了盖上的眼泪,珍重的将棺盖掩上。自此我们再无从瞻仰母亲的柔静慈爱的睡容了!

父亲和杰及几个伯叔弟兄,轻轻的将钢棺抬起,出到门外,轻轻的推进一辆堆满花圈的汽车里。我们自己以及诸亲友,随后也都上了汽车，从殡仪馆徐徐开行。路上天阴欲雨，我紧握着父亲的手，心头一痛，吐出一口血来。父亲惨然的望着我。

二时半到了虹桥万国公墓，我们又都跟着下车，仍由父亲和杰等抬着钢棺。执事的人，穿着黑色大礼服，静默前导。到了坟地上，远远已望见地面铺着青草似的绿毡。中央坟穴里嵌放着一个大水泥框子。穴上地面放着一个光辉射目的银框架。架的左右两端，横牵着两条白带。钢棺便轻轻的安稳的放在白带之上。父亲低下头去，左右的看周正了。执事的人，便肃然的问我说："可以了罢？"我点一点首，他便俯下去，拨开银框上白带机括。白带慢慢地松了，盛着母亲遗体的钢棺，便平稳的无声的徐徐下降。这时大家惨默的凝望着，似乎都住了呼吸。在钢棺降下地面时，万千静默之中，小菊忽然大哭起来，挣出张妈的怀抱，向前走着说："奶奶掉下去了！我要下去看看，我要下去看看！"华一手拉住小菊，一手用手绢掩上脸。这时大家又都支持不住，忽然都背过脸去，起了无声的幽咽！

钢棺安稳平正的落在水泥框里，又慢慢的抽出白带来。几个人夫，抬过水泥盖子来，平正的盖上。在四周合缝里和盖上铁环的凹处，都抹上灰泥。水泥框从此封锁。从此我们连盛着母亲遗体的钢棺也看不见了！

堆掩上黄土，又密密的绕覆上花圈。大家向着这一抔香云似的土丘行过礼。这简单严静的葬礼，便算完毕了。我们谢过亲朋，陆续的向着园门走。这时林青天黑，松梢上已洒上丝丝的春雨。走近园门，我回头一望。蜿蜒的灰色道上，阴沉的天气之中，松荫苍苍，杰独自落后，低头一步一跛的拖着自己似的慢慢的走。身上是灰色的孝服，眉宇间充满了绝望，无告，与迷茫！我心头刺了一刀似的！我止了步，站着等他。可怜的孩子呵！我们竟到了今日之一日！

回家以后，呵，回家以后！家里到处都是黑暗，都是空虚了。我在二月五夜寄给藻的信上说：

> 我从前有一个心，是个充满幸福的心。现在此心是跟着我最宝爱的母亲葬在九泉之下了。前天两点半钟的时候，母亲的钢棺，在光彩四射的银架间，由白带上徐徐降下的时光，我的心，完全黑暗了。这心永远无处捉摸了，永远不能复活了！……
>
> 不说了，爱，请你预备着迎接我，温慰我。我要飞回你那边来。只有你，现在还是我的幻梦！

以后的几个月中，涵调到广州去，杰和我回校，父亲也搬到北平来。只有海外的楫，在归舟上，还做着"偎依慈怀的温甜之梦"。

九月七日晨，阴。我正发着寒热，楫归来了。轻轻推开屋门，站在我的床前。我们握着手含泪的勉强的笑着。他身材也高了，手臂也粗了，胸脯也挺起了，面目也黧黑了。海上的辛苦与风波，将我的娇生惯养的小弟弟，磨练成一个忍辱耐劳的青年水手了！我是又欢喜，又伤心。他只四面的看着，说了几句不相干的话，才款款的坐在我床沿，说："大哥并没有告诉我。船过香港，大哥上来看我，又带我上岸去吃饭，万分恳挚爱怜的慰勉我几句话。送我走时，他交给我一封信，叫我给二哥。我珍重的收起。船过上海，亲友来接，也没有人告诉我。船过芝罘，停了几个钟头，我倚阑远眺。那是母亲生我之地！我忽然觉得悲哀迷惘，万不自支，我心血狂涌，颠顿的走下舱去。我素来不拆阅弟兄们的信，那时如有所使，我打开箱子，开视了大哥的信函。里面赫然的是一条系臂的黑纱，此外是空无所有了！……"他哽咽了，俯下来，埋头在我的衾上，"我明白了一大半，只觉得手足冰冷！到了天津，二哥来接我，我们昨夜在旅馆里，整整的相抱的哭了一夜！"他哭了，"你们为什么不早告诉我？我一道上做着万里来归，偎依慈怀的温甜的梦，到得家来，一切都空了！忍心呵，你们！"我那时也只有哭的分儿。是呵，我们都是最弱的人，父亲不敢告诉我；藻不敢告诉杰；涵不敢告诉楫；我们只能战栗着等待这最后的一天！忍心的天，你为什么不早告诉我们，生生的突然的将我们慈爱的母亲夺去了！

完了，过去这一生中这一段慈爱，一段恩情，从此告了结束。从此宇宙中有补不尽的缺憾，心灵上有填不满的空虚。只有自家料理着回肠，思想又思想，解慰又解慰。我受尽了爱怜，如今正是自己爱怜他人的时候。我当永远勉励着以母亲之心为心。我有父亲和三个弟弟，以及许多的亲眷。我将永远拥抱爱护着他们。我将永远记着楫二次去国给杰的几句话："母亲是死去了，幸而还有爱我们的姊姊，紧紧的将我们搂在一起。"

窗外是苦雨，窗内是孤灯。写至此觉得四顾彷徨，一片无告的心，没处安放！藻迎面坐着，也在写他的文字。温静沉着者，求你在我们悠悠的生命道上，扶助我，提醒我，使我能成为一个像母亲那样的人！

一九三一年六月三十日夜，燕南园，海淀，北平

二老财

民国廿三年八月九夜,我在绥远的一个宴会席上,听到了一个奇女子的事迹。她是河套民族英雄王同春氏的独女,"后套的穆桂英",她的名字是二老财。

不,她没有名字,二老财是她的部下和后套的人民,封赠给她的。

那天夜里,听完故事,回去已是很晚。有了点酒,路上西北的高风,吹拂着烘热的面颊,心中觉得很兴奋,又很怅惘。在黑暗中,风吹树叶萧萧的响,凉星在青空闪烁着,我一夜没有睡;翻来覆去的,眼前总浮现着一个蓝衣皮帽,佩枪跃马,顾盼如神,指挥风生的女人。

因着幼年环境的关系,我的性质很"野",对于同性的人,也总是偏爱"精爽英豪"一路。小时看《红楼梦》,觉得一切人物,都使我腻烦,其中差强人意的,只有一个尤三姐,所谓之"冰雪净聪明,雷霆走精锐"者,兼而有之。又读野史,有云"郭汾阳爱女晨妆,执栉捧巾，尽是偏稗牙将"。使我觉得以她的家世，她的时代，可记者必不止"晨妆"而已。可惜以后翻了些史书，这郭公爱女，竟无可稽考，不禁惘然！

二十年来，野性消磨都尽，连幻想中同性的人物，也都变样了。"女人"，这抽象的名词，到我心上来时，总被一丛乱扑的火星围绕着，这一星星是：衣，饰，脂，粉，娇，弱；充其量是：美丽，聪明，有才藻，善言辞；再充其量是……无论我的幻拟引到多远，像二老财这样的人格，竟不曾在我的想象中出现过。

话说那"有百害"的黄河，挟着滚滚的泥沙，浩浩荡荡的向着东南奔注。中间，这浑水卷过了狼山以南一片蒙古的牧场，决成万顷膏腴的土地。那身高九尺，心雄万夫的王同春，在同治初年，带着数千直鲁豫的同胞，在这河套里开辟屯垦，经过多少次的占租械斗，他据有了干渠五个，牛犋七十，这方圆万顷的良田，都入了瞎进财——王氏外号——之手。河套一带，提起了瞎进财，哪个不起着一种杂糅的情感，又惊慑，又爱戴？

俗言说"虎父无犬子"，而瞎进财的四个儿子，都只传了他父亲的悫直质朴，这杀伐决断，精悍英锐之气，却都萃于他女儿之一身。所以在童年时候，她的兄弟们杂在工人队里辛苦挖渠，而二老财却骑马佩枪，在河渠上巡视指挥着。

王同春自己都不大认得字，他的独女当然也不曾读书。正因她不曾读书，又生长在这河山带绕，与外面文化隔绝之地，她天真，她坦白，她任性，她没有沾染上半点矫揉忸怩之气。她像"野地里的百合花"……不，她不是一朵花，就是本地风光，她像一根长在河套腴田里的麦穗。一阵河水涌来，淹没了这一片土地，河水又渐渐的退去，这细沙烂泥之中，西北万里无云的晴空之下，有一粒天然的种子，不借着人力，欣欣的在这处女地上，萌芽怒苗，她结着丰盛的谷实。

就这样的骑着无鞍马,打着快枪,追随着父亲,约束着工人,过了她的童年。到了二十多岁,二老财便出嫁了。丈夫早死,姓名不传,有人说是她的表兄,但也不知其详。丈夫死后,二老财又住娘家,当然她父亲也离不了她。

到了光绪三十三年,因着历年和人家争夺械斗的结果,五原县衙门里,控告王同春的状子,堆积如山,王氏终于下狱了。这时,王家的一切:打手,工人,田庐,牲畜,都归二老财一人分配管理。她的身边,常有三四十个携枪带刀的侍从,部下有不受命的,立被处决。她号令严明,恩光威力,布满了河套一带,人民对她,和对她父亲一样,又惊慑,又爱戴。就在这时二老财得了她的尊号:她父亲王同春是大财主,大老财;她是二财主,二老财。

民国六年(?)王同春死了。他的次子王英,收集父亲的手下,以及各处的流亡,聚众至数千人,受抚成军,驻扎张北一带。民国二十年又与"国军"对抗,兵败势危,士卒哗变,王英仓皇出走,求救于二老财。二老财打了王英一顿嘴巴,骂他没用,自己立刻飞身上马,到了军中,只几句训话,便万众无声,结果是全军拥着王英,突围走到察哈尔,在那里被刘翼飞将军所获。

王英的残党,四散劫掠,变成流寇,著名匪首杨猴小,便是其中的一个。去年春天,一队杨猴小的部下,截住了一辆骡车,正在一哄而上,声势汹汹的时候,车帘开处,二老财从车上慢慢的跳了下来,说:"你们不忙,先看清我是谁!"这几十条好汉定睛一看,吓得立刻举枪立正,鸦雀无声的,让这骡车过去。

这时五原附近的抢案更多了,有人说是二老财手下所做。五原县长就把二老财拘来,想将她枪毙,以除后患。二老财上堂慷慨陈词,说,"王英是我的亲兄弟,他作恶坏了事,我并没有逃走,足见我心无他。至于说我家窝藏着坏人,这也不是事实,我家里原有些父亲手下的旧人，素来受过父亲的周济，如今我也照旧给他们些粮米，这是惜老怜贫，并不是作奸犯法。请问捉贼捉赃，我家里有盗赃么？有人供攀我是窝主么？"县长听了这一篇理直气壮的话，觉得很难发落，又因为她是河套功人王同春的女儿，众望所归；而且严刑之下，也不能使匪徒供出二老财窝藏的事实来，就把她释放了，只同她立下条件，不许再招集流亡。——一说是她并未被释，到如今仍然软禁在五原城里。

以上是我在绥远听到的，自此在西北旅途上，逢人便问，希望多知道些二老财的事迹。八月十七日到包头，在生活改进社里，公宴席上，又谈到王同春，我就追问二老财，有七十师参谋吴君，看着我惊讶的笑着说，"您倒爱听她的事？这个妇道人家，没有什么才情，但这人可就利害着了！"于是他就滔滔不绝的讲下去，"说起她，我还见过一面。那年吴子玉将军从兰州到北平去，路过此地，我也上车去接。车上尽是男子，却有一个女人，五十上下年纪，穿着大蓝布袄，戴着皮帽，和大家高谈阔论的，我就心烦了，我说，'这是什么娘儿们，也坐在这里！'旁边有人拉了我衣裳一把，我就没言语。走到背静处一问，敢情就是名满河套的二老财，她也接吴将军来了，是请吴将军替她兄弟王英说情。我后来也同她谈过话，这人真能说，又豪爽，又明白。她又约我到她家里去，在五原城里，平平常常的土房子，家里仍是有许多人。她极其好客，你们如去了，她一定欢迎，若要打听王同春的事情，去问她是再好没有的了。"

包头一直下着大雨，到五原去的道路都冲没了。这次是见不着的了！归途中我拜托了绥远的朋友，多多替我打听二老财的事，写下寄给我。如能找到她的相片，也千万赏我一张。

火车风驰电掣的走向居庸关，默倚车窗，我想：在她父亲捐资筑立的五原城里，二老财郁郁的居住着；父亲死了，兄弟逃了，河套荒了，农民散了！春秋二节，率众到城中河神王同春的庙里，上祭祝告的时候，该是怎样的泪随声坠！王同春的声威，都集在她一人身上了，民十七赵二半吊子围攻五原城之役，不是她单骑退的贼兵么？西北的危难，还在刚刚开始，二老财，你是民族英雄的女儿。你还没有老，你的快枪在哪里？你的死士在哪里？

万里长城远远的横飞而来，要压到我的头上，我从此入关去了。回望着西北的浮云，呵，别了，女英雄，青山不老，绿水长存，得机缘我总要见你一面，——谁知道我能否见你一面？今日域中，如此关山！

一九三五年十一月五日夜追记

我的良友

——悼王世瑛女士

一个朋友,嵌在一个人的心天中,如同星座在青空中一样,某一颗星陨落了,就不能去移另一颗星来填满她的位置!

我的心天中,本来星辰就十分稀少,失落了一颗大星,怎能使我不觉得空虚,惆怅?

我把朋友分为三类。第一类是有趣的,这类朋友,多半是很渊博,很隽永,纵谈起来乐而忘倦。月夕花晨,山巅水畔,他们常常是最赏心的伴侣。第二类是有才的,这类朋友,多半是才气纵横,或有奇癖,或不修边幅,尽管有许多地方,你的意见不能和他一致,而对于他精警的见解,迅疾的才具,常常会不能自已的心折。第三类是有情的,这类朋友,多半是静默冲和,温柔敦厚,在一起的时候,使人温暖,不见的时候,使人想念。尤其是在疾病困苦的时光,你会渴望着他的"同在"——王世瑛女士在我的朋友中,是属于有情的一类!

这并不是说世瑛是个无趣无才的人,世瑛趣有余而才非浅,不过她的"趣"和"才"都被她的"情"盖过了,淹没了。

世瑛和我,算起来有三十余年的交谊了,民国元年的秋天,我在福州,入了女子师范预科,那时我只十一岁,世瑛在本科三年级,她比我也只大三四岁光景。她在一班中年纪最小,梳辫子,穿裙子,平底鞋上还系着鞋带,十分的憨嬉活泼。因为她年纪小,就常常喜欢同低班的同学玩。她很喜欢我,我那时从海边初到城市,对一切都陌生畏怯,而且因为她是大学生,就有一点不大敢招揽,虽然我心里也很喜欢她。我们真正友谊的开始,还是"五四"那年同在北平就学的时代。

那年她在北平女高师就学,我也在北平燕京大学上课,相隔八九年之中,因着学校环境之不同,我们相互竟不知消息。直到"五四"运动掀起以后,女学界联合会,在青年会演剧筹款,各个学校单位都在青年会演习。我忘了女高师演的是什么,我们演的是莎士比亚的《威尼斯商人》。预演之夕,在二三幕之间,我独自走到楼上去,坐在黑暗里,凭阑下视,忽然听见后面有轻轻的脚步,一只温暖的手,按着我的肩膀,我回头一看,一个温柔的笑脸,问:"你是谢婉莹不是?你还记得王世瑛么?"

昏忙中我请她坐在我的旁边,黑暗的楼上,只有我们两个人,我们都注目台上,而谈话却不断的继续着。她告诉我当我在台上的时候,她就觉着面熟了,她向燕大的同学打听,证实了我是她童年的同学,一闭幕她就走到后台,从后台又跟到楼上……她笑了,说这相逢多么有趣!她问我燕大读书环境如何,又问"冰心是否就是你?"那时我对本校的同学,还没有公开的承认,对她却只好点了点头。三幕开始,我们就匆匆下去,从那时起,我们就成了最密的朋友。

那时我家住在北平东城中剪子巷,她住在西城砖塔胡同,北平城大,从东城到西城,坐洋车一走就是半天,大家都忙,见面的时候就很少。然而我们却常常通信,一星期可以有两三封。那时正是"五四"之役,大家都忙着讨论问题,一切事物,在重新估定价值的时候,问题和意见,就非常之多,我们在信里总感觉得说不完,因此在彼此放学回家之后,还常常通电话,一说就是一两个钟头。我们的意见,自然不尽相同,而我们却都能容纳对方的意见。等到后来,我们通信的内容,渐渐轻松,电话里也常常是清闲的谈笑,有时她还叫我从电话中弹琴给她听,我的父亲母亲常常跟我开玩笑,说他们从来没有看见我同人家这样要好过,父亲还笑说,"你们以后打电话的时间要缩短一些,我的电话常常被你们阻断了!"

我在学校里对谁都好,同学们也都对我好,因而也没有什么特别的"朋友"。世瑛就很热情,除了同谁都好之外,她在同班中还特别要好的三位朋友,那就是黄英(庐隐),陈定秀,和程俊英,连她自己被同学称为四君子。文采风流,出入相共,……庐隐在她的小说《海滨故人》里,把她们的交谊,说得很详细——世瑛在四君子之中,是最稳静温和的,而世瑛还常常说我"冷",说我交朋友的作风,和别人不一样。我常常向她分辩,说我并不是冷,不过各人情感的训练不同,表示不同,我告诉她我军人的家庭,童年的环境,她感着很大的兴趣……

然而我们并不是永远不见面。中央公园和北海在我们两家的中途,春秋假日,或是暑假里,我们常带着弟妹们去游赏——我们各有三个弟弟,她比我还多两个妹妹——小孩子奔走跳跃的时候,我们就坐在水榭或漪澜堂的阑旁,看水谈心。她砖塔胡同的家,外院有个假山,我们中剪子巷的门口大院里,也圈有一处花畦,有石凳秋千架等,假山和花畦之间,都是我们同游携手之地。我们往来的过访,至多半日,她多半是午饭后才来,黄昏回去,夏天有时就延至夜中。我们最欢喜在星夜深谈,写到这里,还想起一件故事:她在学生会刊物上写稿子,用的笔名是"一息",我说"一息"这两字太衰飒,她就叫我替她取一个,我就拟了"一星"送她,我生平最爱星星,因集王次回的"明明可爱人如月",和黄仲则的"一星如月看多时"两句诗,颂赞她是一个可爱的朋友,她欣然接受了。直至民国十二年我出国时为止,我们就这样淡而永的往来着。我比较冷静,她比较温柔,因此从来没有激烈的辩论,或吵过架,我们两家的人,都称我们"两小无猜",算起来在朋友中,我同她谈的话最多,最彻底,通信的数量也最多(四五年之间,已在数百封以上),那几年是我们过往最密的时代,有多少最甜柔的故事,想起来使我非常的动心,留恋!

我出国去,她原定在北平东车站送行,因为那天早晨要替我赶完一件绒衣,到了车站,火车已经开走了,她十分惆怅,过几天她又赶到上海来送我上船。我感谢之余,还同她说,"假如我是你,送过一次也罢了,何必还赶这一场伤心的离别?"她泫然说,"就因为我不是你,我有我的想法!"——庐隐有一首新诗,就记的是这件事,我只记得中间四句,是:

> 辛苦织成的绒衣,
> 竟赶不上做别离的赠品,
> 秋风阵阵价紧,
> 不嫌衣裳太薄吗?

在上海我们又盘桓了几天。动身之日,我早同她约定,她送我上船就走,不要看着船开,但她不能履行这珍重的诺言,船开出好远,她还呆立在码头上……

271

到美国以后，功课一忙，路途又远，我们通信的密度，就比从前差远了，我只知道从上海，她就回到福州去教书。在十三年的春天，我在美国青山养病，忽然得到她的一封信，信末提到张君劢先生向她求婚，问我这结合可不可以考虑，文句虽然是轻描淡写，而语意是相当的恳切。我和君劢先生素不相识，而他的哲学和政治的文章，是早已读过，世瑛既然问到我，这就表示她和她家庭方面，是没有问题的了，我即刻在床上回了一封信，竭力促成这件事，并请她告诉我以嘉礼的日期。那年的秋天，我就接到他们结婚的请柬，我记得我寄回去的礼物，是一只镶着橘红色宝石的手镯。

民国十五年秋天，我回国来，一到上海，就去访他们夫妇，那时他们的大孩子小虎诞生不久，世瑛还在床上，君劢先生赶忙下楼来接我，一见面就如同多年的熟朋友一样，极高兴恳切的握着我的手。上得楼来，做了母亲的世瑛，乍看见我似乎有点羞怯，但立刻就被喜悦和兴奋盖过了。我在她床沿杂乱的说了半小时的话，怕她累着，就告辞了出来。在我北上以前，还见了好几次，从他们的谈话中，态度上都看出他们是很理想的和谐伴侣。在我同他们个别谈话的时候，我还珍重地向他们各个人道贺，为他们祝福。

民国十六年以后，我的父亲在上海做事，全家都搬到上海来。年假暑假我回家的时候，总是常到他们家里。世瑛又做了两个，三个孩子的母亲，她的敦厚温柔，更是有增无减，同时她对于君劢先生的文章事业，都感着极大的兴趣，尽力帮忙。我在一旁看着，觉得我对于世瑛的敬爱，也是有增无减！她在家是个好女儿，好姐姐，在校是个好学生，好教师，好朋友，出嫁是个好妻子，好母亲，这种人格，是需要相当的忍耐和不断的努力，她以永恒的天真和诚恳，温柔和坦白来与她的环境周旋，她永远是她周围的人的慰安和灵感！

民国廿年母亲去世以后,父亲又搬回北平来,我和世瑛见面的机会便少了。民国廿三年他们从德国回来,君劢先生到燕大来教书,我们住得很近,又温起当年的友谊。君劢先生和文藻都是书虫子,他们谈起书来,就到半夜,我和世瑛因此更常在一起。北平西郊的风景又美,春秋佳日,正多赏心乐事,那一两年我们同住的光阴,似乎比以前更深刻纯化了。

他们先离开了北平到了上海,我们在抗战以后也到了昆明,中间分别了六七年,各居一地,因着生活的紧张忙乱,在表面上,我们是疏远了。直到了前年,我们又在重庆见面,喜欢得几乎落下泪来,她握着我的手,说她听人说我总是生病,但出乎意外的我并不显得憔悴。我微笑了,我知道她的用心,她是在安慰我!我谢了她,我说,"抗战期间,大家都老了都瘦了,这是正常的表现,能不死就算好了。"她拦住我,说,"你总是爱说死字……"我一笑也就收住——谁知道她一个无病的人,倒先死了呢!

她住在汪山,我住在歌乐山,要相见就得渡一条江,翻一座岭,战时的交通,比什么都困难,弄到每年我们才能见到一两次面。她告诉我汪山有绿梅花。花时不可不来一赏,这约定了三年,也没有实现——我想我永不会到汪山去看梅花了,世瑛去了,就让我永远纪念这一个缺憾罢。

我们在重庆仅有的一次通信。是她先给我写的,去年五月一日,她到歌乐山来参加第一保育院的落成典礼,没有碰到我,她"怅惘而归",在重庆给我写了几行:

冰姐:

到重庆后,第一次去歌乐山……因为他们告诉我,你也许会来参加保育院的落成典礼……我可以告诉你,我在山上等你好久了……我念旧之情,与日俱深——也许是年龄的关系,使我常常忆旧——可是今天的事实,到了保育院,既未见你,而时间的限制,又无法去看你,惆怅而归,老八又告诉我,你身体不大好,使我更懊悔我错过了机会,不抽一刻时间来看你!我在山上几次动笔写信给你,终于未寄,今天无论如何,要写这几个字给你,或不是你所想得到的,我是怎样今情犹昔!再谈吧,祝你

痊安

瑛　五·一

我在病榻上接到这封小简,十分高兴感动,那时正是杜鹃的季节,绿荫中一声声的杜宇,参和了忆旧的心情,使我觉得惆怅,我复她一信,中有"杜鹃叫得人心烦"之语。今年三月,她已弃我而逝,我更怕听见鹃啼,每逢听见声凄而长的"苦——苦",总使我矍然的心痛,尤其是在雨中或月下的夜半一连迭声的"苦——",枕上每使我凄然下泪……

世瑛毕竟到歌乐山来看我一次,那是去年夏日,她从北温泉回来,带着两个女儿,和她的令弟世坼夫妇,在我们廊上,坐了半天。她十分称赞我们廊前的远景,我便约她得暇来住些时——我们末次的相见,是在去年九月,我们都在重庆。君劢先生的令弟禹九夫妇,约我们在一起吃晚饭,饭后谈到我从前在北平到天桥寻访赛金花的事,世瑛听得很高兴,那时已将夜半,她便要留我住下。文藻笑问,"那么君劢呢?"世瑛也笑说,"君劢可以跟你回去住嘉庐。"我说,"我住待帆庐太舒服了,君劢住嘉庐却未免太委屈了他。"大家开了半天玩笑,但以第二天早晨我们还要开会,便终于走了,现在回想起来,追

悔当初未曾留下,因为在我们三十余年的友谊中,还没有过"抵足而眠"的经历!

今年三月初,我到重庆去,听到了世瑛分娩在即的消息。她前年曾夭折了她的第三个儿子——小豹——如今又可以补上一个小的,我很为她高兴。那时君劢先生同文藻正在美国参加太平洋学会,我便写信报告文藻,说君劢先生又快要做父亲了,信写去不到十天,梅月涵先生到山上来,也许他不知道我和世瑛的交情罢,在晚餐桌上,他偶然提起,说,"君劢夫人在前天去世了,大约是难产。"我突然停了箸,似乎也停止了心跳,半天说不出话来。

我一夜无眠,第二天一早,就分函在重庆的张肖梅女士(张禹九夫人)和张霭真女士(王世圻夫人)询问究竟。我总觉得这消息过于突然,三十年来生动的活在我心上的人,哪能这样不言不语的就走掉了?我终日悬悬的等着回信,两封回信终于在几天内陆续来到,证实了这最不幸的消息!

霭真女士的信中说:

……六姐下山待产已月余,临产时心脏衰疲,心理上十分恐惧,产后即感不支,医师用尽方法,终未能挽回,婴儿男性,出生后不能呼吸,多方施救,始有生气,不幸延至次日,又复夭折……现灵柩暂寄浙江会馆……君劢旅中得此消息,伤痛可知,天意如斯,夫复何言……

肖梅女士信中说:

……二家嫂临终以前,并无遗言,想其内心痛苦已极,惟有以不了了之……

我不曾去浙江会馆，我要等着君劢先生回国来时，陪他同去。我不忍看见她的灵柩，惟有在安慰别人的时候，自己才鼓得起勇气！

我给文藻写了一封信，"……二十年来所看到的理想的快乐的夫妇，真是太稀罕了，而这种生离死别的悲哀，就偏偏降临在他们的身上，我不忍想象君劢先生成了无'家'可归的人！假如他已得到国内的消息，你务必去郑重安慰他……"

六月中肖梅女士来访，她给我看了君劢先生挽世瑛的联语，是：

廿年来艰难与共，辛苦备尝，何图一别永诀
六旬矣报国有心，救世无术，忍负海誓山盟

她又提到君劢先生赴美前夕，世瑛同他对斟对饮，情意缠绵，弟妹们都笑他们比少年夫妻，还要恩爱，等到世瑛死后，他们都觉得这惜别的表现，有点近于预兆。

世瑛的身体素来很好，为人又沉静乐观，没有人会想到她会这样突然死去。二十年来她常常担心着我的健康，想不到素来不大健康的我，今夜会提笔来写追悼世瑛的文字！假如是她追悼我，她有更好的记忆力，更深的情感，她保存着更多的信件，她不定会写出多么缠绵悱恻的文章来！如今你的"冷静"的朋友，只能写这记账式的一段，我何等的对不起你。不过，你走了，把这种东西留给我写。你还是聪明有福的！

一九四五年八月九日夜，重庆歌乐山

图书在版编目（CIP）数据

一日的春光 / 冰心著. — 南京：江苏凤凰文艺出版社，2018.11
（大家散文文存：精编版）
ISBN 978-7-5399-9411-6

Ⅰ.①一… Ⅱ.①冰… Ⅲ.①散文集－中国－现代 Ⅳ.①I266

中国版本图书馆 CIP 数据核字(2016)第 140098 号

书　　　名	一日的春光
著　　　者	冰　心
责 任 编 辑	张　黎　高竹君
出 版 发 行	江苏凤凰文艺出版社
出版社地址	南京市中央路 165 号，邮编：210009
出版社网址	http://www.jswenyi.com
印　　　刷	南京台城印务有限责任公司
开　　　本	880×1230 毫米 1/32
印　　　张	8.75
字　　　数	210 千字
版　　　次	2018 年 11 月第 1 版　2018 年 11 月第 1 次印刷
标 准 书 号	ISBN 978-7-5399-9411-6
定　　　价	32.00 元

（江苏凤凰文艺版图书凡印刷、装订错误可随时向承印厂调换）